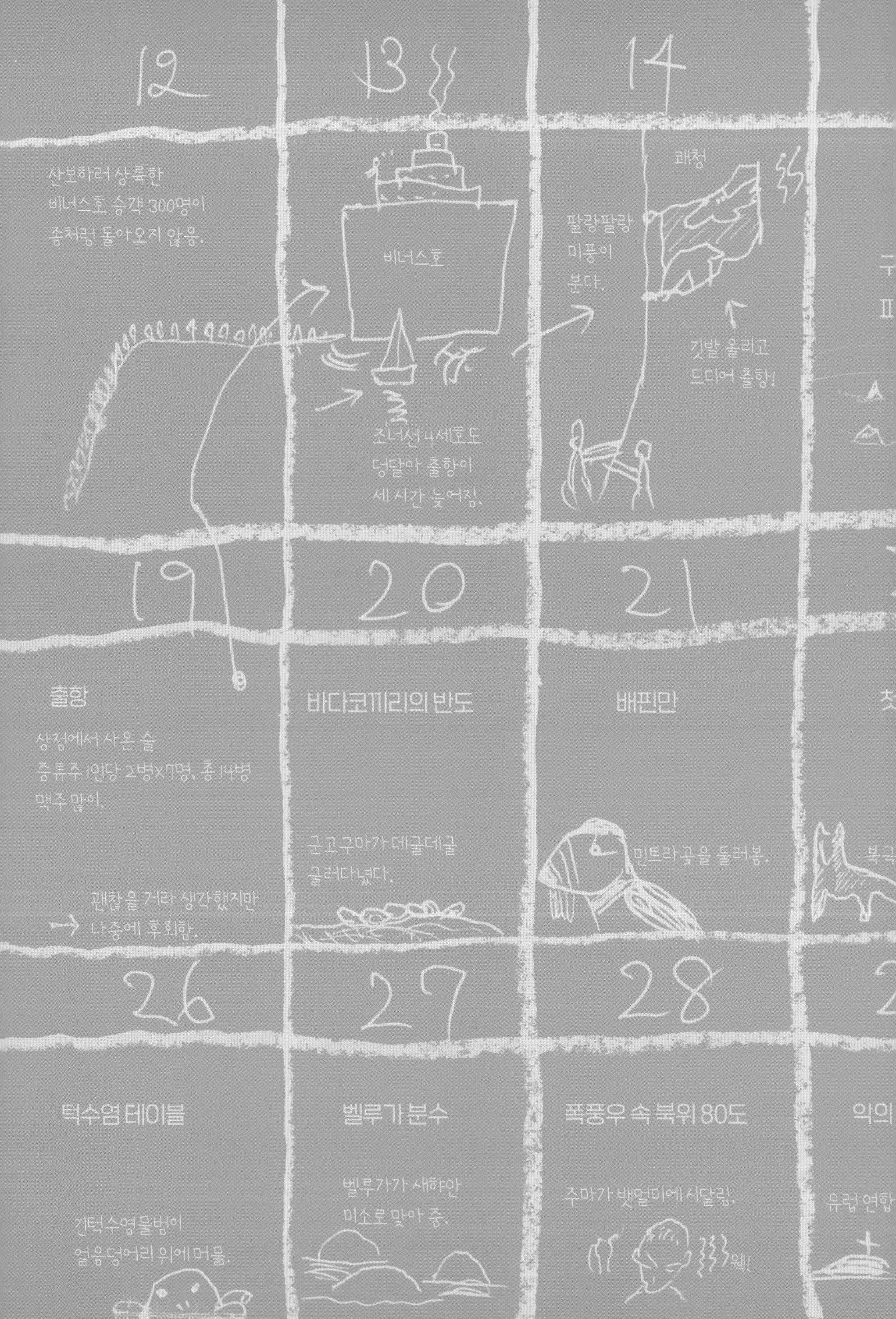
12
산보하러 상륙한
비너스호 승객 300명이
좀처럼 돌아오지 않음.
13
비너스호
조녀선 4세호도
덩달아 출항이
세 시간 늦어짐.
14
쾌청
팔랑팔랑
미풍이
분다.
깃발 올리고
드디어 출항!
구 II
19
출항
상점에서 사온 술
증류주 1인당 2병×7명, 총 14병
맥주 많이.
괜찮을 거라 생각했지만
→ 나중에 후회함.
20
바다코끼리의 반도
군고구마가 데굴데굴
굴러다녔다.
21
배핀만
민트라곶을 둘러봄.
첫
북극
26
턱수염 테이블
긴턱수염물범이
얼음덩어리 위에에 머묾.
27
벨루가 분수
벨루가가 새하얀
미소로 맞아 줌.
28
폭풍우 속 북위 80도
주마가 뱃멀미에 시달림.
웩!
악의
유럽 연합

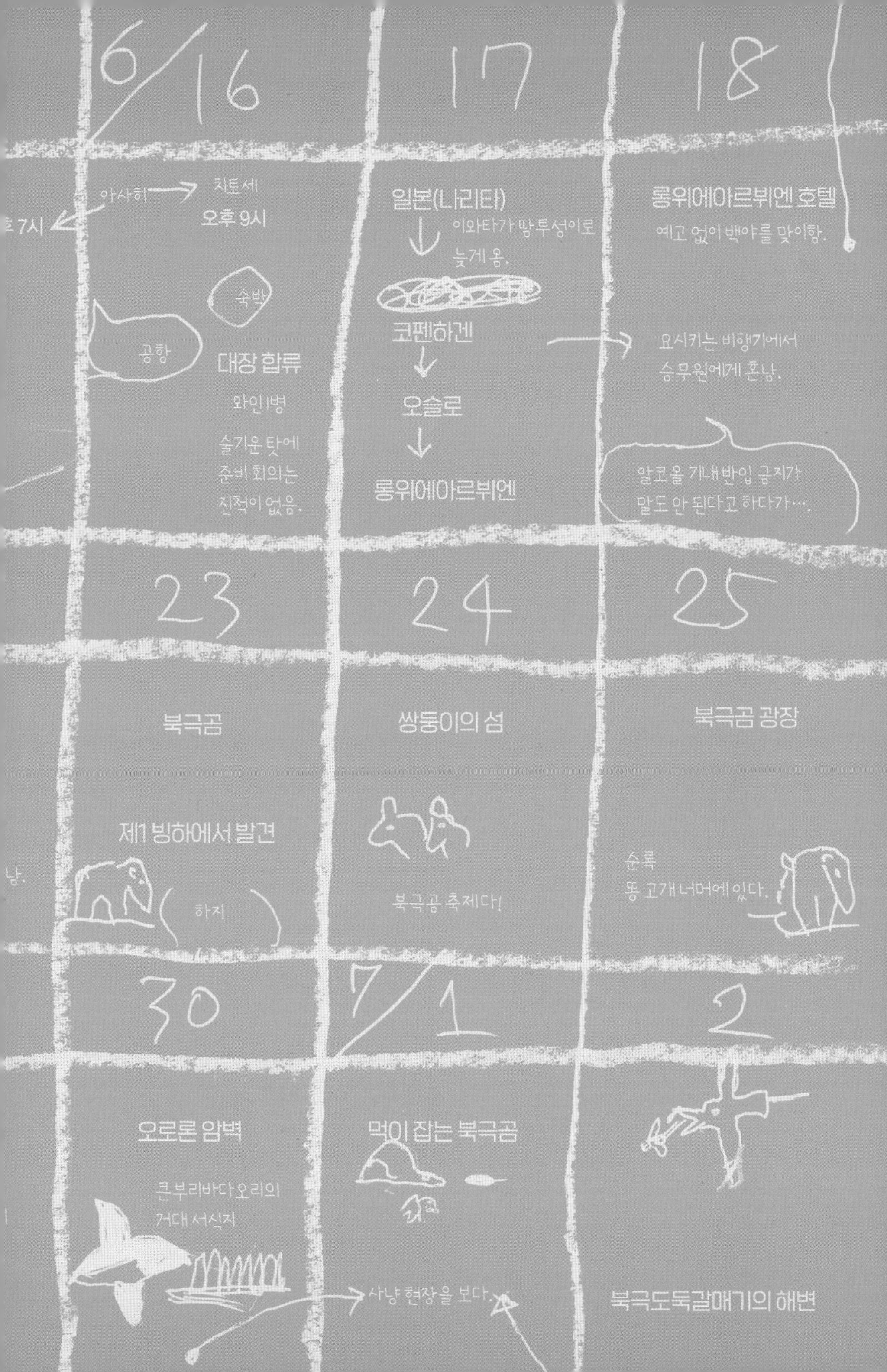

6/16
아사히
호 7시
치토세
오후 9시
숙박
공항
대장 합류
와인 1병
술기운 탓에
준비 회의는
진척이 없음.

17
일본(나리타)
이와타가 땀투성이로
늦게 옴.
코펜하겐
오슬로
롱위에아르뷔엔

18
롱위에아르뷔엔 호텔
예고 없이 백야를 맞이함.
요시키는 비행기에서
승무원에게 혼남.
알코올 기내반입 금지가
말도 안 된다고 하다가….

23
북극곰
제1 빙하에서 발견
하지
남.

24
쌍둥이의 섬
북극곰 축제다!

25
북극곰 광장
순록
똥 고개 너머에 있다.

30
오로론 암벽
큰부리바다오리의
거대 서식지

7/1
먹이 잡는 북극곰
사냥 현장을 보다.

2
북극도둑갈매기의 해변

너머학교

아베 히로시의
북극 그림 여행기

너머학교

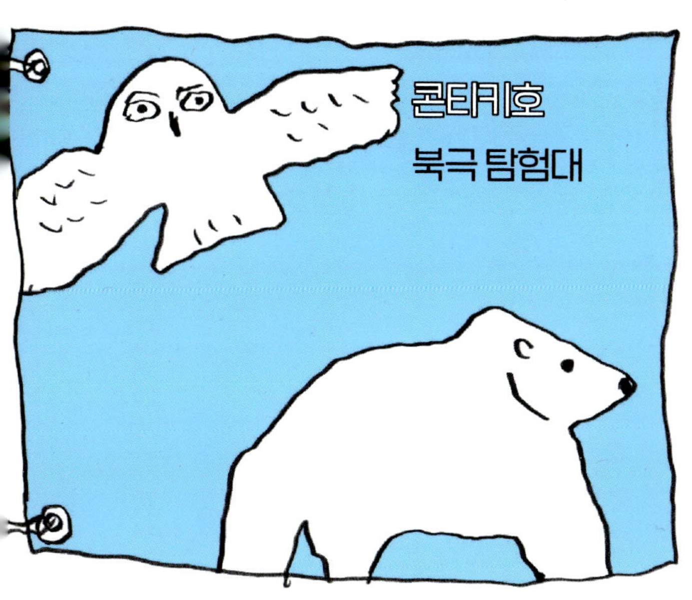

콘티키호
북극 탐험대

아베 히로시의
북극 그림 여행기

아베 히로시 글·그림 | 최진선 옮김

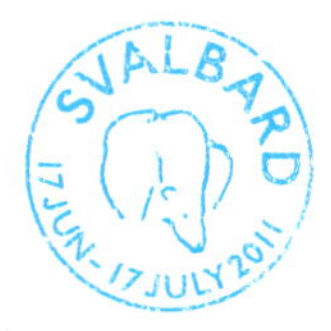

너머학교

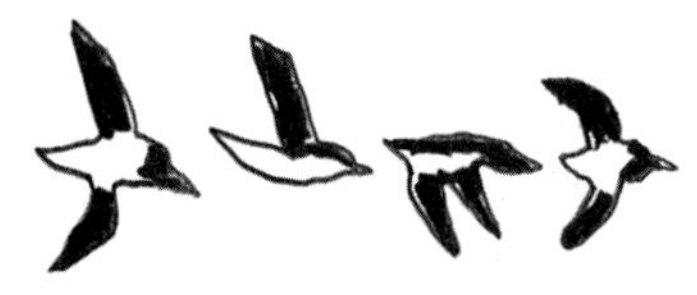

　나는 25년 동안 홋카이도의 아사히야마 동물원에서 사육사 일을 했다. 내가 오랫동안 담당했던 동물은 백조, 기러기, 오리 같은 조류였다.

　큰 연못에서 모두 합해 100마리가 넘는 새들을 돌보았다. 그 새들은 모두 하늘을 날 수 없다. 날아서 도망가면 큰일이므로 날개에 간단한 수술을 하여 날지 못하도록 한 것이다. 뭐, 보통은 새들도 그걸 모르는 척 시치미를 떼며 동물원 생활을 했다. 알 낳고, 새끼 기르고, 싸우고, 짝짓기하고, 또 알 낳고, 이러면서….

　그러나 봄과 가을, 일 년에 두 번, 그들에게 이변이 생긴다. 동물원 하늘 위를 야생 백조, 기러기가 날아가는 것이다. "꽥, 꽥, 꽥" 소리 내어 울며 하늘을 가로질러 지나간다. 동물원에 있는 새들은 동요를 숨기지 않는다. 움직임이 소란스러워진다. 초조한 듯 보이기도 한다.

　하늘을 향해 큰 소리로 울부짖는다. "꽥, 꽥, 꽥", "구엑, 구엑, 구엑".

　가을엔 그래도 들을 만하다. "잘 다녀왔니? 쉬엄쉬엄 가라." 하고 말하는 듯하다.

　봄에는 어쩐지 쓸쓸하다. "나도 데려가 줘! 고향이 어디야?" 하고 말하는 것 같다. 그런 모습을 떠올리며 멍하니 술 한잔을 기울이자니 전화벨이 울렸다.

　"아베 씨, 북극 건이 결정됐습니다. 선체가 21미터나 되는 멋진 요트를 빌릴 수 있을 것 같아요." 카메라맨 데라사와의 전화다.

　"오, 21미터라니 대단한데! 동물원에 있을 때부터 야생 북극곰을 꼭 보고 싶다고 생각했는데. 기간은 얼마나 되지?"

　"6월 17일부터 약 한 달간입니다. 백야가 절정일 때죠."

　"음, 알았어. 다른 일은 모두 취소해 두지."

　여행은 그렇게 시작되었습니다.

여행 준비

시계(기압계 달림.)
쌍안경
다용도 칼
스웨터
플리스 재킷
양모 내의 상의 3벌
양모 내의 하의 3벌 (메리노종 양모)
팬티
모자
방한·방수 바지
털장갑
털모자
장화
양모 양말
오리털 재킷(검은색)
발목 구두
안경 2개
휴대용 물감(파란색, 검은색 말곤 거의 없음.)
그림 붓 3자루
후드 점퍼(본격적인 혹한 대비용 윈드브레이커. 초록색)
연필 3자루
샤프펜슬 1자루
이런저런 약
스케치북 4권
매실장아찌
된장국
와사비
샤프심 1통
색연필 1자루
볼펜 2자루
일본 차 티백
간장

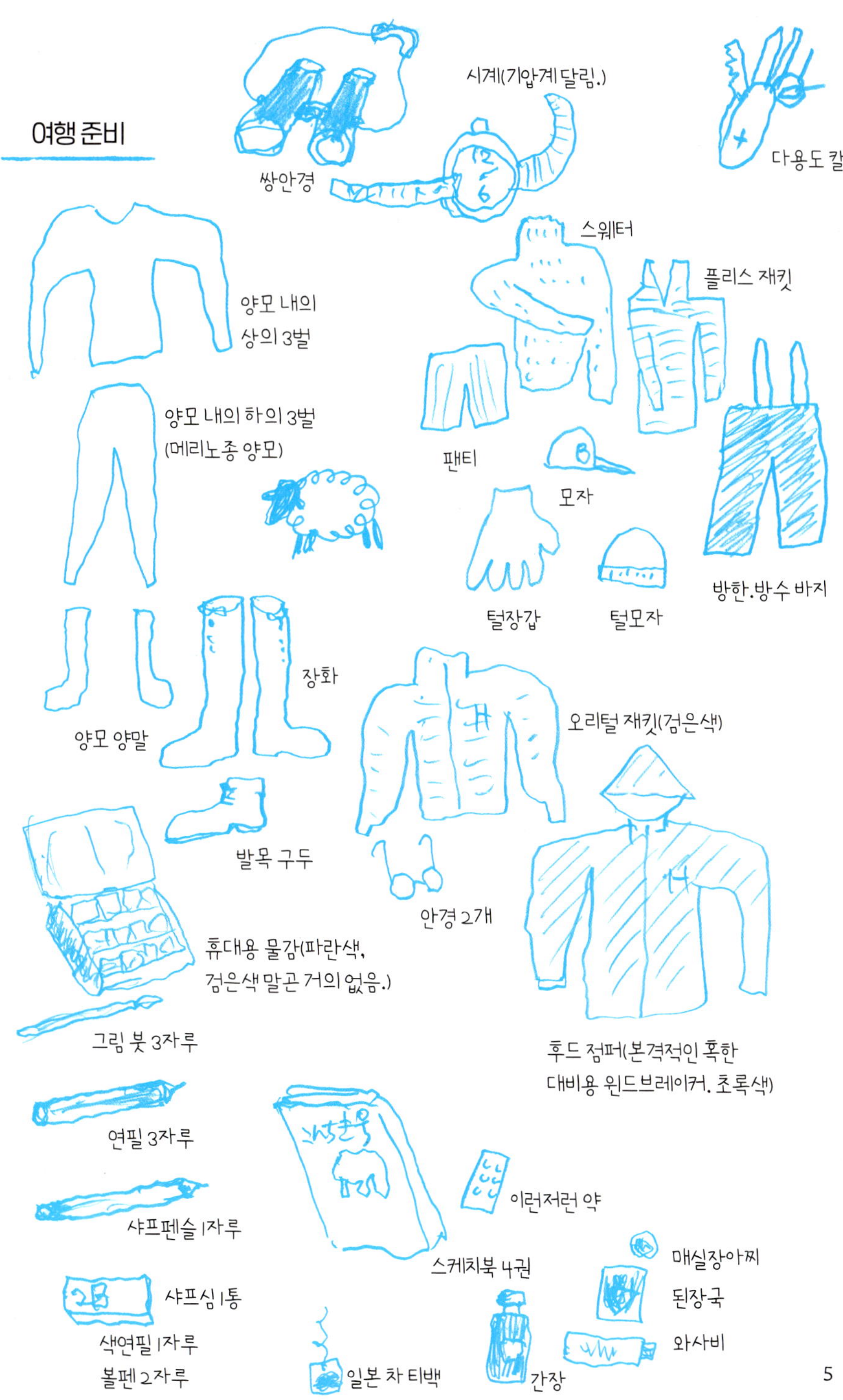

북극으로 가자!

'북극'에 관해선 막연한 지식밖에 없다. 동물을 조금 아는 정도.

북극곰, 순록, 사향소, 북극여우, 바다코끼리, 물범, 흰고래, 오리, 수많은 바닷새 등…. 하지만 그 외엔 제대로 대답할 자신이 없다. 빙하에 대해서도 잘 모른다. '그래, 열심히 공부하고 가자.'라고 생각했지만, 떠나기 전에 처리할 일이 많다. 그러던 중에 출발 날짜가 다가왔다.

준비는 허점투성이지만, 난 추운 홋카이도에서 태어나 자란 사람이야. 현지 기온을 물어보니 영상 5도쯤이란다. "뭐야, 아무것도 아니잖아!" 대수롭지 않게 여기며 비행기에 올라탔다.

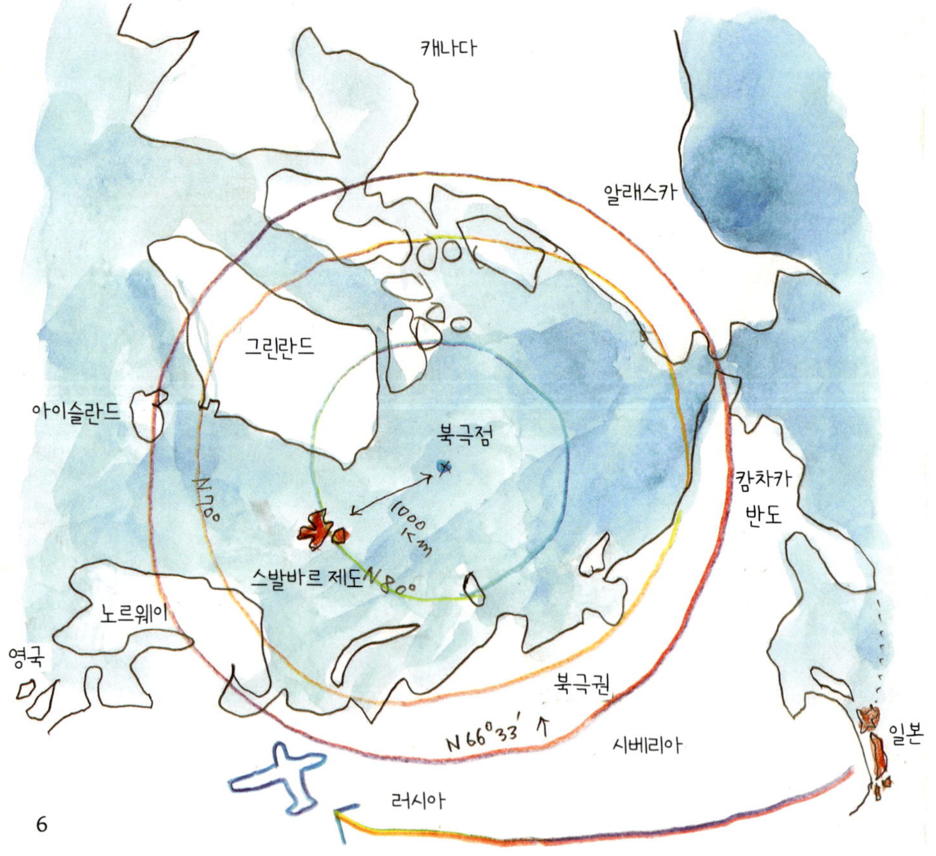

6

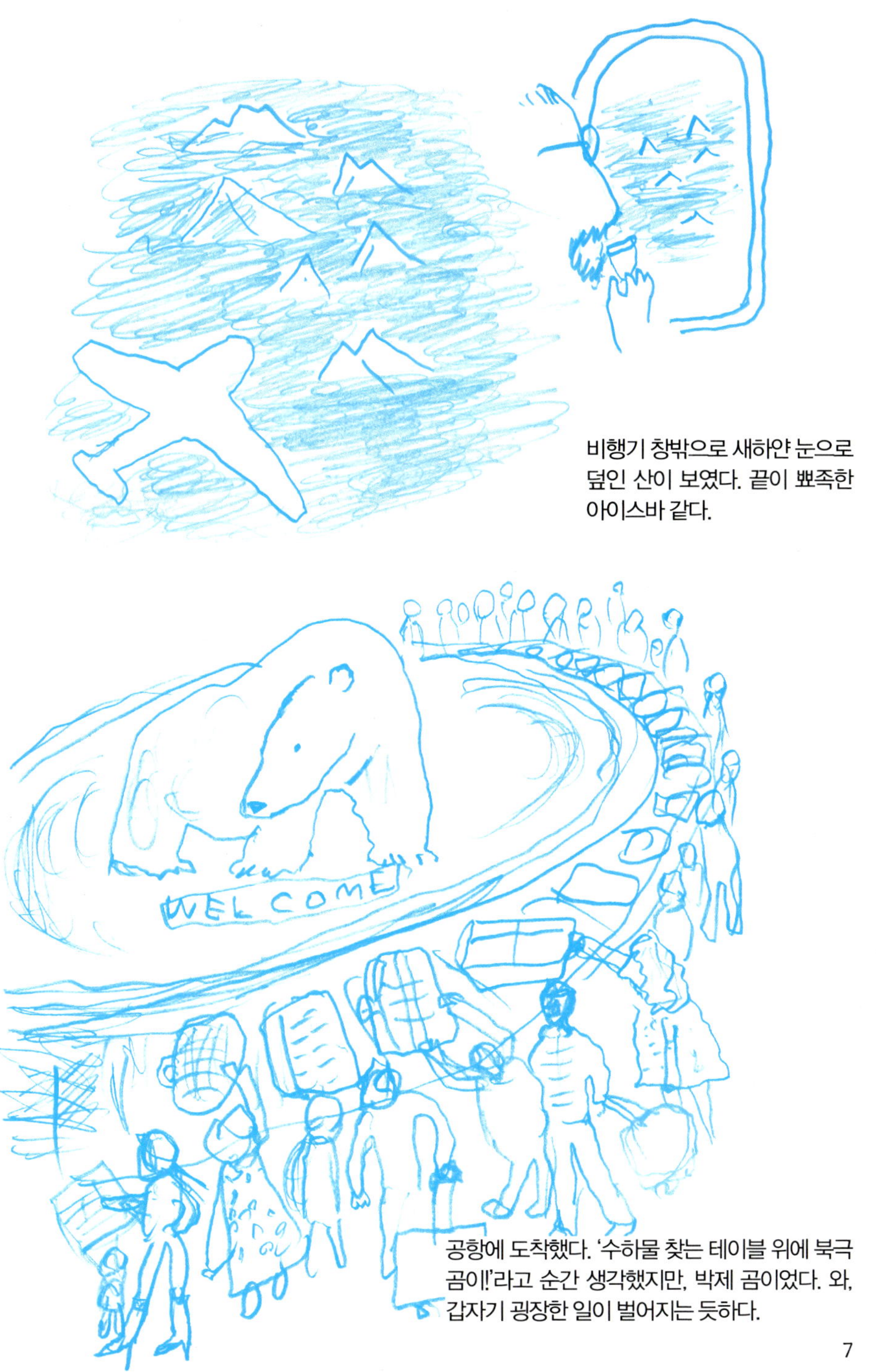

비행기 창밖으로 새하얀 눈으로
덮인 산이 보였다. 끝이 뾰족한
아이스바 같다.

공항에 도착했다. '수하물 찾는 테이블 위에 북극
곰이!'라고 순간 생각했지만, 박제 곰이었다. 와,
갑자기 굉장한 일이 벌어지는 듯하다.

롱위에아르뷔엔 마을 도착

나리타공항에서 비행기로 약 20시간. 코펜하겐과 오슬로를 거쳐 노르웨이령 스발바르 제도에서 가장 큰 섬인 스피츠베르겐섬 롱위에아르뷔엔 마을 비행장에 도착했다. 비행장은 꽤 멋졌다. 나는 비행지를 좋아해서 장시간 비행이 더 설렌다. 전화도 없고 팩스도 오지 않으니 말이다.

마을 인구는 약 2,600명쯤. 탄광이 있다. 여기는 '사람이 사는 가장 북쪽 마을'이라고 불린다. 1,000킬로 북쪽엔 북극점이 있다.

겨울 기온은 영하 30도를 밑돌고, 여름에도 영상 7도 정도밖에 오르지 않는다. 신기하게도 나무가 한 그루도 없다. 숲으로 둘러싸인 마을에서 살았던 나에겐 이런 풍경이 몹시 낯설다.

주택은 홋카이도와 비슷하며 색감도 다양하다. 파스텔색으로 아주 세련되었다. 마을을 한 바퀴 돌아본 뒤 호텔 바로 갔다. 오후 10시인데 태양이 머리 꼭대기에서 빛나고 있다. 아, 그렇다. 백야가 한창일 때다. "이야, 이런 게 백야구나." 하고 감탄한다.

바에 들어갔다. 밝을 때 술을 마시는 것이 마음에 걸렸는지 내부는 어두웠다.

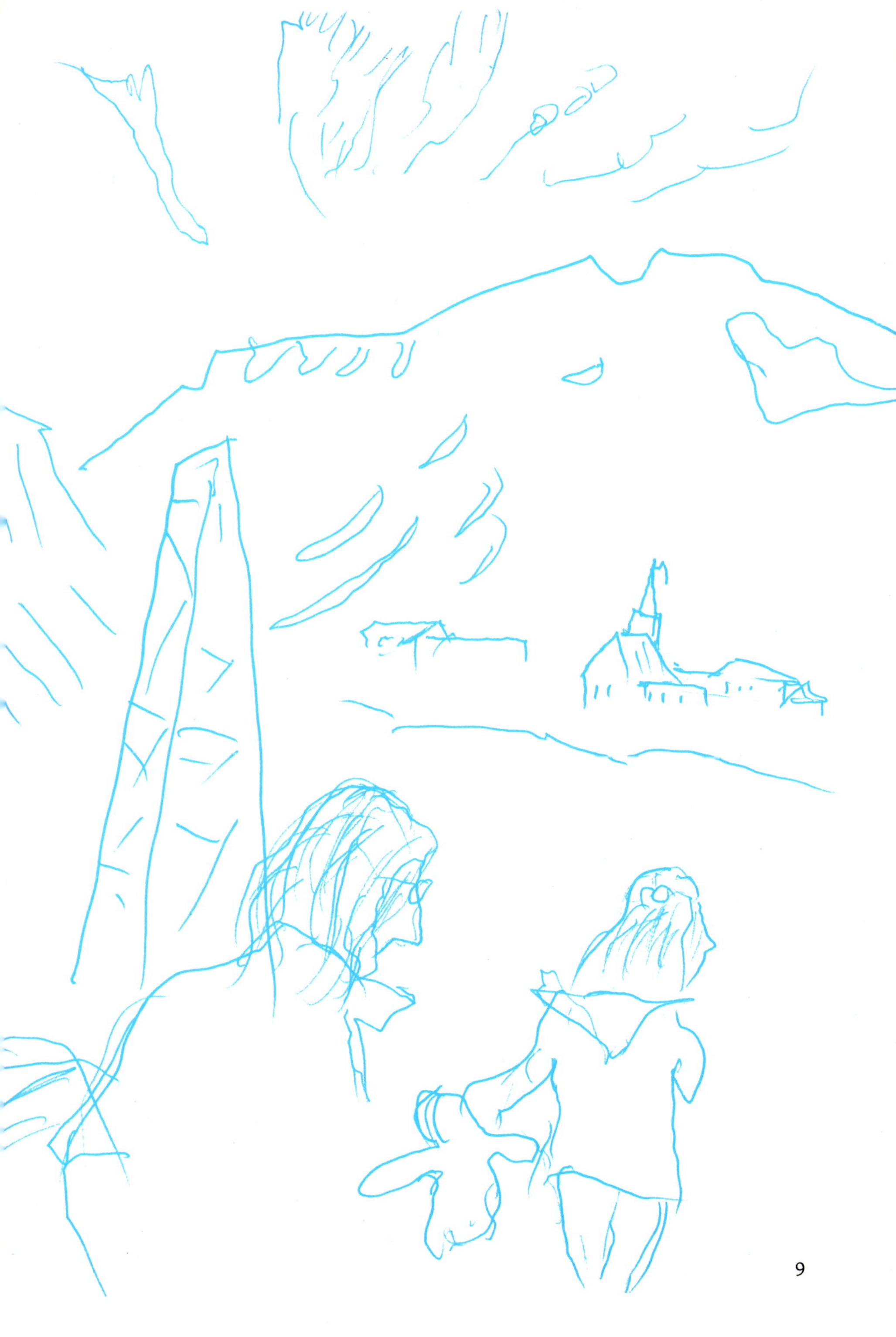

9

항로를 먼저 정해 두자

'북극'을 '탐험'하게 되었다. 지도를 보며 요트의 항로를 정한다. 지도에서 북위 66도 33분 이북이 '북극권'이다. 북극해, 그린란드, 시베리아 북부, 알래스카, 스발바르 제도 등이 포함된다. 이번에는 스발바르 제도 중 가장 큰 섬인 스피츠베르겐섬 롱위에아르뷔엔 항구에서 요트로 출항해 섬을 따라 북쪽으로 올라가서 북극점 근처 크비퇴위아 섬까지 가는 게 목표다.

스발바르는 '차가운 해안'이라는 뜻으로 섬들의 3분의 2가 일 년 내내 얼음으로 덮인 빙하와 빙산의 섬이다. 빙하가 깎아 만든 좁고 긴 만인 '피오르'가 무척 많다. 그 가운데를 요트로 지나가다가 작은 섬에 잠시 들르거나 이동하는 일을 반복할 예정이다. 자연

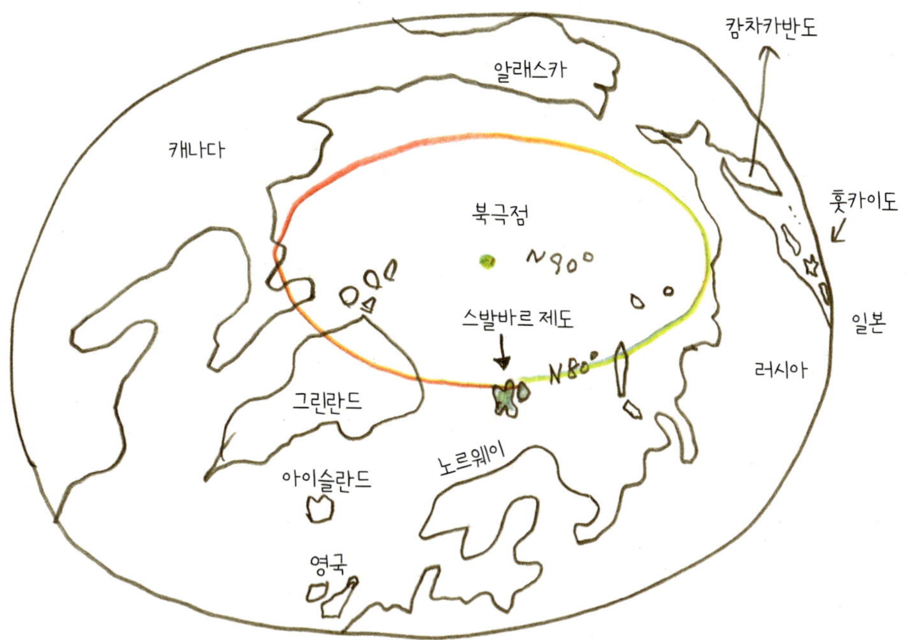

을 보며 동물을 찾는 여행이다. 잠도 배 안에서 잔다.

롱위에아르뷔엔은 예전부터 석탄 채굴로 발전한 마을이었다. 지금도 채굴은 계속
되고 있다. 여기 사람들은 거의 탄광에 관련된 일을 하는 것 같다.

마을 가운데에 '북극곰 출몰 주의!'라는 간판이 있었다. 아, 그렇지! 여기는 북극곰
서식지로 북극곰이 인간보다 훨씬 오래전부터 살았던 곳이지. 그렇지만, 마을 가운데
에서 만나고 싶지는 않다.

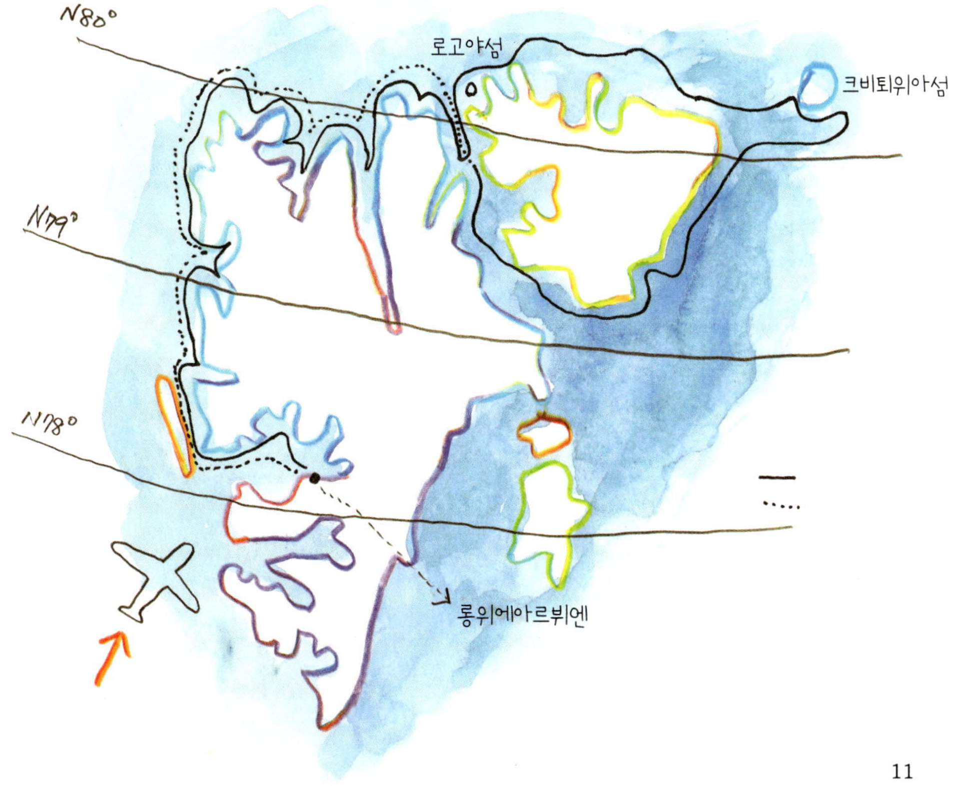

2011년 스발바르·콘티키호 대원들

콘티키호 대원들을 여기에 모았다. (일본인 대원 8명 + 승무원 3명)

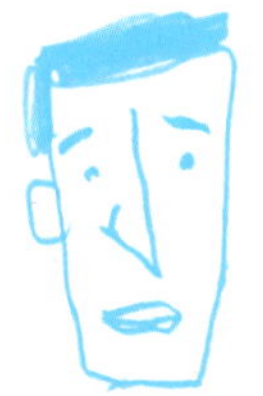

데라사와 대장(51세, 일본인): 일본 홋카이도 출신. 생태 사진작가. 바다오리 등 바닷새 보호 활동과 연구를 하고 북쪽 바다를 바삐 돌아다닌다. 술고래.

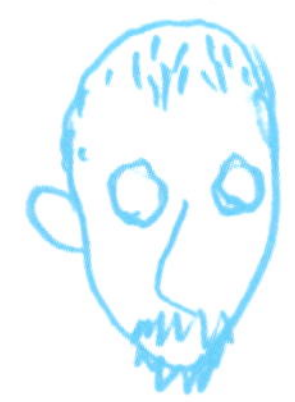

아베(63세, 일본인): 일본 홋카이도 출신. 그림책 작가 겸 화가. 전 동물원 사육사. 고릴라에게서 철학을, 코끼리에게서 그림을 배움. 고양이를 좋아하는 술고래.

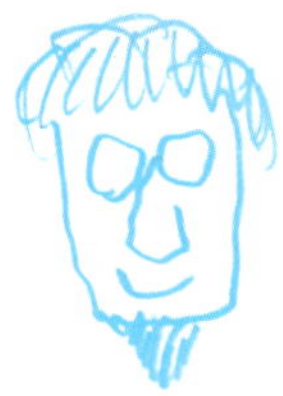

요시키(60세, 일본인): 일본 홋카이도 출신. 전 신문기자. 은퇴 후 한가하여 참가. 관찰력이 뛰어남. 싸구려 카메라로 좋은 사진을 찍음. 엄청난 술고래.

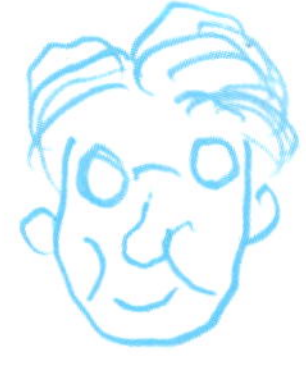

미나가와(57세, 일본인): 일본 홋카이도 출신. 자칭 박물학자. 여성스러운 말투, 부적절한 미소가 특징. 술고래.

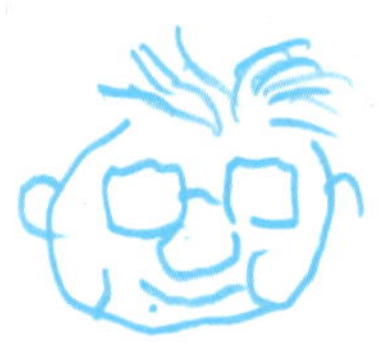

이와타(60세, 일본인): 일본 홋카이도 출신. 생태 해설사. 조류 애호가. 흰멧새를 아주 좋아해서 항해 초에는 볼 때마다 흥분했으나 나중에는 흥미가 사라져 사진도 안 찍음. 술은 못 마심.

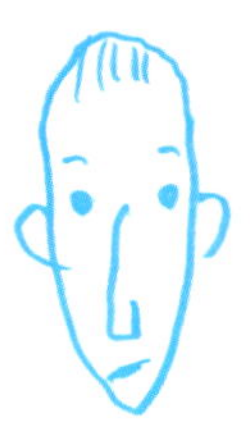

주마(54세, 일본인): 미국 샌프란시스코 출신. 컴퓨터 관련 회사에 근무. 카메라맨. 2개월간의 휴가를 이용해 참가. 통역이 되어 주었다. 술은 조금 마심.

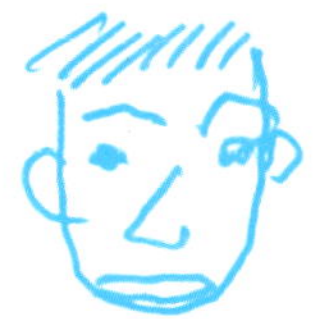

야마나카(50세, 일본인): 일본 도쿄 출신. 영상 감독. 외진 지역을 주로 다룬다. 이번 항해 모습을 일본 케이블 방송 프로그램으로 제작했다. 술고래.

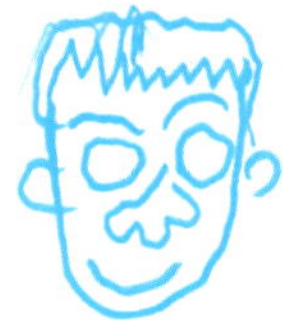

미야자키(47세, 일본인): 일본 도쿄에서 참가. 프로 영상 카메라맨. 폭풍우를 두려워하지 않고 요트 앞머리에서 소형 고해상 카메라로 촬영. 풍기는 외모와는 다르게 성실하다. 술고래.

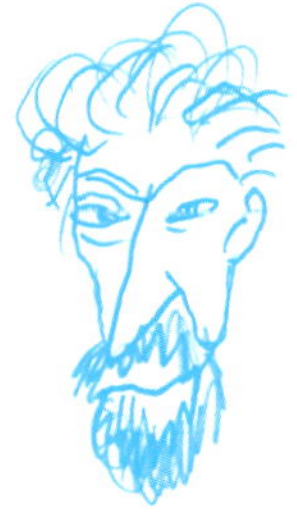

마크 선장(52세, 네덜란드인): 침착, 냉정하고 무척 성실해서 큰 의지가 되었다. 쓸데없는 말은 하지 않는다. 잠버릇이 심하다. 잠자리에 들기 전에 가볍게 술을 마신다. 자연 애호가와 카메라맨 등을 안내하는 바다의 초베테랑.

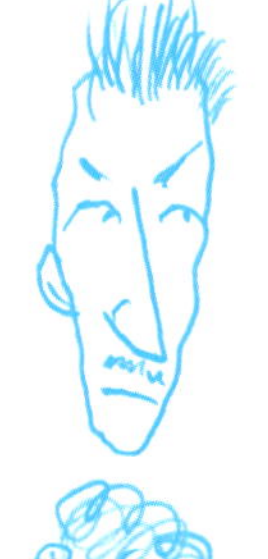

라스(35세, 스웨덴인); 직업은 탄광 회사 직원. 휴가 동안 북극곰으로부터 우리를 보호하는 사냥꾼으로 참가. 쾌활하고 호감 가는 청년. 키가 2미터가 넘음. 작은 침대에서 한 달 동안 어떻게 잤을까 싶다. 술은 조금 마심.

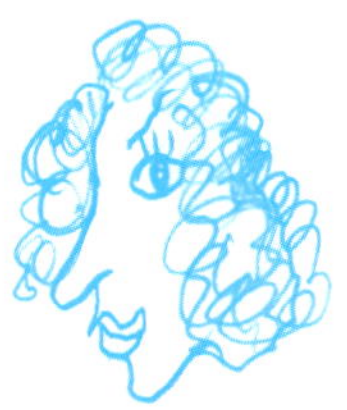

라우라(40세, 이탈리아인): 요리사. 이탈리아 요리가 특기여서 매일 11인분의 요리를 만들었다. 맛있는 요리 덕분에 즐거운 여행이 되었다. 줄담배를 피우고 술은 조금 마심.

한 달분이다. 듬뿍 사자! 그러나…

술을 사러 상점에 들어갔다. 알코올 판매에 제한이 있어 연령 제한에 걸리지 않아도 도수가 높은 증류주 종류는 한 명당 2병까지밖에 살 수 없었다. 알코올 중독자 수가 더 늘지 않게 막으려는 조치인 것 같다. 계산대에서 항공권과 여권을 전원 제출하고 도장을 받았다. 매대에 술이 엄청나게 진열되어 있었는데…. 계획이 크게 빗나갔다. 대원 8명 중 한 명만 술을 마시지 않으므로 7인분 14병을 구매. 한 달 항해에 이 술로 충분할까? 불안이 엄습한다.

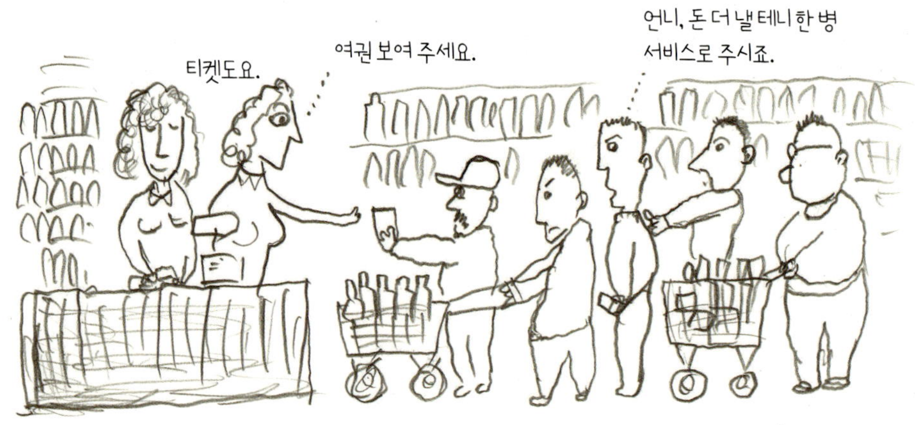

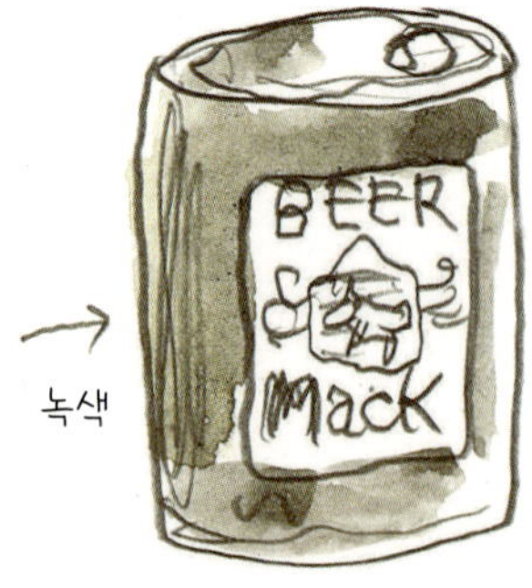

지방 특산 Mack 맥주

노르웨이 북부 마을인 트롬쇠 산. 맛있다! 많이 사야겠다! 그런데 한 사람당 50캔까지! 너무 적다…. 앞날이 불안함. 술 욕구 불만.

스카치위스키
THE FAMOUS
GROUSE
(더 페이머스 그라우스)

유달리 눈에 띄게 멋진 새 그림이
그려진 위스키를 발견 즉시 바로
사 버림. 맛있는 스카치다.
음음! 좋아, 좋아!

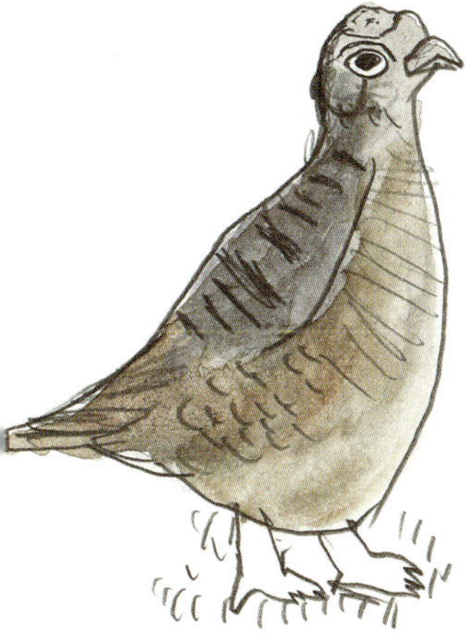

뇌조(그라우스)

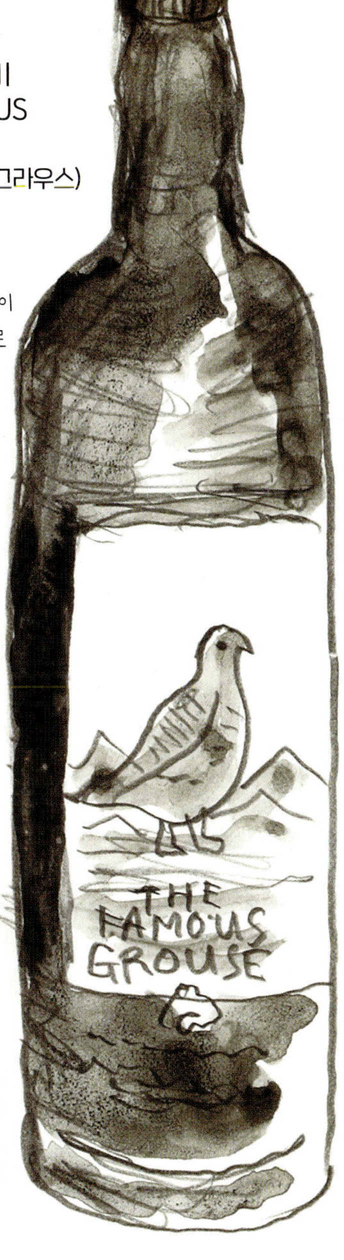

일본뇌조와 닮은 스발바르뇌조가 이
섬에 아주 많은 듯하다. 우에노 동물원
에서는 이곳 대학 연구소에서 받은 알
을 부화시켜 많이 번식시키고 있다. 대
단하다!

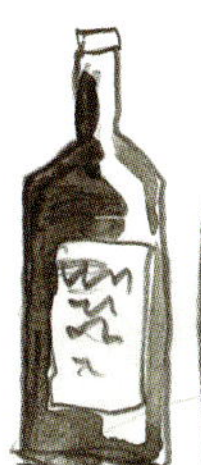
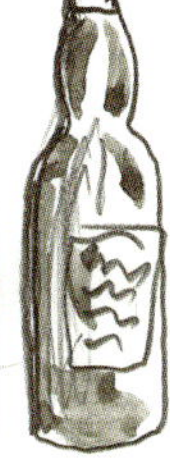

버번　　　워커
잭 다니엘

지방 특산주
진　　아쿠아 비트

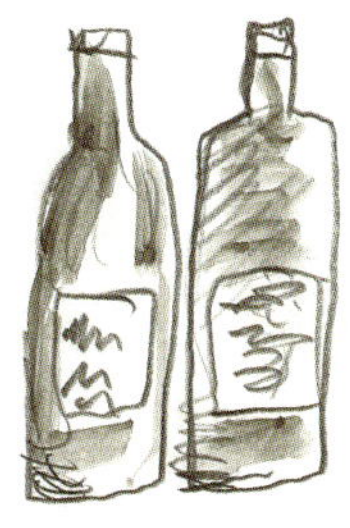

위 술들을 7명이 2병, 합계
14병을 사서 배에 실었다.

자, 콘티키호 출항이다!

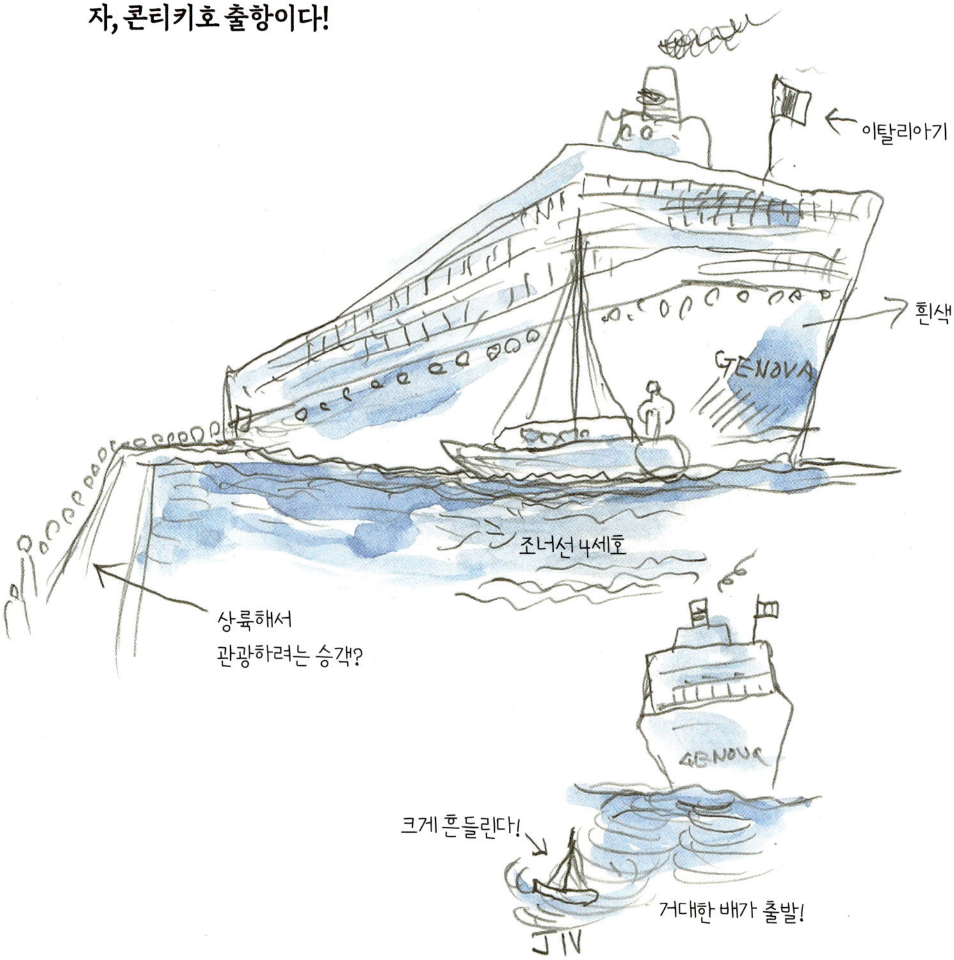

롱위에아르뷔엔 항구에서 출항이다. 6월 19일은 내 생일. 운이 좋다. 낮 12시 예정. 그런데 우리 요트 앞에 거대한 크루즈 여객선이 다가와 방해한다. 세 시간 이상이나 기다려야 했다. 들뜬 기분을 억누른다. 드디어 거대한 배가 출항. 거센 파도가 정면으로 부딪쳐 와 우리 요트가 크게 흔들렸다. 음, 봐주기로 하자. 그런 이유로, 콘티키호의 돛을 올리고, 지방 특산주 아쿠아 비트로 여행의 안전과 성과를 기원하며 건배했다. 오후 4시에야 겨우 출항한다.

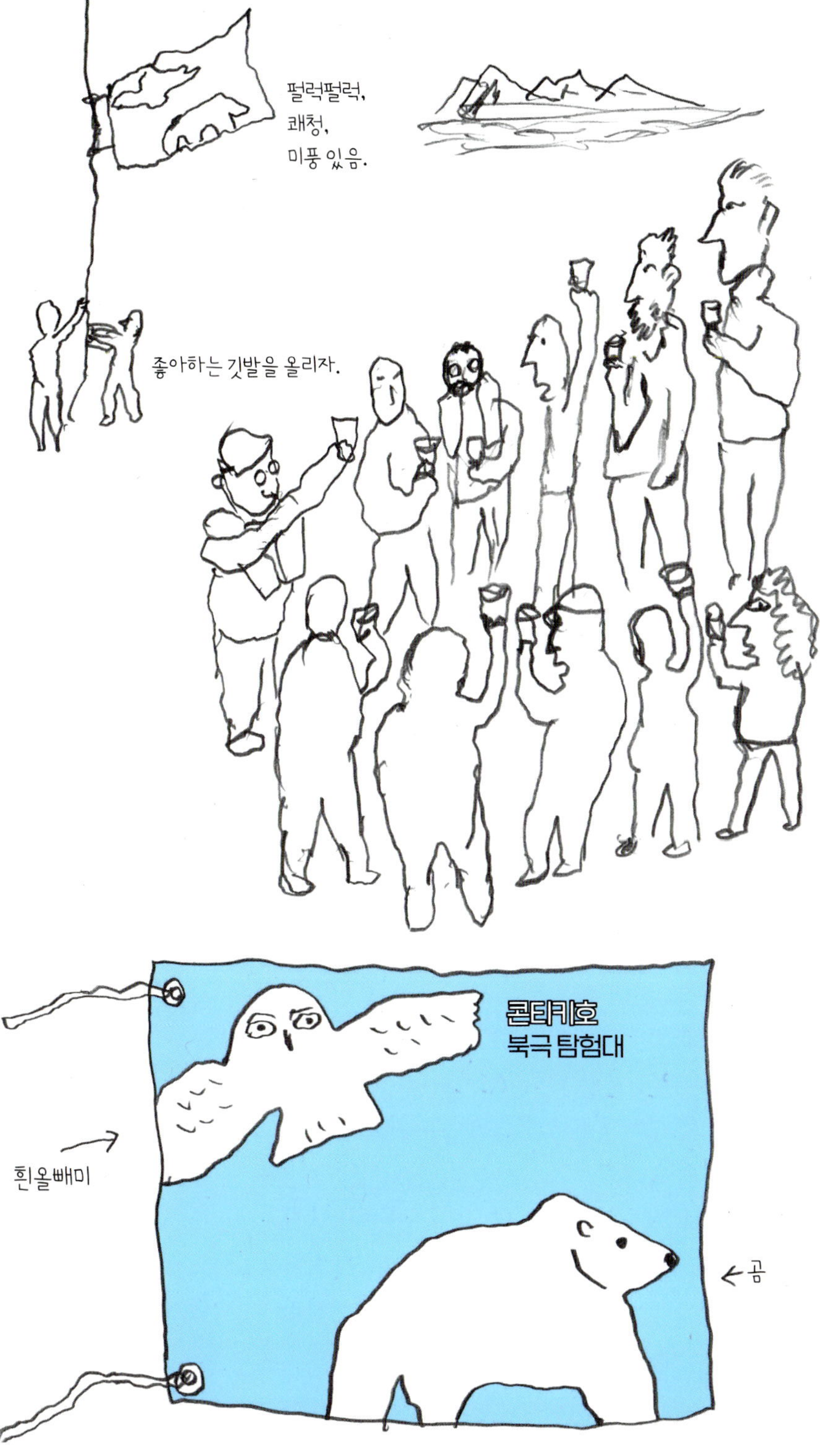

펄럭펄럭,
쾌청,
미풍 있음.
좋아하는 깃발을 올리자.
콘티키호
북극 탐험대
흰올빼미
곰

콘티키호의 뜻은?

내가 초등학교 때 읽었던 책 중 토르 헤위에르달이라는 노르웨이 인류학자가 어린이를 위해서 쓴 『콘티키호 탐험기』가 있었다. 고대의 뗏목과 같은 모양으로 배를 만들어 남아메리카 페루 해안에서 남태평양의 섬까지 항해하는 이야기이다. 이 탐험에서 고대인이 뗏목을 이용해 바다를 건넜다는 것을 실제로 증명했다. 감동을 많이 받았던 기억이 난다.

수년 전에 북위 70도의 노르웨이 마을, 트롬쇠에 갔을 때 우연히 콘티키호 박물관이 있다는 걸 알게 됐다. 그 당시의 뗏목을 복원해 도구들을 전시하고 있었는데, 어릴 때의 기억이 떠올라 행복한 기분에 잠겼다. 그래서 나는 이번 '탐험'에 사용할 배 이름은 누가 뭐라고 해도, '콘티키호'로 짓겠다고 일찌감치 결심했다. 이 콘티키호, 본명 조너선 4세호(줄여서 JIV)는 해양 레이스용의 엄청 멋진 요트다. 지구상에 있는 거친 바다를 쉬지 않고 돌아다니고 있다. 선장은 "내년에는 그린란드에서 출발하여 태평양으로 남하해 남극에 갈 거다. 와하하하." 하며 큰 소리로 웃는다. 우선 JIV의 실력에 몸을 맡겨 보자.

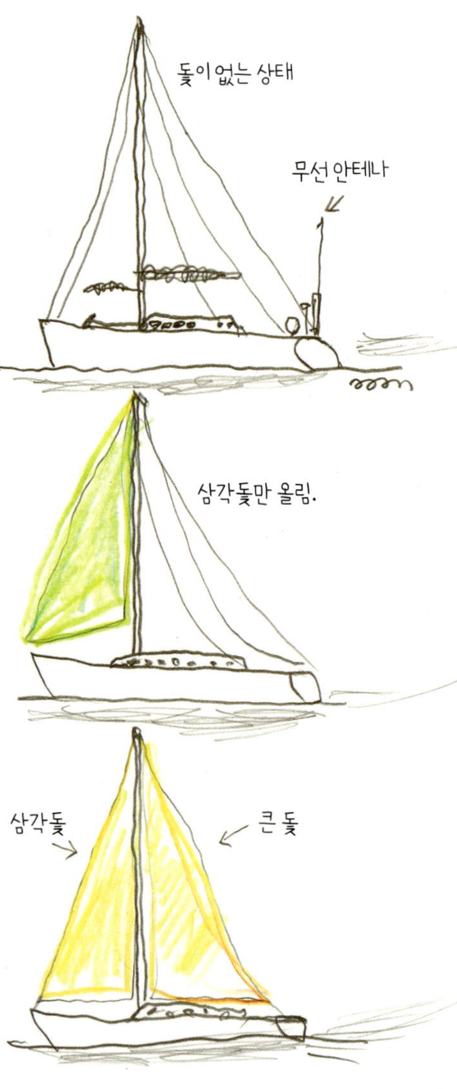

피오르에 들어가면 바람이 없는 경우가 많다. 이때는 돛 없이 엔진만으로 움직인다. 바람이 불면 삼각돛을 올린다. 큰 돛을 올리면 속도가 아주 빨라진다.

콘티키호의 갑판

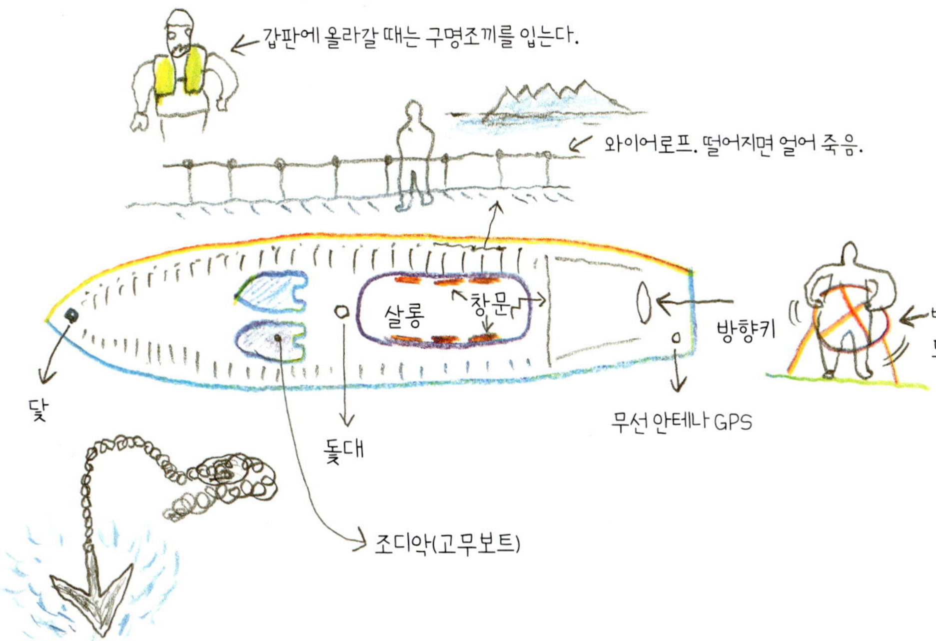

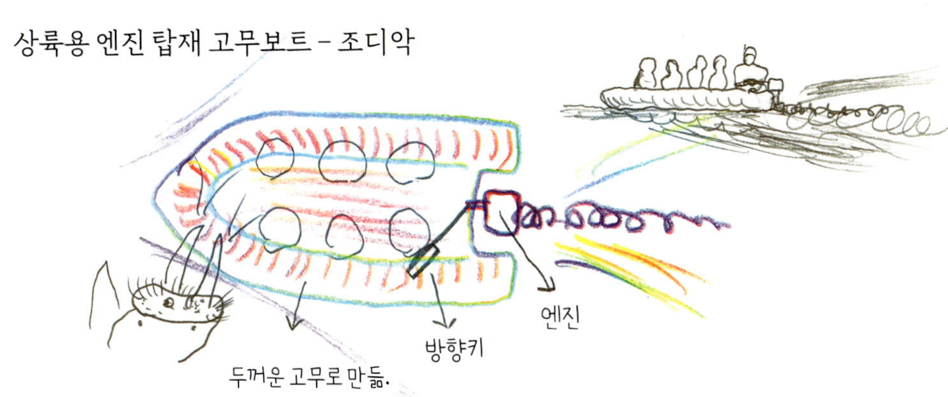

상륙용 엔진 탑재 고무보트 – 조디악

선장 말씀 "바다코끼리란 놈은 위험하기
짝이 없어. 엄니에 찔리면 보트에 구멍이
난다고. 침몰하고 죽는 거지!"

아주 멋진 배다. 여섯 명 이
상 타도 흔들림 없이 편안
하다. 이걸로 상륙한다.

콘티키호의 구조

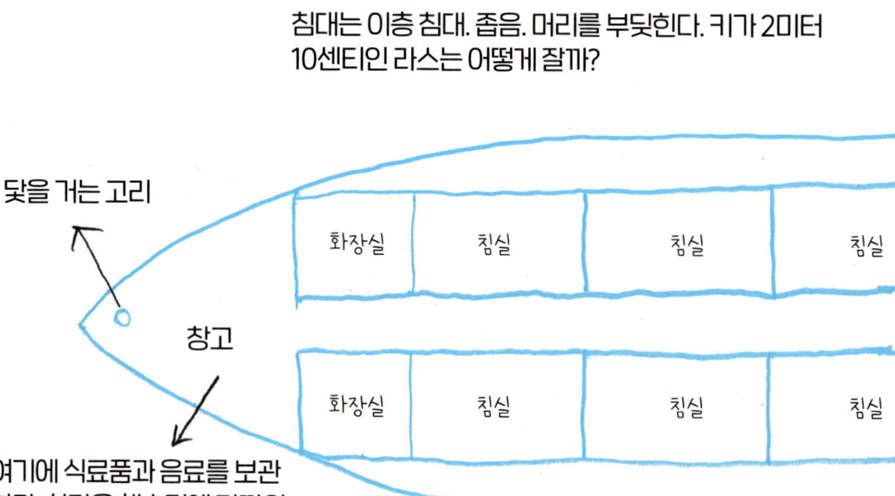

콘티키호에 대해 좀 더 자세히 말해 보자. 총길이는 21미터. 요트로서는 호화로운 편이나 역시 좁다. 여기에서 11명이 약 한 달간 생활할 것이다. 무엇보다 기쁜 건 신문도 라디오도 없고, 누구와도 연락이 닿지 않는다는 것이다. 특히 일본에 있는 편집자는 도저히 연락할 방법이 없어 포기할 것이다. 하하하! 화장실은 두 곳. 요트의 뱃머리에 있다. "화장실은 꼭 앉아서 사용해야 합니다. 배가 흔들리면 주변에 흘리게 되니까요.

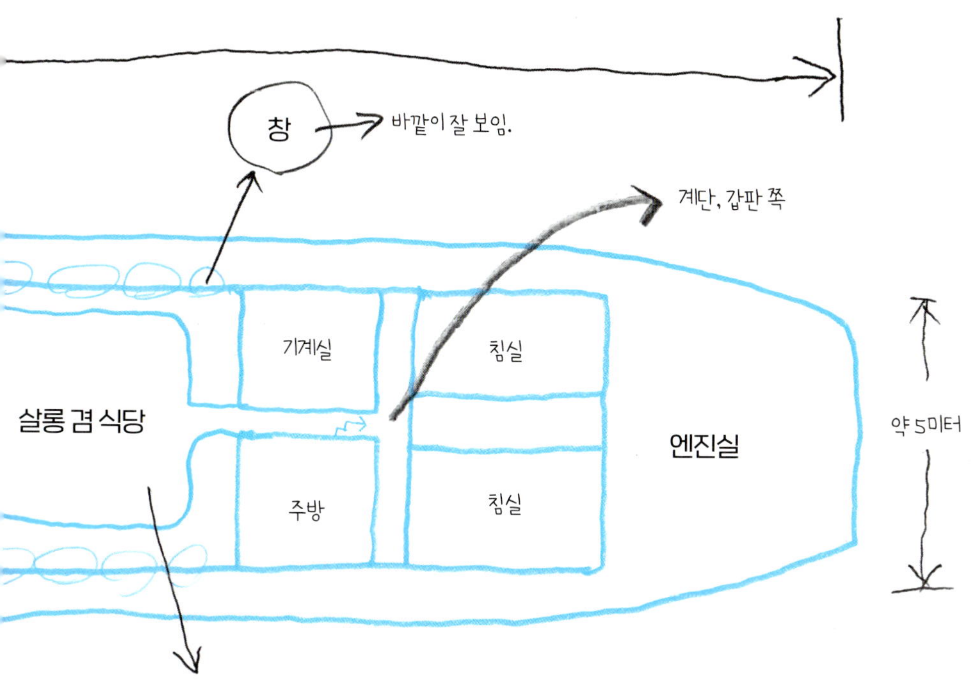

눈 닿는 곳마다 틈새 공간에 식료품을 넣었다. 예를 들어 식당 의자, 침대 아래 등에서 파스타, 쌀, 통조림, 빵을 발견할 수 있다. 11명이 매일 3끼씩 4주간 먹을 양이니 어쩔 수 없다. 출항하면 더는 구할 수 없다.

알겠습니까?" 하고 선장이 말했다. 배 가운데의 식당은 살롱, 작업실, 컴퓨터실, 휴게실 등을 겸한다. 잘 때 빼고는 거의 여기서 지낸다. 양쪽으로 창이 즐비하게 있어 온실 안에 있는 느낌이다. 갑판은 멋지다. 바깥 공기가 기분 좋다. 북극 풍경을 지나치다 보면 정신이 맑아지는 게 느껴진다. 요리사 라우라는 언제나 갑판에서 잎담배를 피운다.

북극해로 드디어 출항하다

스발바르 제도는 빙하로 뒤덮인 섬이다. 그 빙하들이 몇만 년간 산맥을 깎아 뾰족한 산 모양을 만들어 냈다. 뾰족한 산이 계속 끊이지 않고 이어져 있어 마치 꽃꽂이에 쓰는 침봉 같은 모양이다. 구불거리는 해안선이 깊숙이 수십 킬로나 뻗어 있다. 빙하에 깎인 가파른 산자락이 바닷속 깊은 곳까지 이어져 있다. 그것을 피오르(협만)라고 부른다. 피오르 안의 바다는 꽤 조용하다. 산의 모습이 바다에 거꾸로 비쳐, 봐도 봐도 질리지 않는다. 아무 생각 없이 스케치했다.

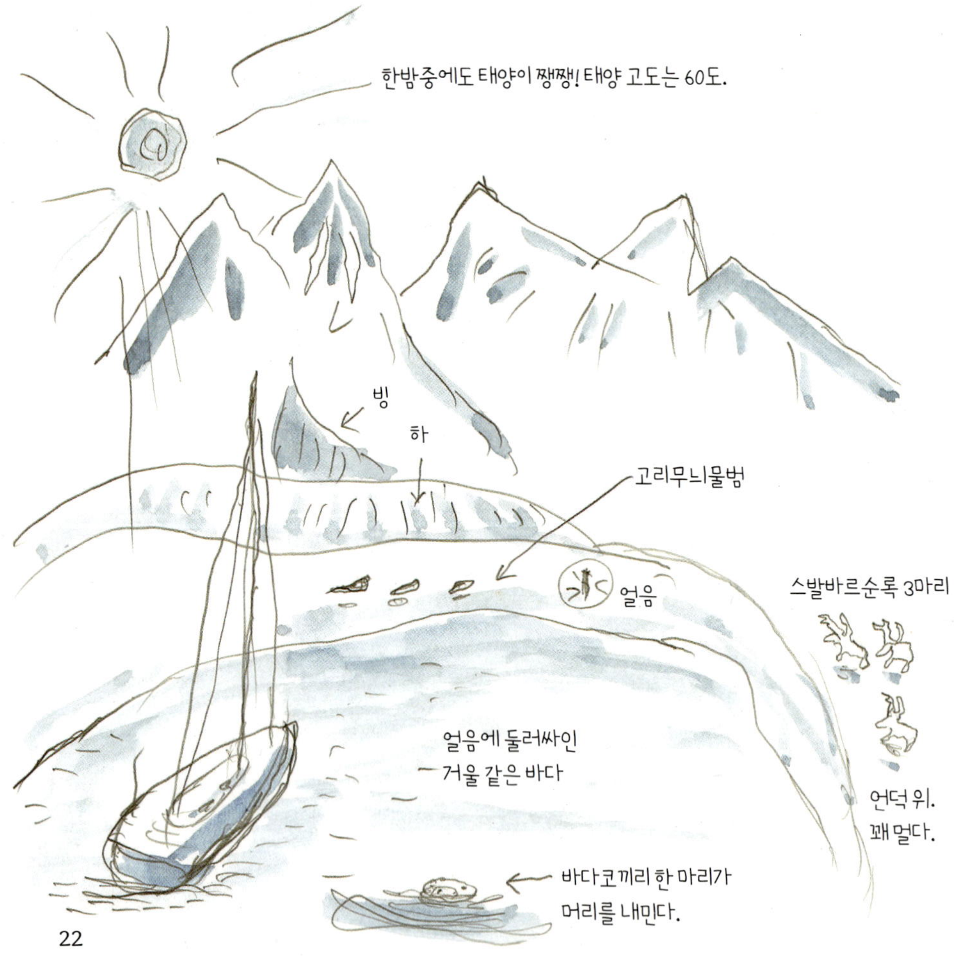

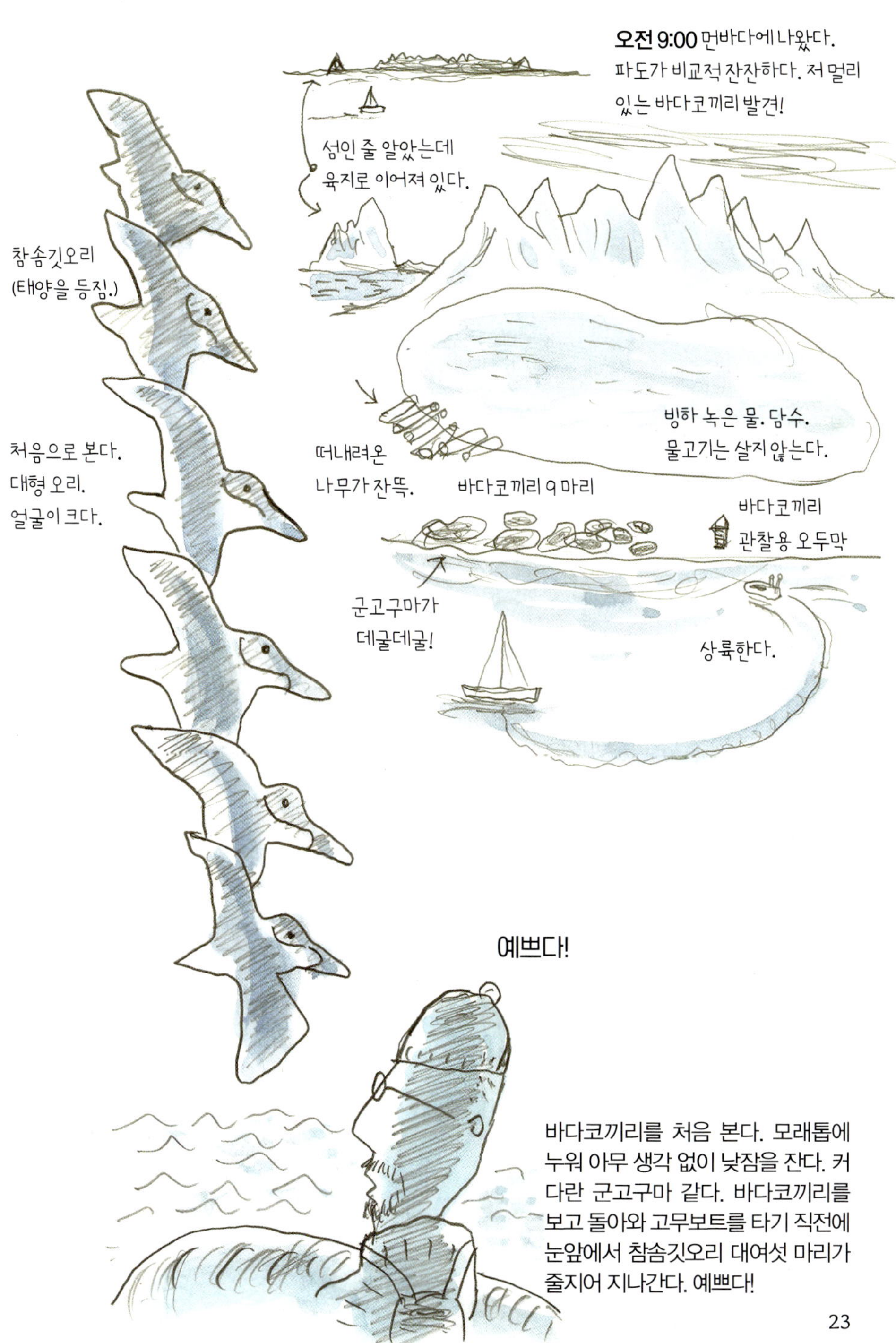
오전 9:00 먼바다에 나왔다.
파도가 비교적 잔잔하다. 저 멀리
있는 바다코끼리 발견!
섬인 줄 알았는데
육지로 이어져 있다.
참솜깃오리
(태양을 등짐.)
처음으로 본다.
대형 오리.
얼굴이 크다.
떠내려온
나무가 잔뜩.
군고구마가
데굴데굴!
바다코끼리 9 마리
빙하 녹은 물. 담수.
물고기는 살지 않는다.
바다코끼리
관찰용 오두막
상륙한다.
예쁘다!
바다코끼리를 처음 본다. 모래톱에
누워 아무 생각 없이 낮잠을 잔다. 커
다란 군고구마 같다. 바다코끼리를
보고 돌아와 고무보트를 타기 직전에
눈앞에서 참솜깃오리 대여섯 마리가
줄지어 지나간다. 예쁘다!

북극의 경치

4월에서 8월 사이, 북극은 낮만 계속되는 '백야'다. 놀랍다. 종일 머리 꼭대기에 태양이 쨍쨍하게 떠 있다. 한밤중에도 쨍쨍. 소리도 없이 그저 쨍쨍. 북위 79도 80분에서 백야가 이런 것이란 걸 알게 되었다. 그 반대의 경우를 생각해 봤다. 11월부터 2월까지는 밤만 계속되는 '극야'다. 새까만 어둠이다. 어떤 세계일까? 상상도 할 수 없을 정도로 어두울까? 빠르게 달리는 요트 갑판에서 스쳐 지나가는 풍경을 끊임없이 그린다.

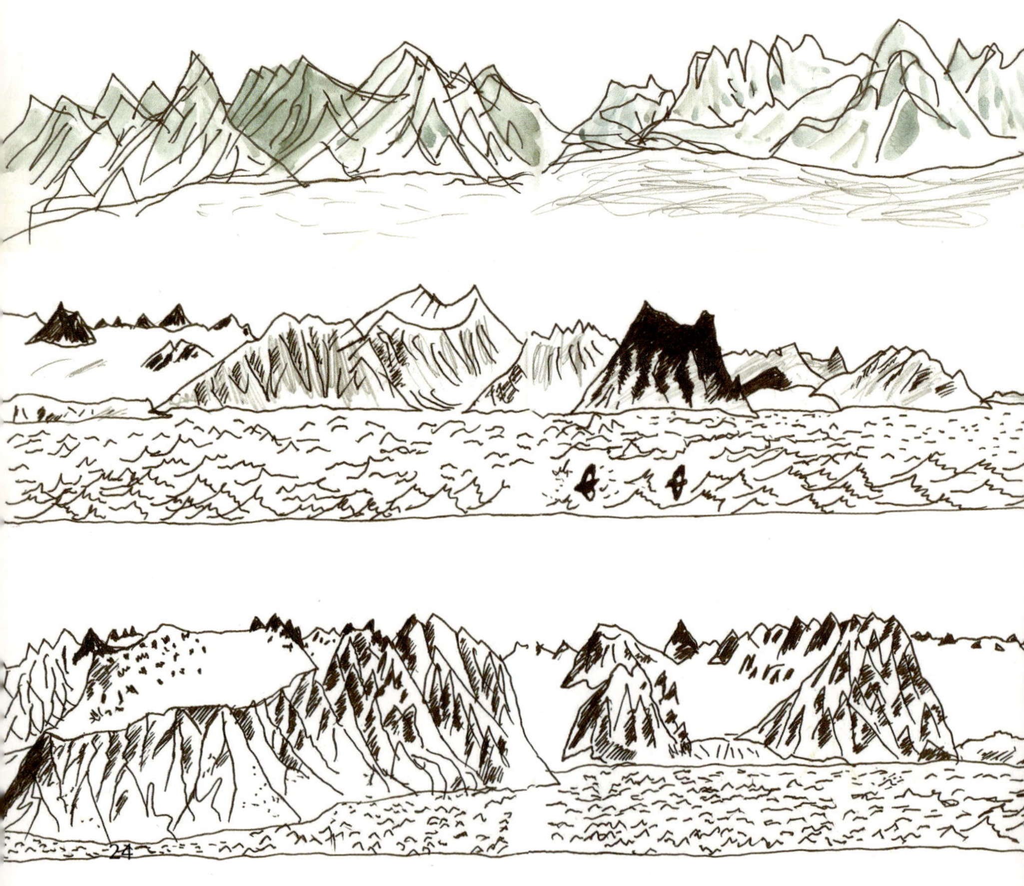

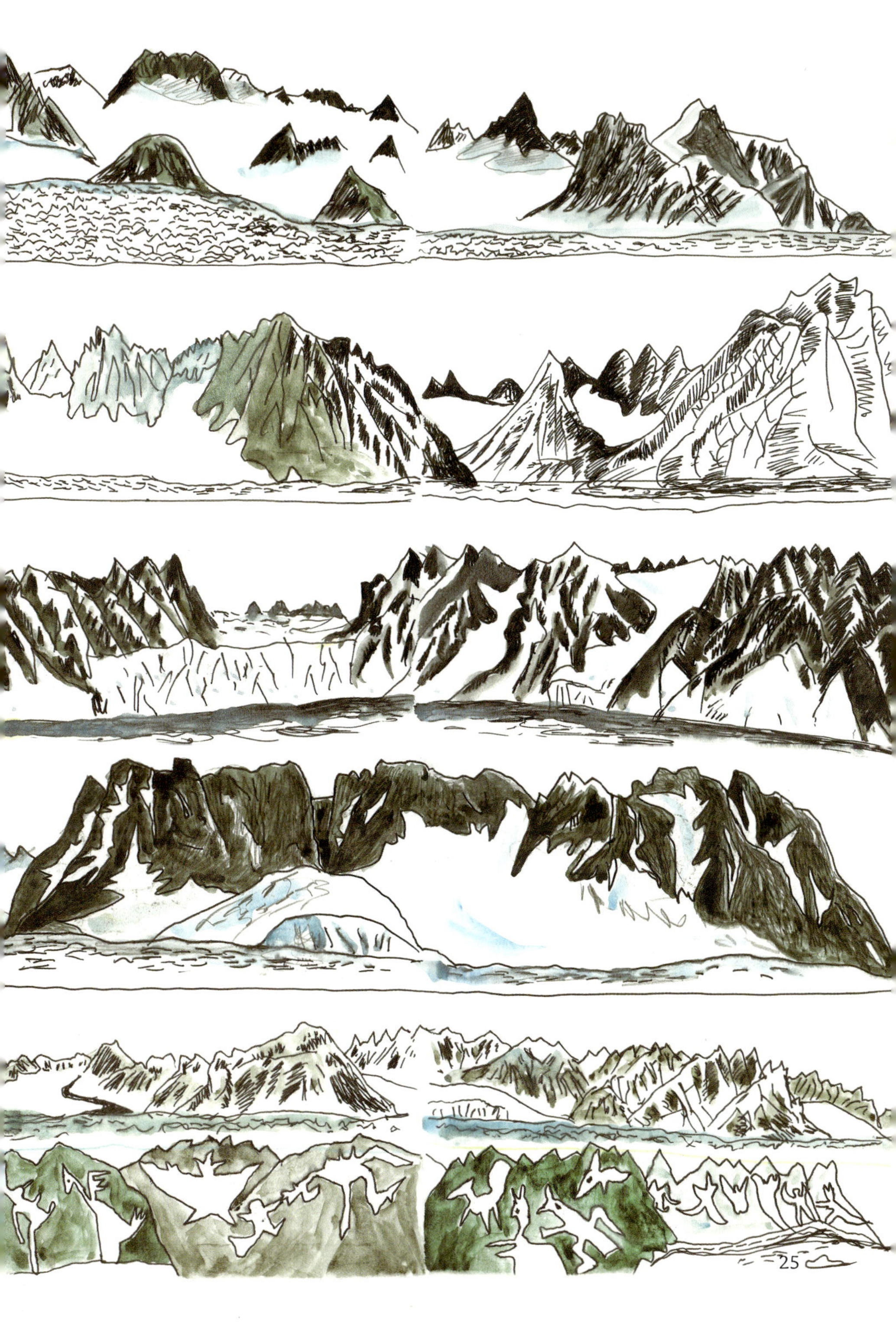

사람일까? 동물일까? 눈 쌓인 계곡에 숨은 모양

산 표면의 눈이 조금씩 녹아내려 계곡에 하얗게 쌓인다. 보면 볼수록 흥미롭다. 다른 사람에게는 안 보일지 몰라도 그림쟁이 눈에는 점점 더 동물이나 사람의 형태로 보인다. 매일 보다 보면 멈출 수 없다. 환각 상태가 된다.

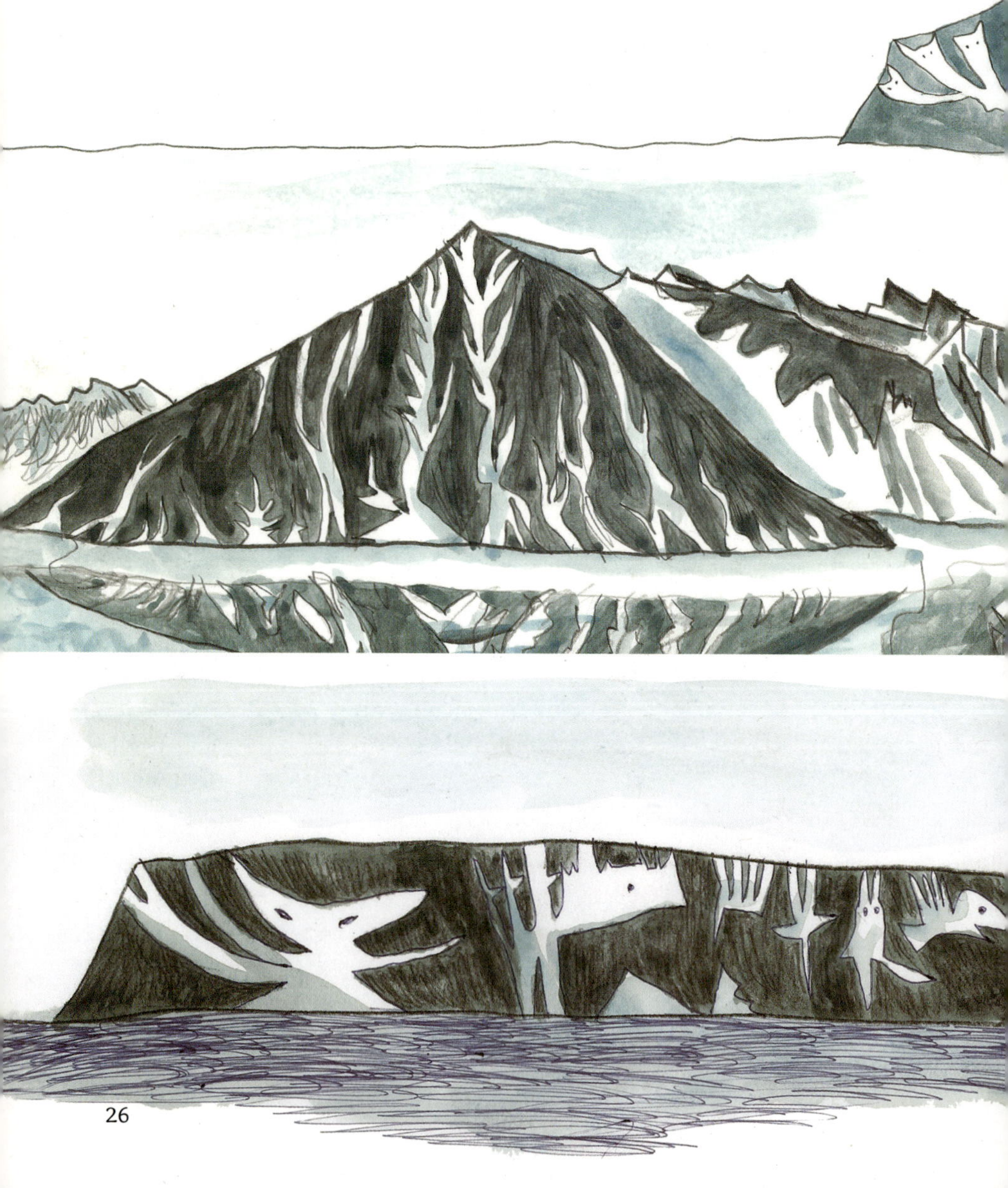

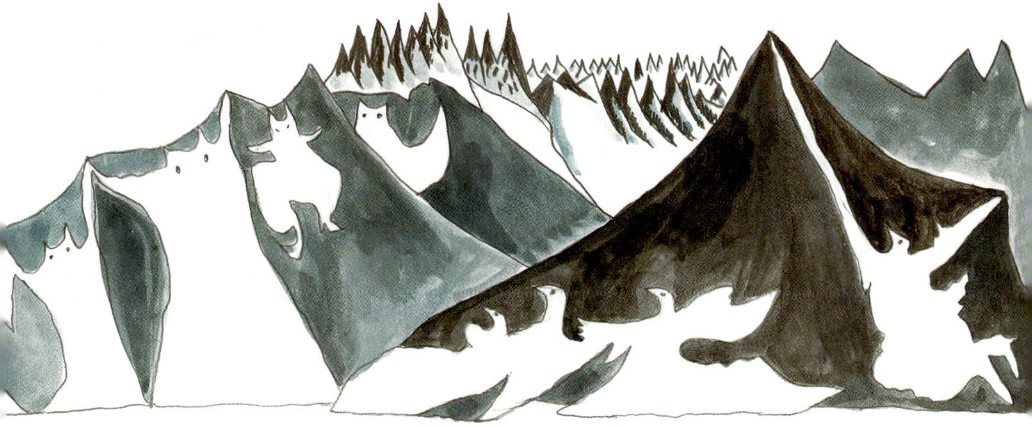

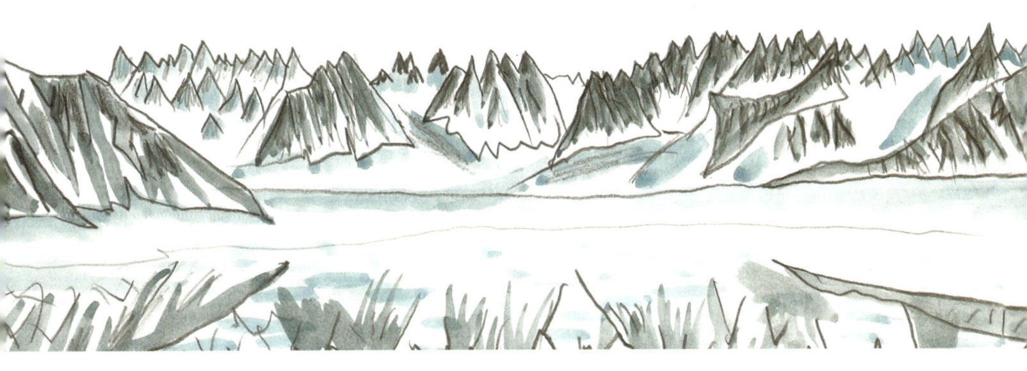

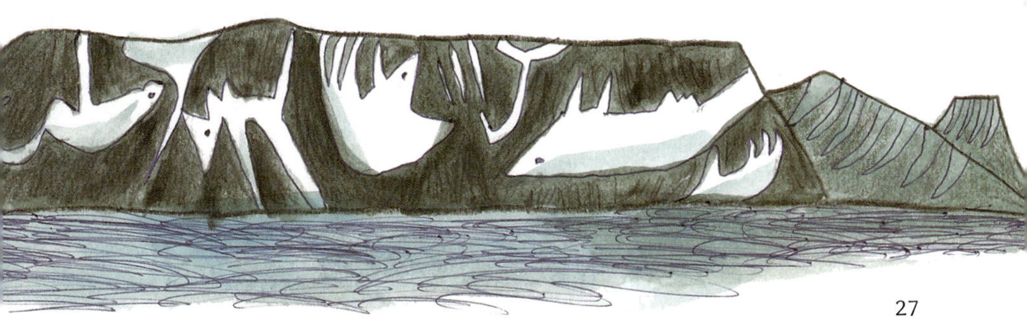

**드디어 첫 상륙이다.
북극곰을 만날 수 있을까?**

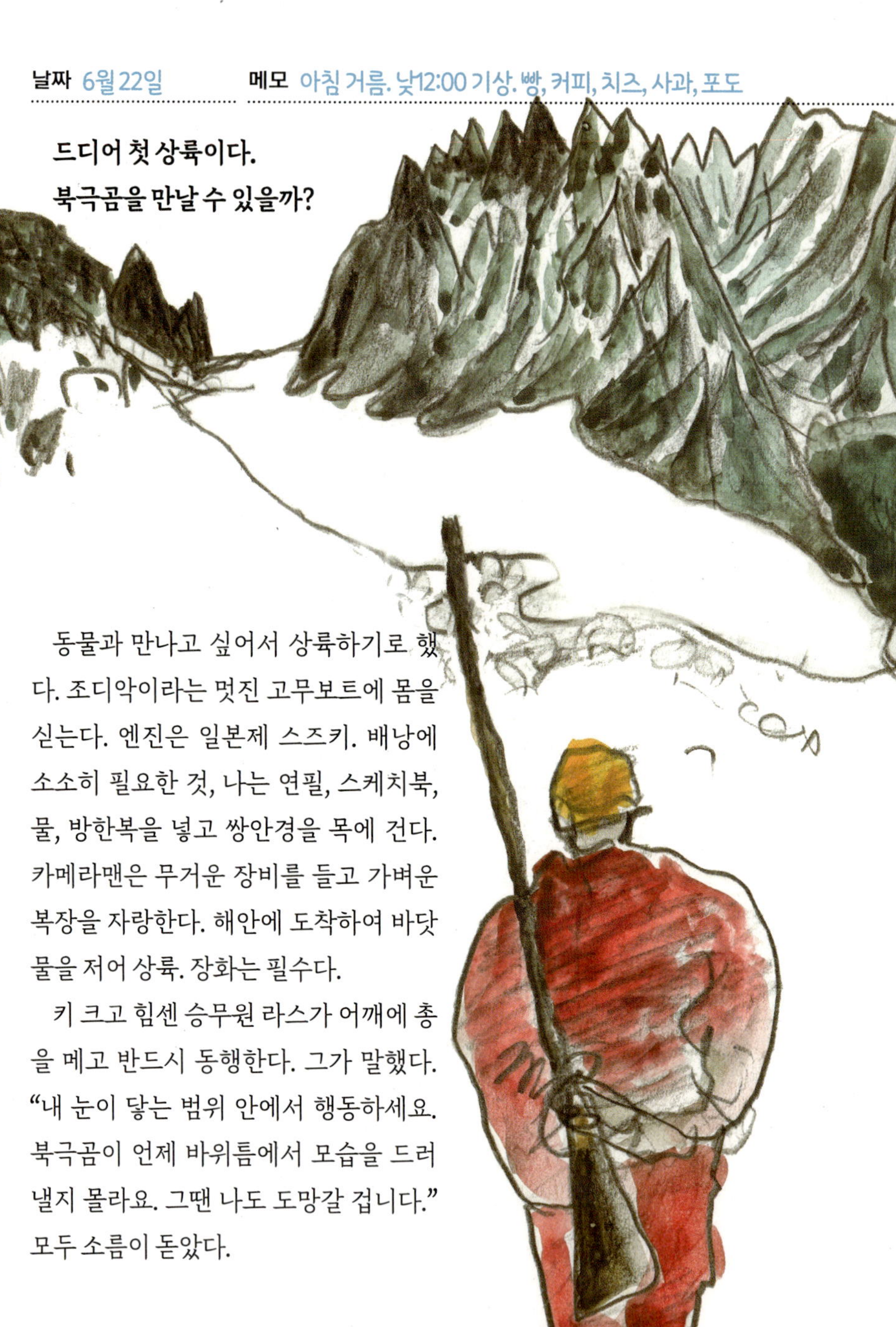

　동물과 만나고 싶어서 상륙하기로 했다. 조디악이라는 멋진 고무보트에 몸을 싣는다. 엔진은 일본제 스즈키. 배낭에 소소히 필요한 것, 나는 연필, 스케치북, 물, 방한복을 넣고 쌍안경을 목에 건다. 카메라맨은 무거운 장비를 들고 가벼운 복장을 자랑한다. 해안에 도착하여 바닷물을 저어 상륙. 장화는 필수다.

　키 크고 힘센 승무원 라스가 어깨에 총을 메고 반드시 동행한다. 그가 말했다. "내 눈이 닿는 범위 안에서 행동하세요. 북극곰이 언제 바위틈에서 모습을 드러낼지 몰라요. 그땐 나도 도망갈 겁니다." 모두 소름이 돋았다.

우리를 지키는 라스

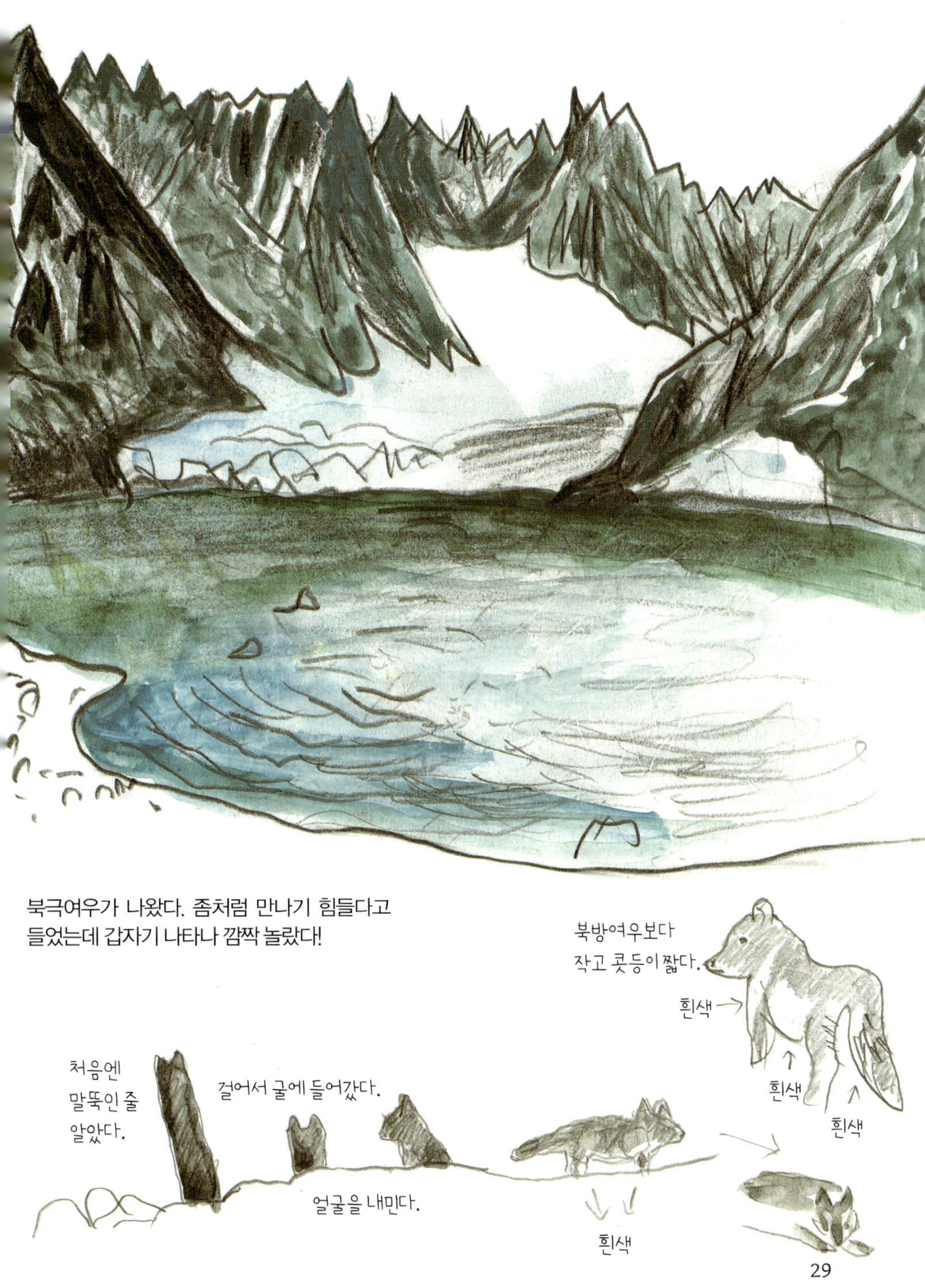

북극여우가 나왔다. 좀처럼 만나기 힘들다고
들었는데 갑자기 나타나 깜짝 놀랐다!
북방여우보다
작고 콧등이 짧다.
흰색
흰색
흰색
처음엔
말뚝인 줄
알았다.
걸어서 굴에 들어갔다.
얼굴을 내민다.
흰색

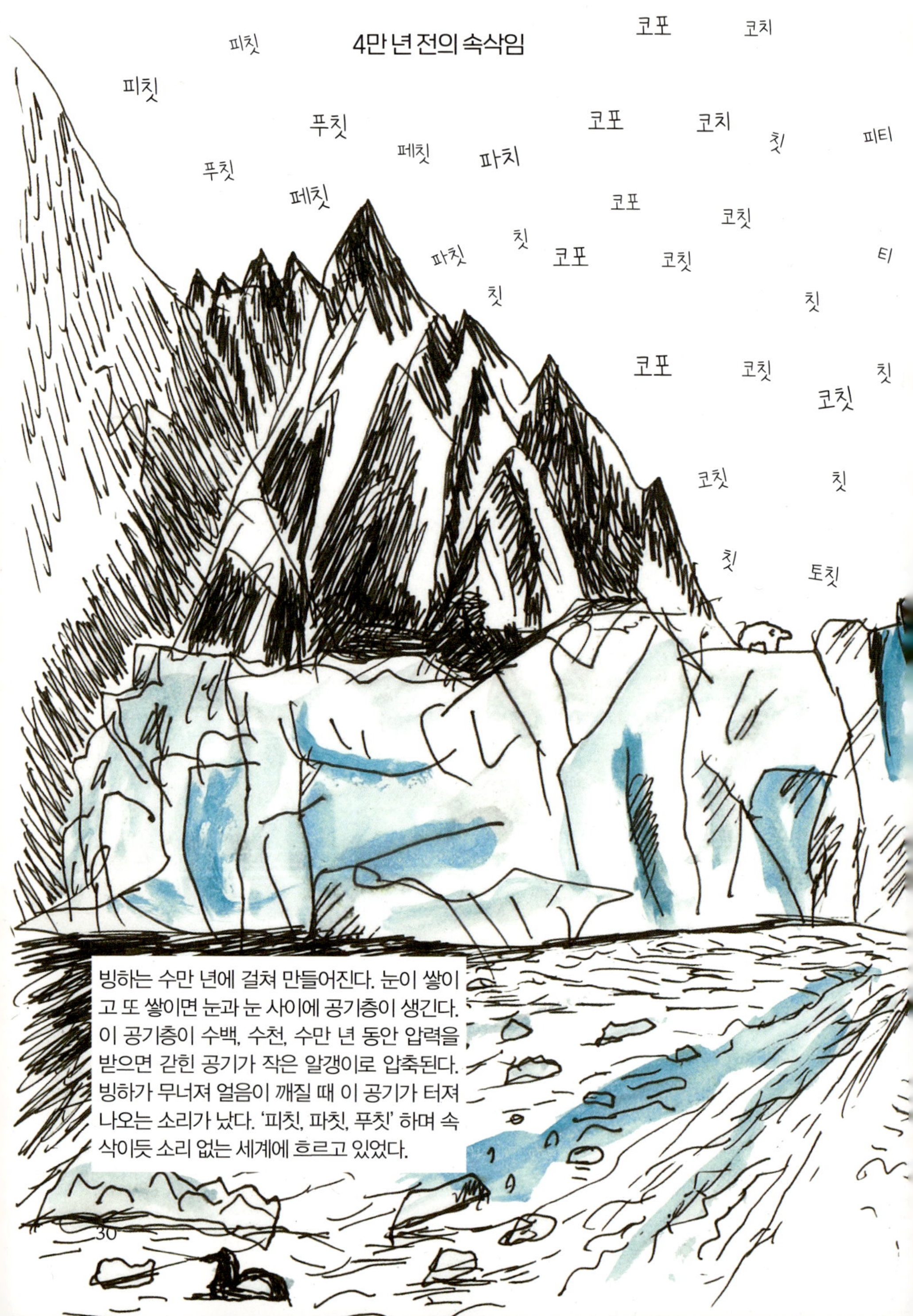

빙하는 수만 년에 걸쳐 만들어진다. 눈이 쌓이
고 또 쌓이면 눈과 눈 사이에 공기층이 생긴다.
이 공기층이 수백, 수천, 수만 년 동안 압력을
받으면 갇힌 공기가 작은 알갱이로 압축된다.
빙하가 무너져 얼음이 깨질 때 이 공기가 터져
나오는 소리가 났다. '피칫, 파칫, 푸칫' 하며 속
삭이듯 소리 없는 세계에 흐르고 있었다.

빙하 조각에서 나오는 음들

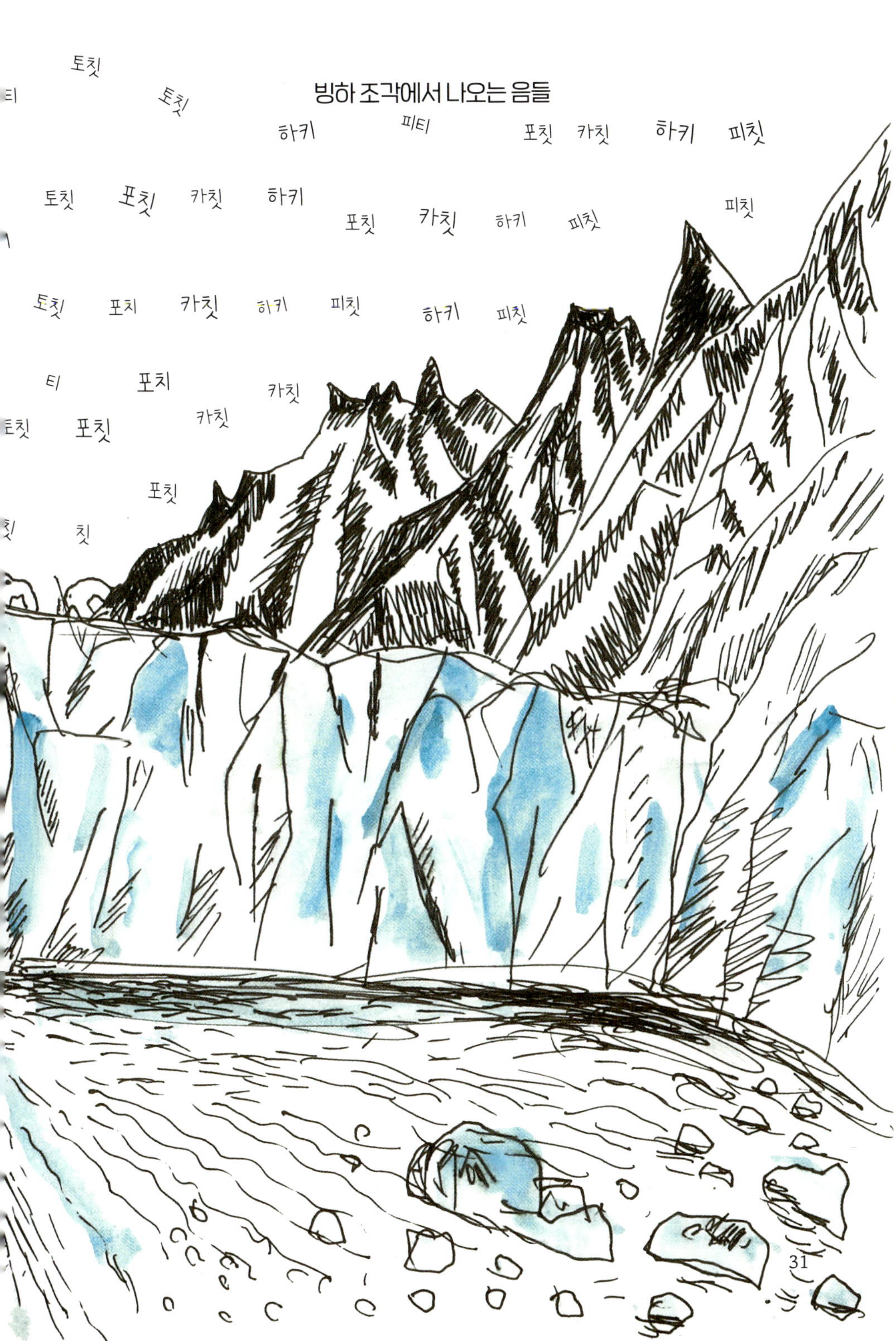

북극의 하지는 어떨까?

오늘은 하지. 어릴 때부터 이렇게 배워 왔다. '1년 중 낮이 가장 긴 날'이라고.

그런데 북위 79도의 북극에서는 아예 태양이 저물지 않는다. 종일 낮이다. 태양이 거의 머리 꼭대기에 있다. '낮이 가장 긴 날'이라는 말은 여기에서는 거짓이다. 동지도 마찬가지일 것이다. 와서 실제로 체험해 보지 않으면 모르는 것들이 많다. 여행 전 공부는 많이 하지 않는 게 좋다.

화창한 날이 계속된다. 게다가 피오르의 바다도 잔잔하다. 태양은 머리 위에서 쨍쨍. 기온은 영상 5~10도로 영상이다. 영상! 북극은 늘 영하일 거로 생각했는데, 마치 홋카이도의 4월 같다. 아, 이 얼마나 기분 좋은 날씨인지.

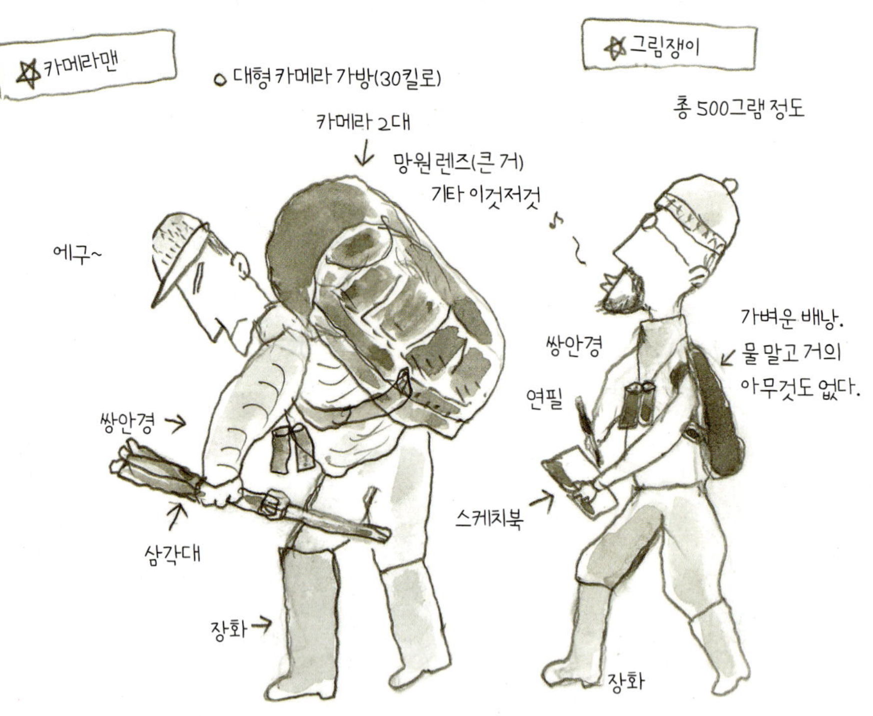

상륙할 때의 옷차림은 언제나 이런 식이다.
아, 그림쟁이라서 다행이다.

오전 9:30
강한 바람이 불고, 하늘은 맑음. 하현달이 하늘에
어렴풋이 보인다. 처음으로 다른 천체를 보았다.
왜냐면 여긴 밤이 없으니까.

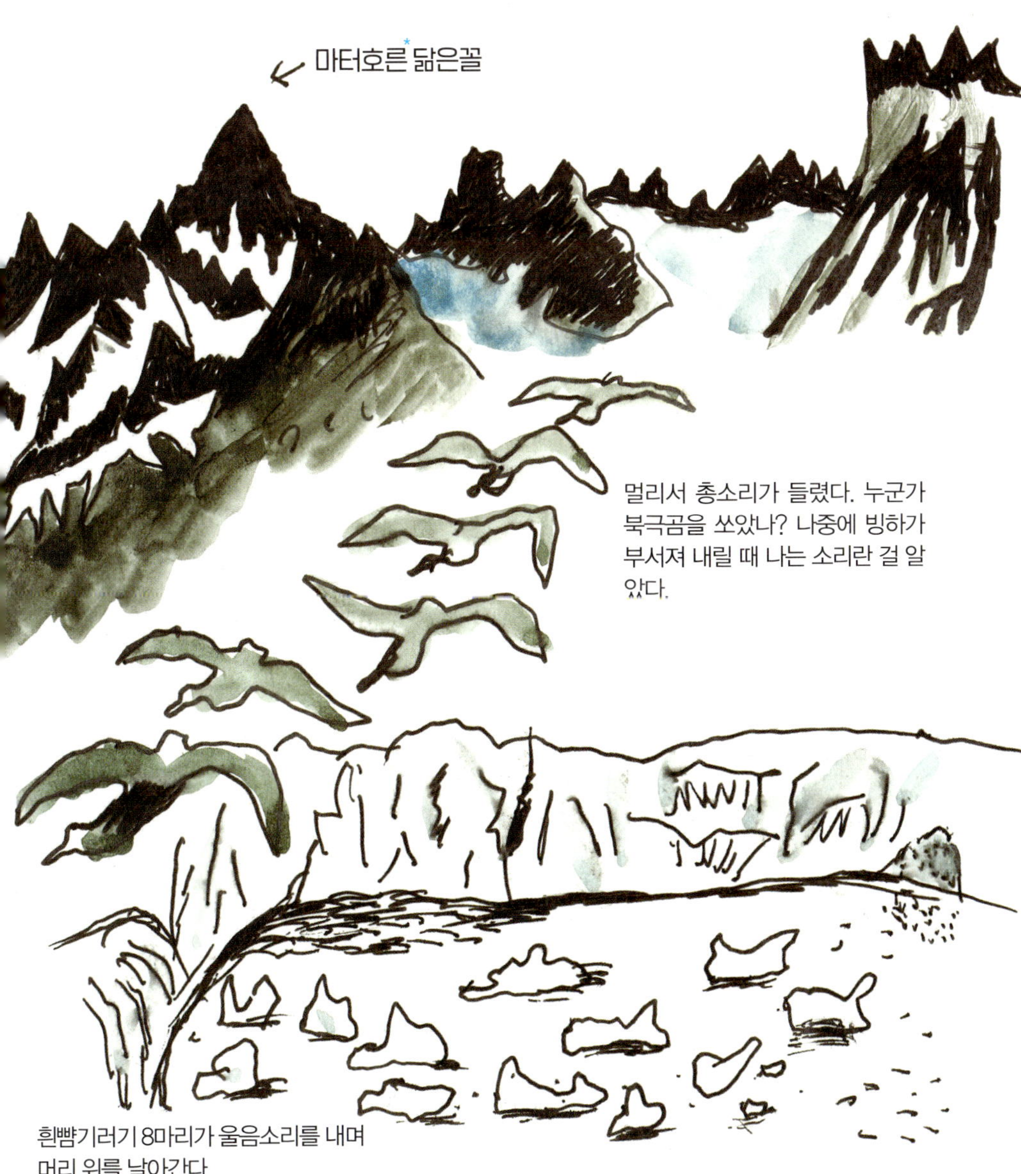

멀리서 총소리가 들렸다. 누군가
북극곰을 쏘았나? 나중에 빙하가
부서져 내릴 때 나는 소리란 걸 알
았다.

흰뺨기러기 8마리가 울음소리를 내며
머리 위를 날아간다.

북극곰의 성지에 드디어 입장

아무래도 북극곰의 성지에 가까워진 듯하다. 쌍안경으로 보니 이쪽저쪽에서 다 보인다. 요트에 탄 채 다가갔다. 드디어 북극곰이 코앞에 있다. 게다가 엄마 곰과 쌍둥이 아기 곰이다. 요트를 가까이 갖다 댔다. 북극곰은 얼음이 남아 있는 바위산을 걷고 있다. 엄마 곰이 "건너편 섬으로 건너가자."라고 하자, 아기 곰들이 미적거린다. 엄마 곰이 먼저 헤엄치기 시작한다. 오빠 곰도 뛰어들어 헤엄친다. 동생 곰도 할 수 없이 따라간다. 하지만 늦었다. "같이 가!" 하는 소리가 들린다. 이걸 그림책으로 엮어 보자.

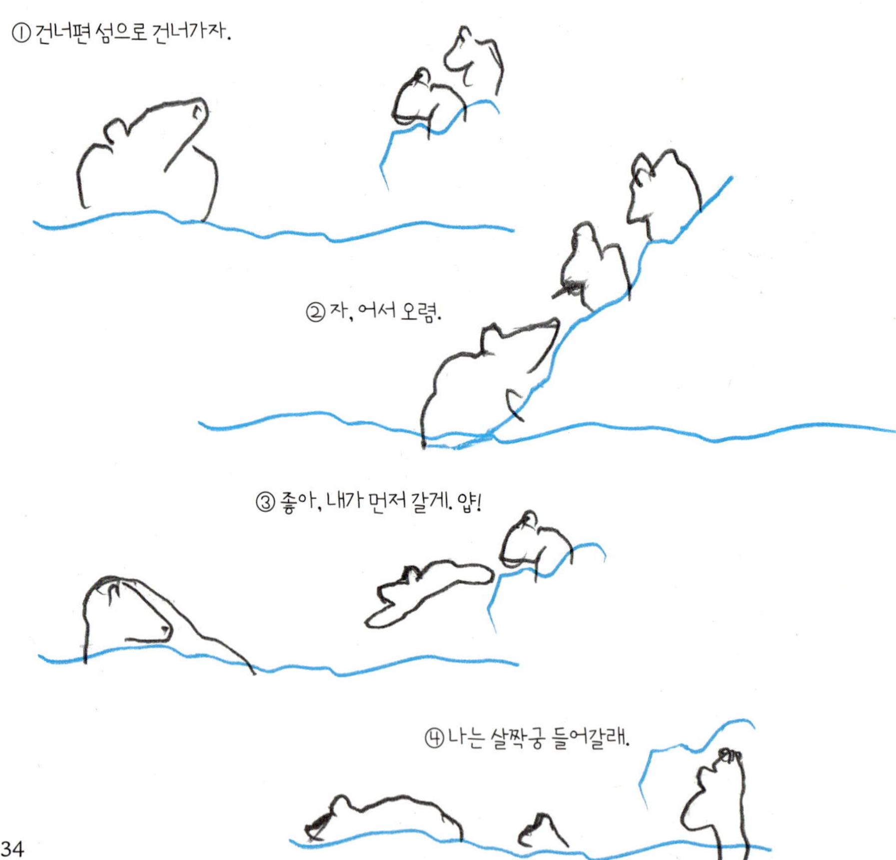

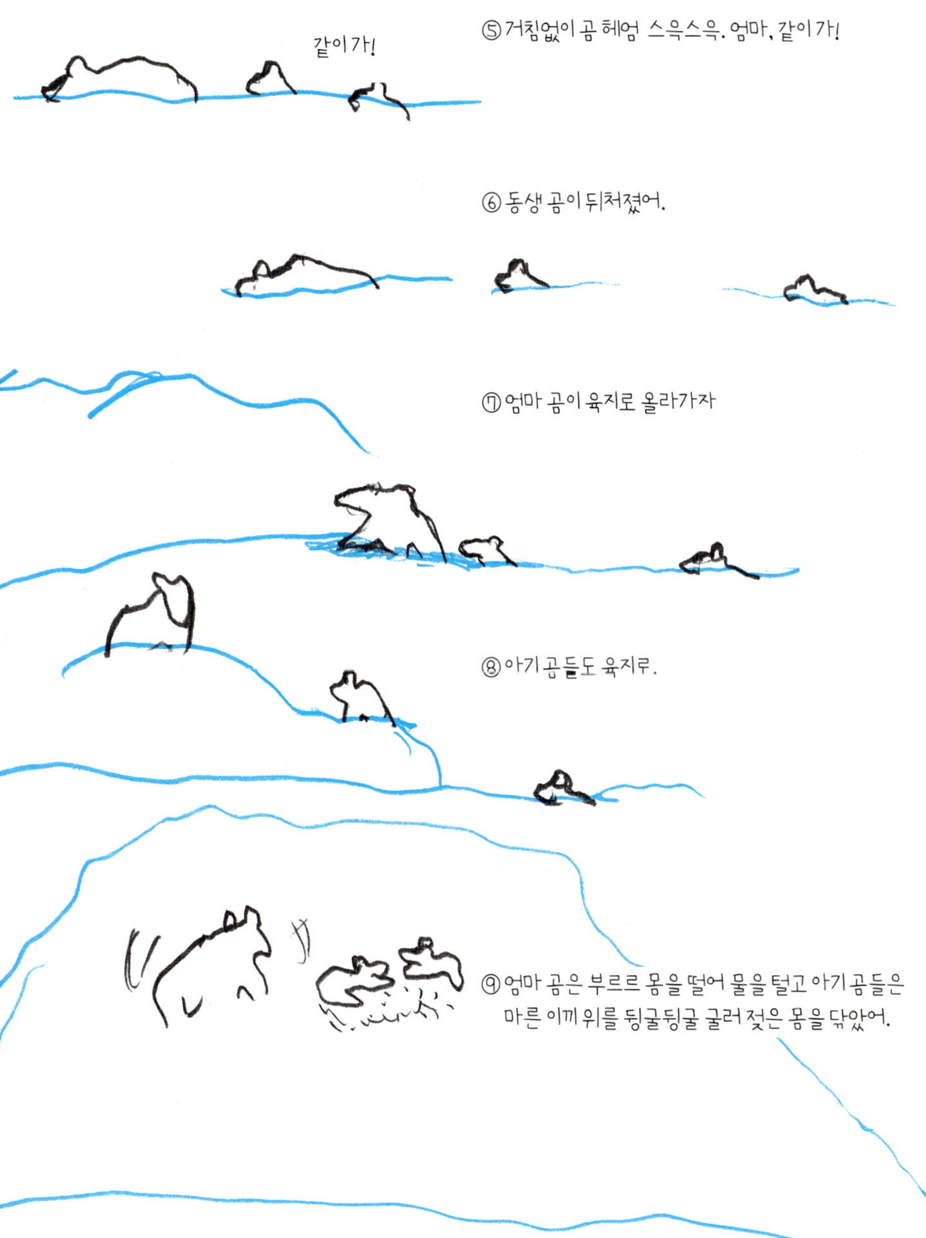

⑤ 거침없이 곰 헤엄 스윽스윽. 엄마, 같이 가!

⑥ 동생 곰이 뒤처졌어.

⑦ 엄마 곰이 육지로 올라가자

⑧ 아기곰들도 육지로.

⑨ 엄마 곰은 부르르 몸을 떨어 물을 털고 아기곰들은
마른 이끼 위를 뒹굴뒹굴 굴러 젖은 몸을 닦았어.

목이 긴 북극곰의 모습

북극곰은 동물원에서 돌본 적이 있기에 잘 안다고 생각했다. 그런데 어딘가 다르다. 우선, 수컷과 암컷은 극단적으로 크기가 다르다. 수컷은 멀리서 봐도 그 거대함을 알 수 있다. 500킬로는 족히 나갈 것 같다. 암컷은 한 아름 이상 작고, 아기 곰을 데리고 다니는 경우가 많다.

동물원과 결정적으로 다른 건 행동이 자유롭다는 점이다. 동물원은 좁아서 직선 방향으로 같은 움직임만 할 수 있지만, 여기에서는 움직임이 다양하다. 자유라는 것은 곡선적이고 변화무쌍한 행동일 것이다. 흥미롭다.

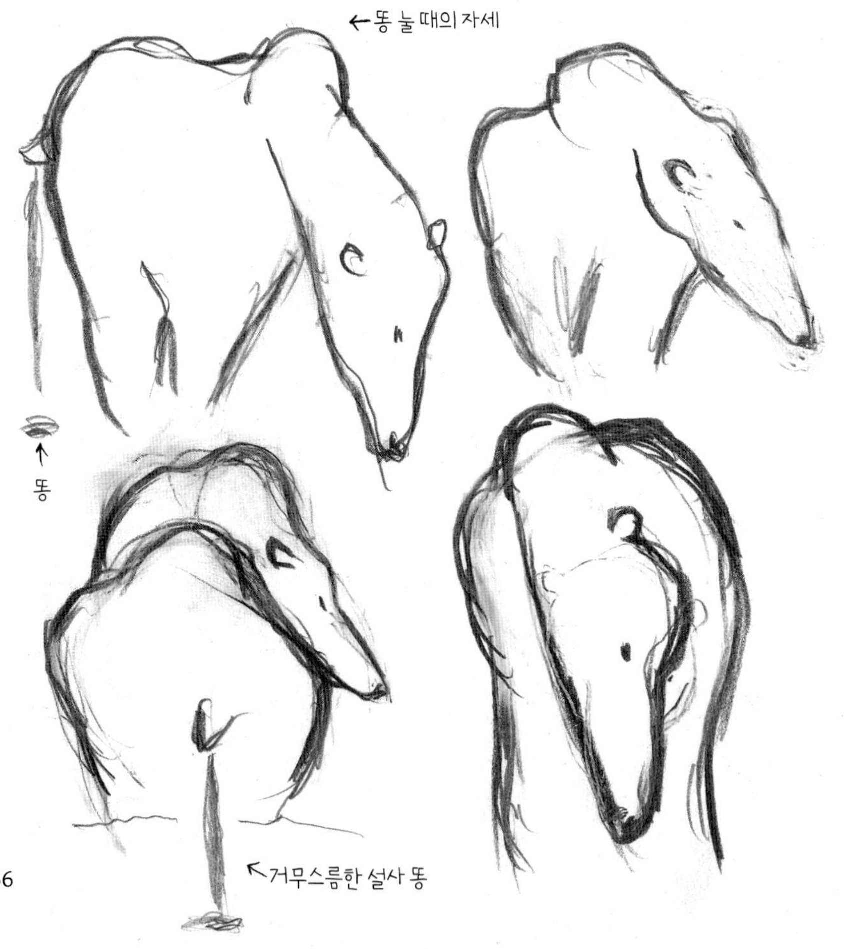

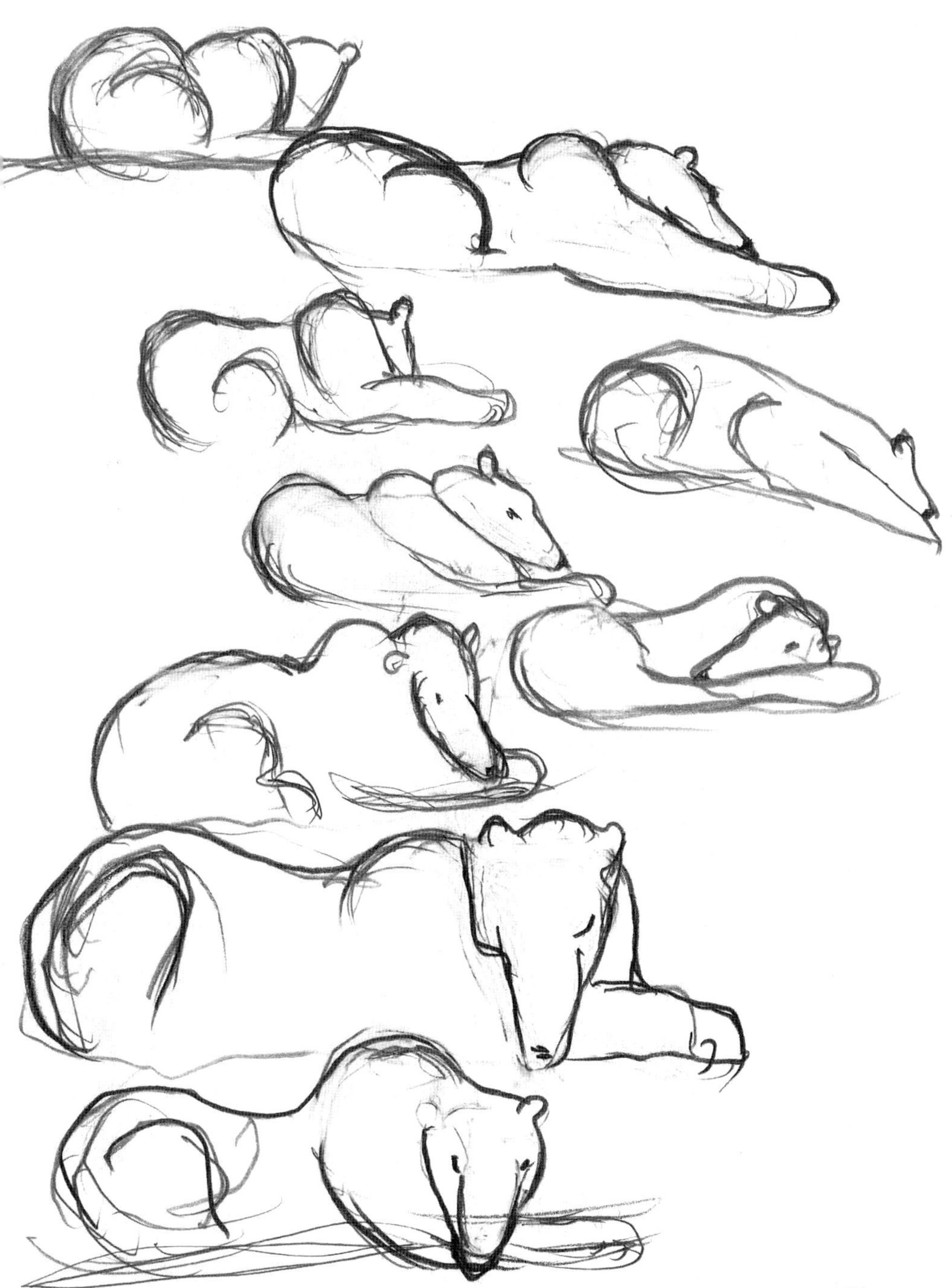

**백야의 강렬한 빛에 비친 북극곰의
아름다운 푸른빛 그림자**

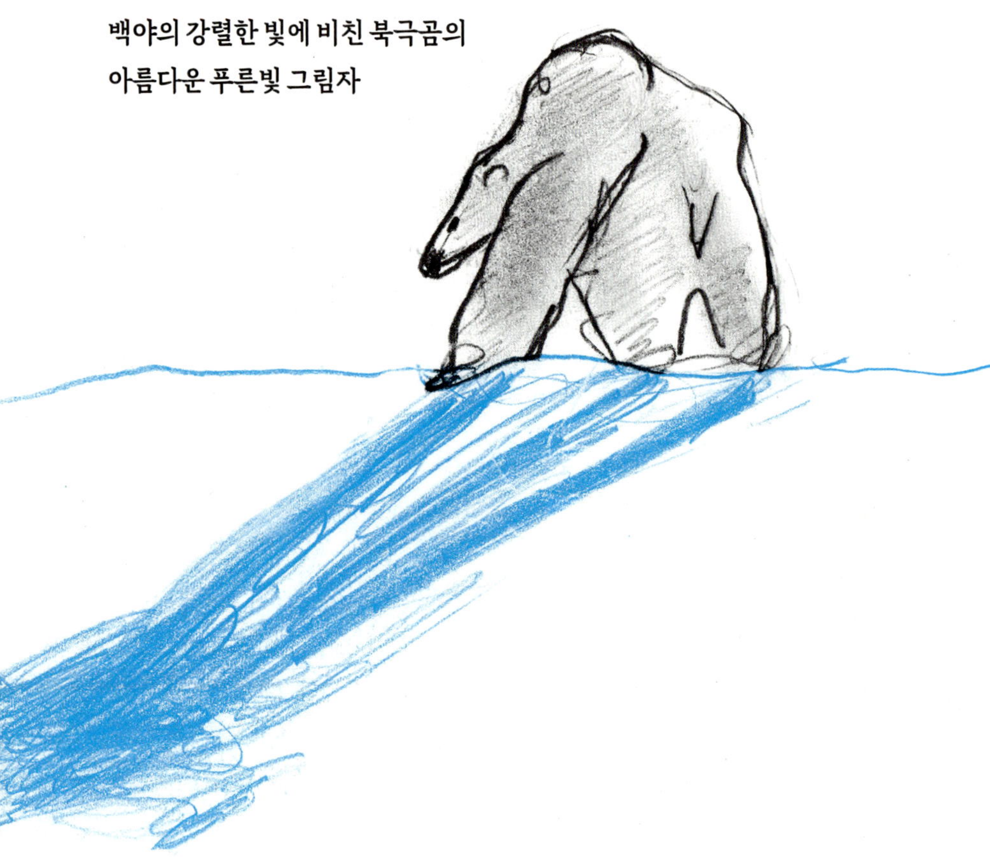

오늘도 북극곰을 만났다. 아침 일찍 요트를 가까이 댔다. 아침 일찍이라지만 낮이나 마찬가지. 태양이 머리 꼭대기에 떠 있다. 그래도 아침이 아침답게 느껴지게 되었다. 그림자가 좀 길다. 눈 위에 비친 그림자는 온통 새파랗다. 북극곰의 털은 실제론 하얗지 않고 투명하며 가운데에 구멍이 있다. 빛이 닿아 퍼지면 하얗게 빛나 보이는 거다. 눈 부신 태양 빛을 받아 북극곰의 바깥쪽 털이 황금색으로 빛났다. 마치 아지랑이 같다. 커다란 북극곰의 몸은 흰색이 아닌 황금색 윤곽이 되고, 커다란 그림자가 아름답게 길어졌다.

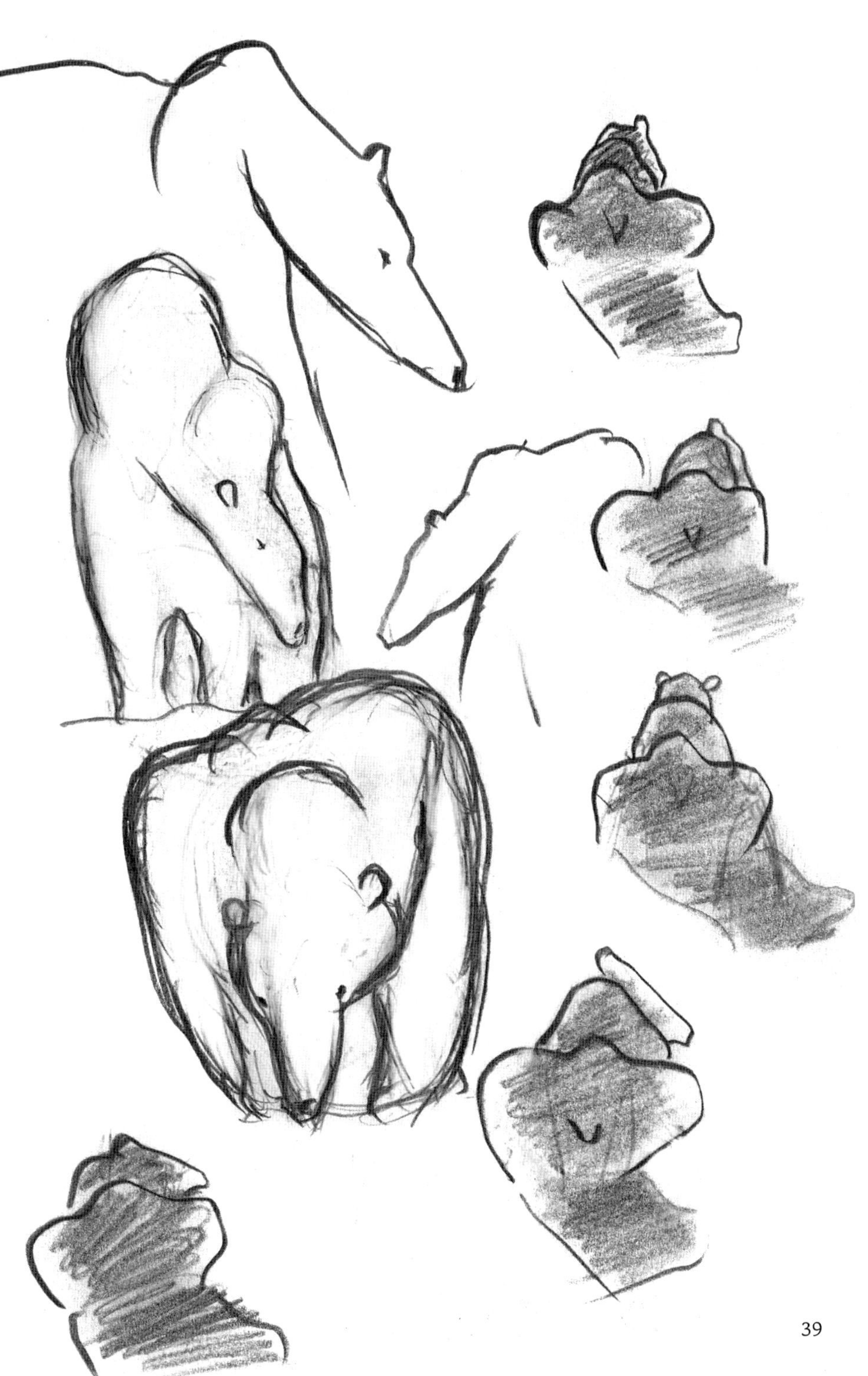

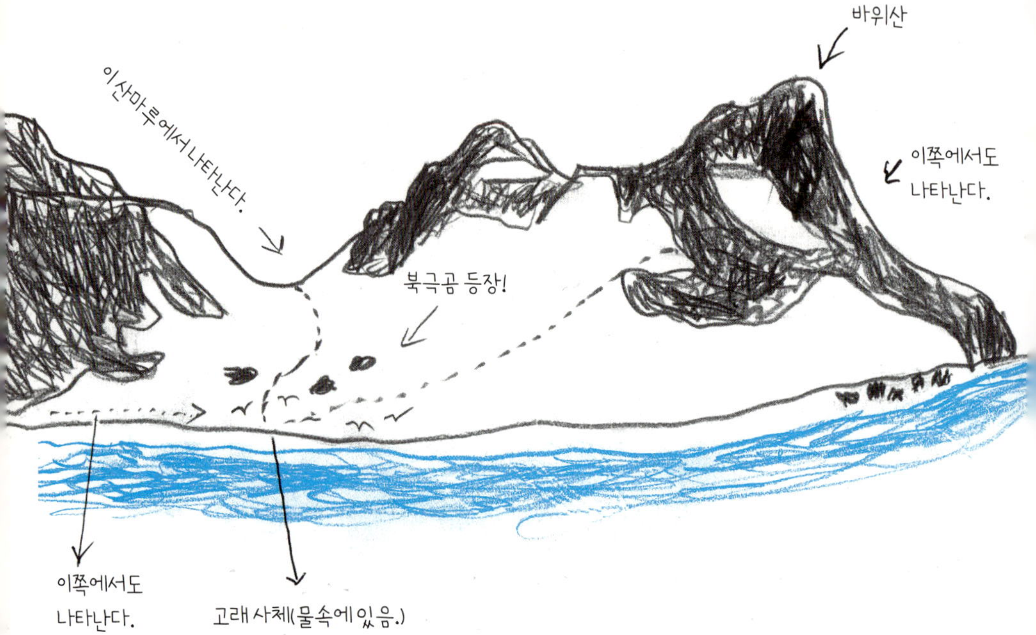

바위산

이쪽에서도
나타난다.

이 산마루에서 나타난다.

북극곰 등장!

이쪽에서도
나타난다.

고래 사체(물속에 있음.)

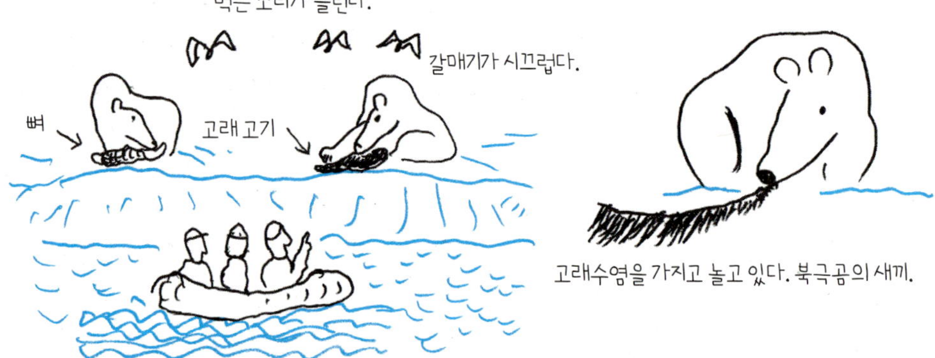

고무보트로 5미터쯤 되는 곳까지 다가가 그들의 행동을 관찰했다.

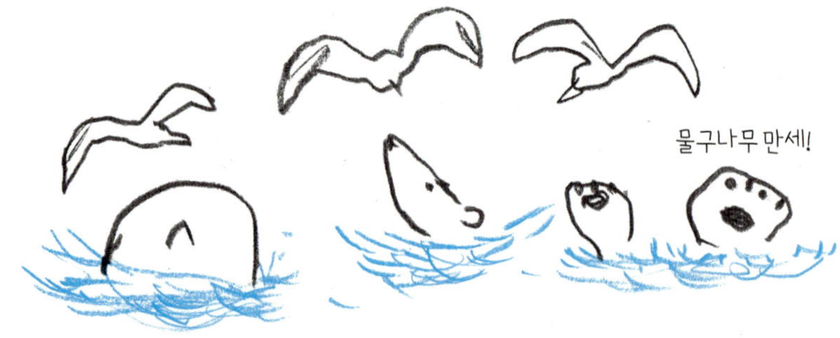

2년 전에 죽은 고래를 먹다

빙하가 무너져 내리는 해안에 북극곰 모자가 있다. 아기 곰은 두 살 정도 될까? 엄마 곰이 바닷속으로 잠수했다. 잠시 뒤 바다에서 올라올 때 알 수 없는 검붉은 고깃덩어리를 물고 있다. 고래 고기다. 족히 2년은 지난 것 같다. 추위 덕분에 부패가 진행되지 않아 계속 먹을 수 있는 것이다.

바닷속이 자연의 냉장실인 셈이다. 엄마 곰은 몇 번이나 잠수해 고깃덩어리를 구하러 가지만, 남은 게 얼마 없는지 물 위로 나오기까지 시간이 걸린다. 간신히 고깃덩어리를 물고 육지에 올라온 순간 다른 큰 곰이 다가와 가로챘다. 사는 건 정말 너무 힘들다.

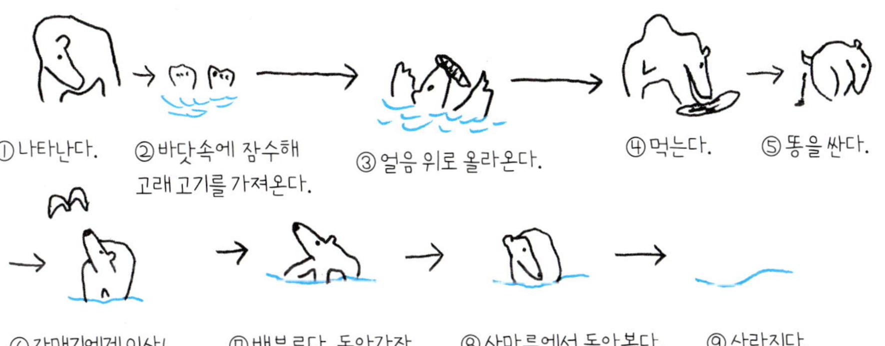

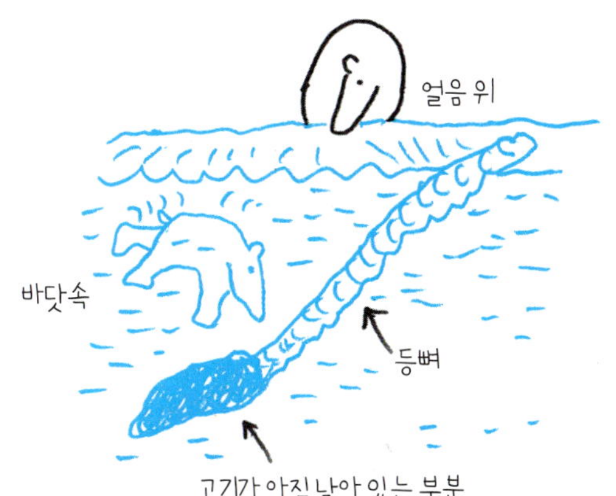

북극곰이 잠수할 때 가서 바닷속을 들여다보니 거대한 등뼈 같은 것이 보였다. 그 주변에 고깃덩어리가 붙어 있다. 북극해에서 생명의 순환을 보았다.

긴턱수염물범의 턱수염이 이렇게 덥수룩했구나

"긴턱수염물범이 보인다!" 마크 선장이 외쳤다. "잘됐다, 가자!" 힘차게 배를 띄웠다. 고무보트를 탔다. 조금씩 가까이 가자 작은 얼음덩어리 위에 물범이 자고 있다. 멀리서 보니 거대한 군고구마 같다. 얼굴은 돌리고 있어 보이지 않는다. 뒷발이 팔딱팔딱 움직인다. 우리가 온 걸 이미 눈치챈 것 같다. 그래도 자는 척하기로 작정한 모양이다. 물범이 있는 얼음덩어리 주변을 고무보트로 한 바퀴 돌았다. 멍하게 있던 물범이 휙 얼굴을 들었다. 생각보다 얼굴이 작다. 몸무게가 300킬로 정도니까 10등신 정도 되려나? 덥수룩한 턱수염이 은색으로 빛나고 있었다.

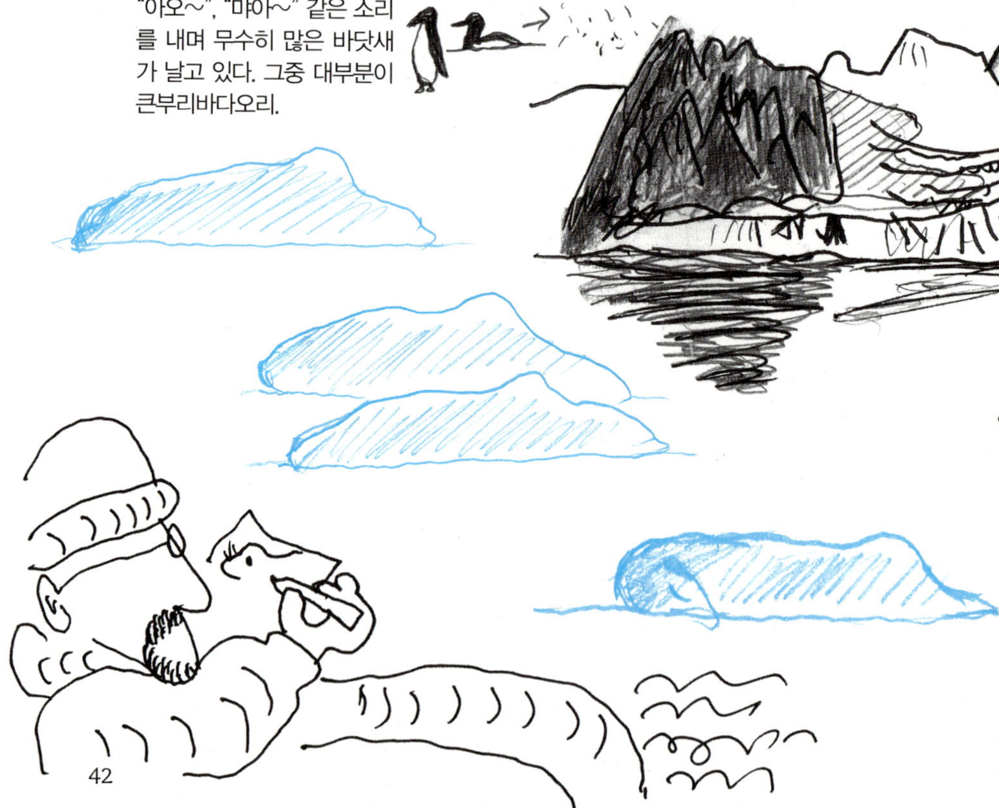

"아오~", "먀아~" 같은 소리를 내며 무수히 많은 바닷새가 날고 있다. 그중 대부분이 큰부리바다오리.

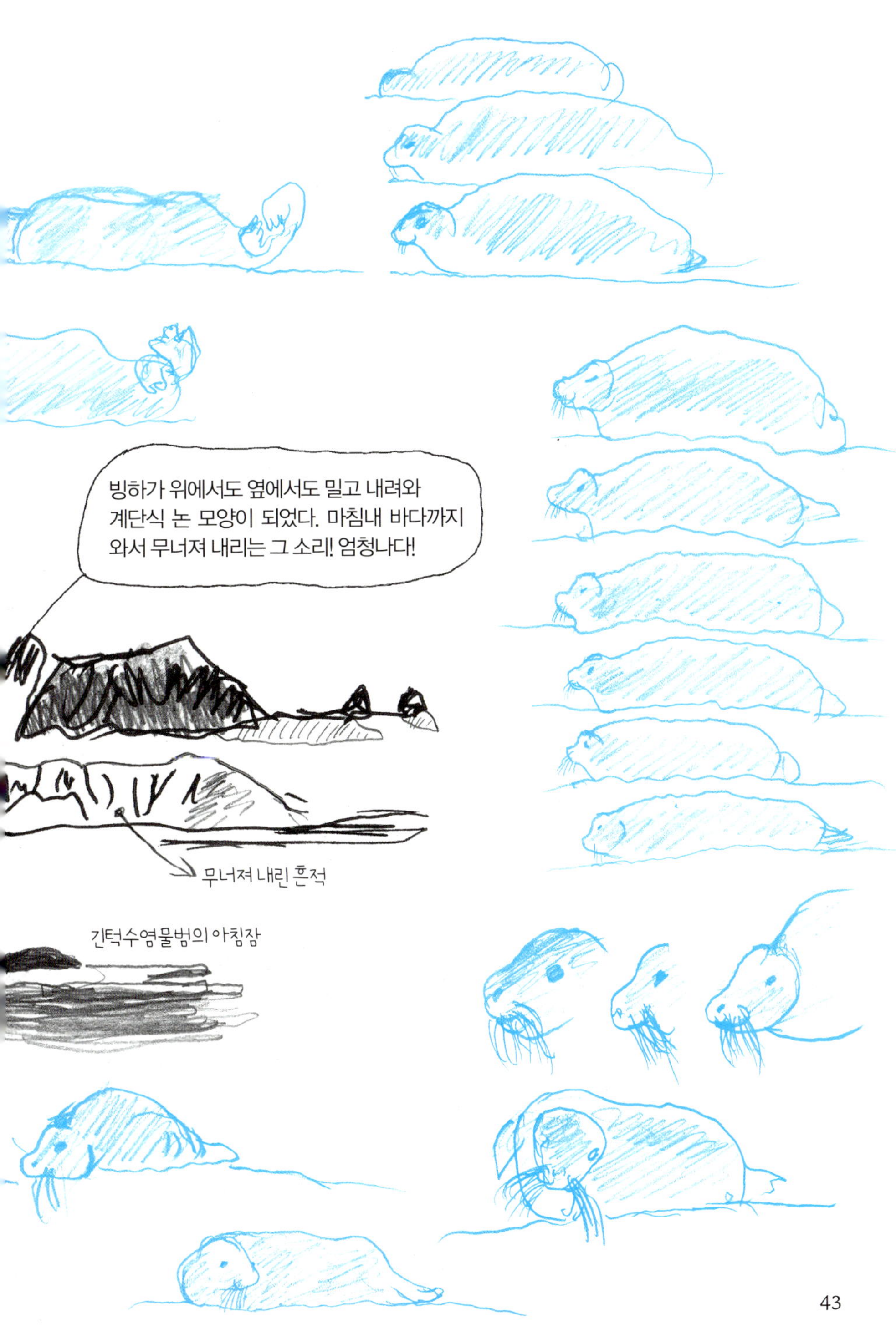

빙하가 위에서도 옆에서도 밀고 내려와
계단식 논 모양이 되었다. 마침내 바다까지
와서 무너져 내리는 그 소리! 엄청나다!
무너져 내린 흔적
긴턱수염물범의 아침잠

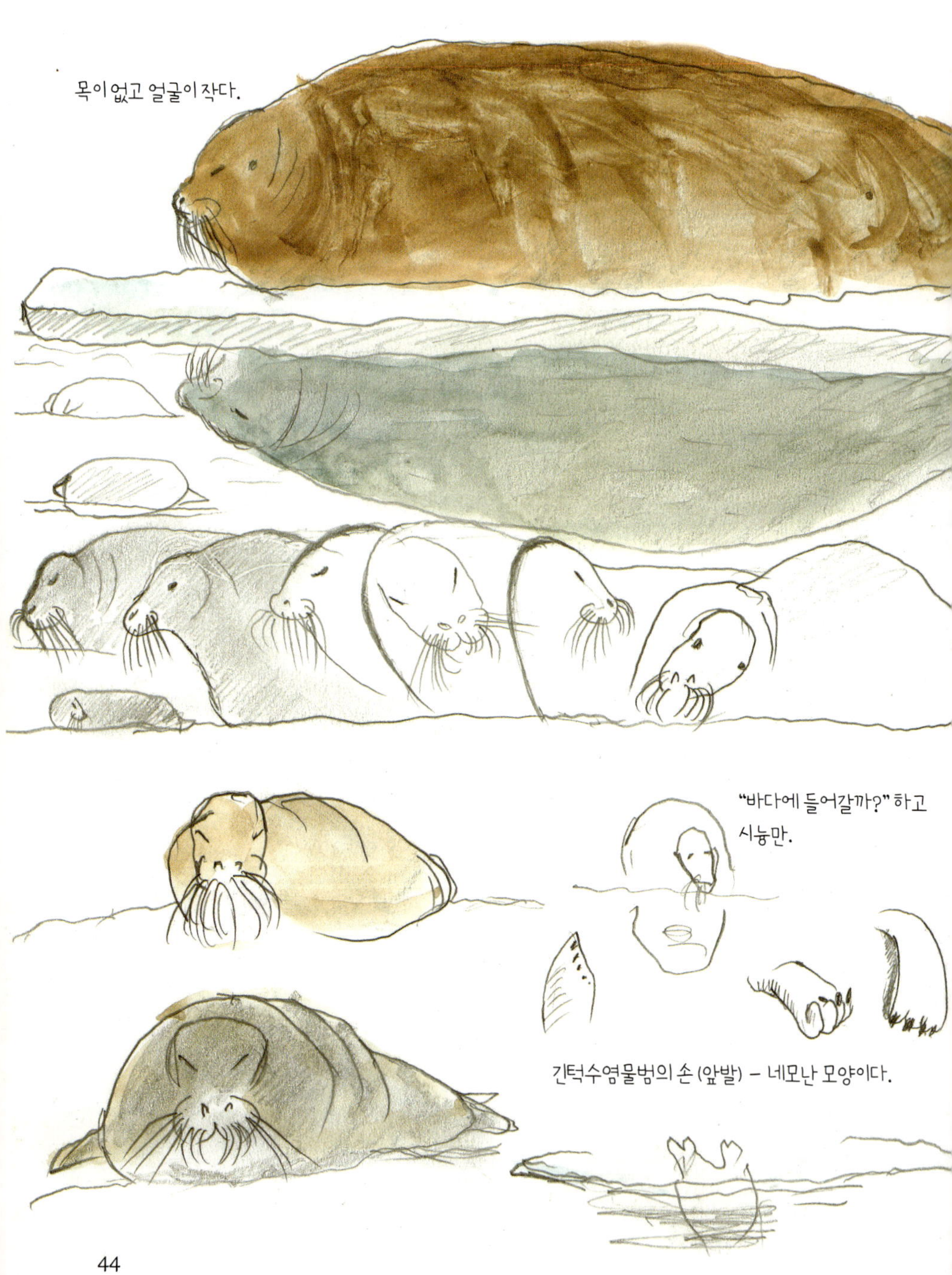

목이없고 얼굴이 작다.
"바다에 들어갈까?" 하고
시늉만.
긴턱수염물범의 손 (앞발) - 네모난 모양이다.

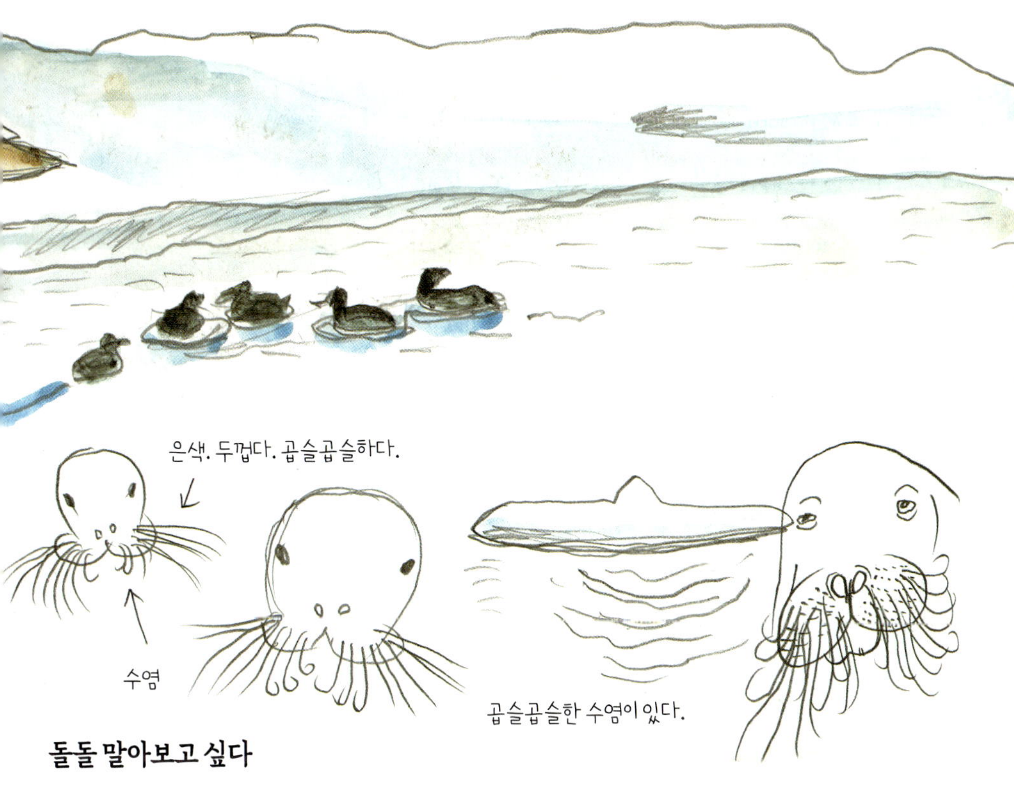

돌돌 말아보고 싶다

긴턱수염물범은 홋카이도에도 있다. 오호츠크해에 겨울이 오면 찾아오는 것 같은데 별로 친숙하진 않다. 이렇게 가까이서 느긋이 바라보는 것은 처음이다.

이름 그대로 수염투성이. 잔점박이물범과 비교하면 턱수염이 세 배쯤 많은 것 같다. 길이도 아주 길다. 자세히 살펴보면 이게 엄청 재미있다! 턱수염이 곱슬곱슬하다. 가닥마다 둥글게 컬이 들어가 있다. 안쪽으로도 바깥쪽으로도 둥글둥글하게 곱슬곱슬하다. 이 곱슬곱슬한 수염을 잡아당겨 보고 싶다. 잡아당기면 절대 놓고 싶지 않을 것 같다. 돌돌 말다 놓으면 얼굴에 가서 '탁' 붙을 것 같다. 나는 이 물범을 '돌돌 탁'이라고 부르기로 했다. '돌돌 탁'이 주인공인 그림책을 만들어야지.

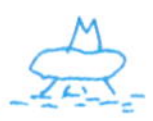

'쉬는 곳'이라는 간판이 걸린 얼음이 다가왔다

피오르의 바다는 너무나 고요해서 작은 파도도 없다. 잔잔한 물 위에 얼음덩어리가 떠 있다. '빙산의 일각'이라는 말처럼 빙산은 바다 표면에 보이는 것이 전체의 4분의 1에 불과하다고 한다. 4분의 3은 바닷속에 있다. 보기에 작은 빙산도 실제로는 엄청나게 거대하다.

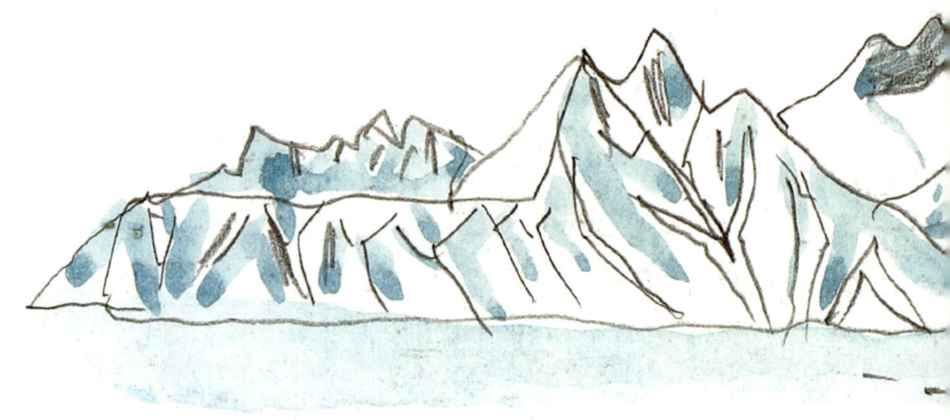

파도가 고요하다.

46

　편평한 얼음 위에 바닷새들이 유유자적 앉아 있다. 산마루에 자리한 찻집 같은 모습이다. 손님은 북극제비갈매기와 세가락갈매기다.

　'쉬는 곳'에 빈자리가 있는데도 흰죽지바다비둘기 3마리가 뒤에서 기다리고 있다. 싫어하는 놈이 앞에 앉아 있는 게 분명하다.

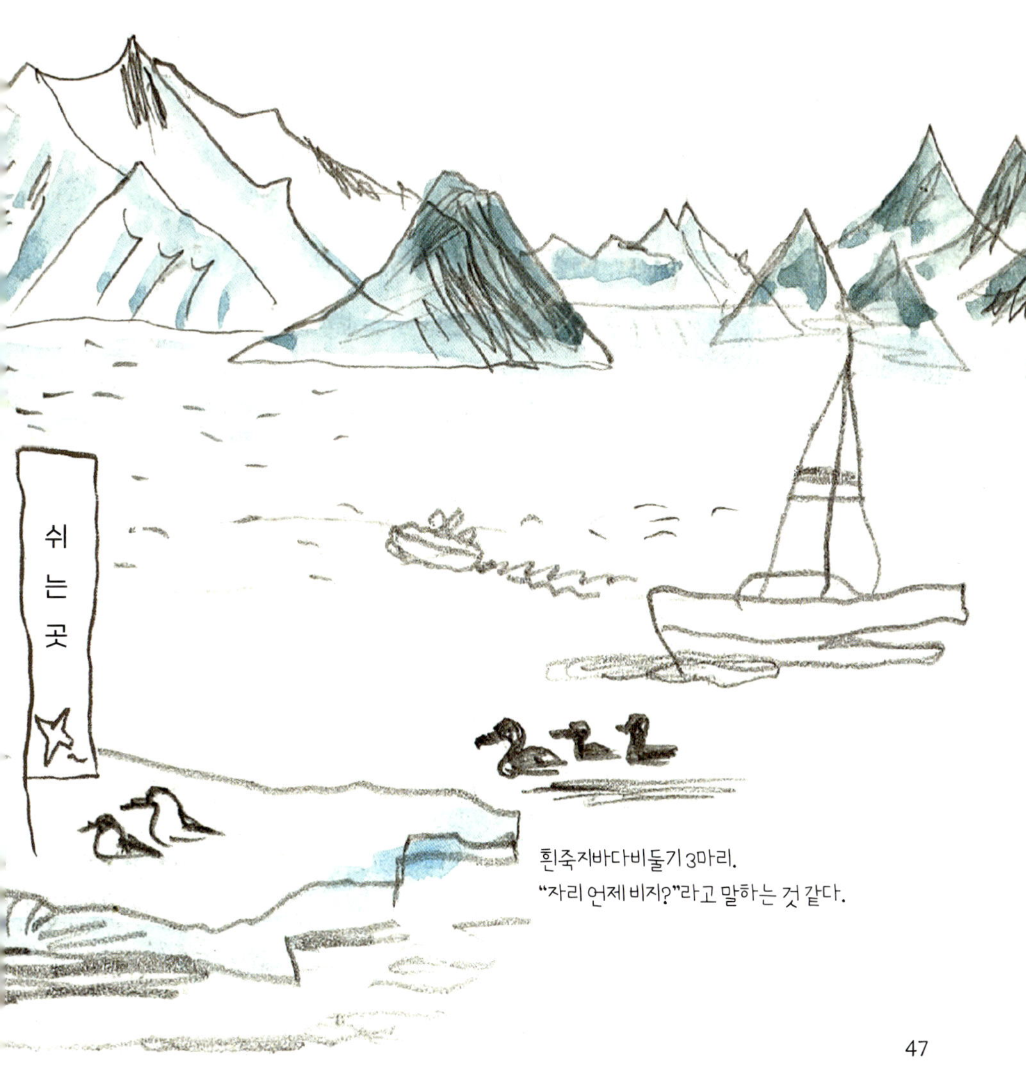

흰죽지바다비둘기 3마리.
"자리 언제 비지?"라고 말하는 것 같다.

외로운 섬의 '온난화연구소'에 박사 커플이 있다.
부부는 아니라고

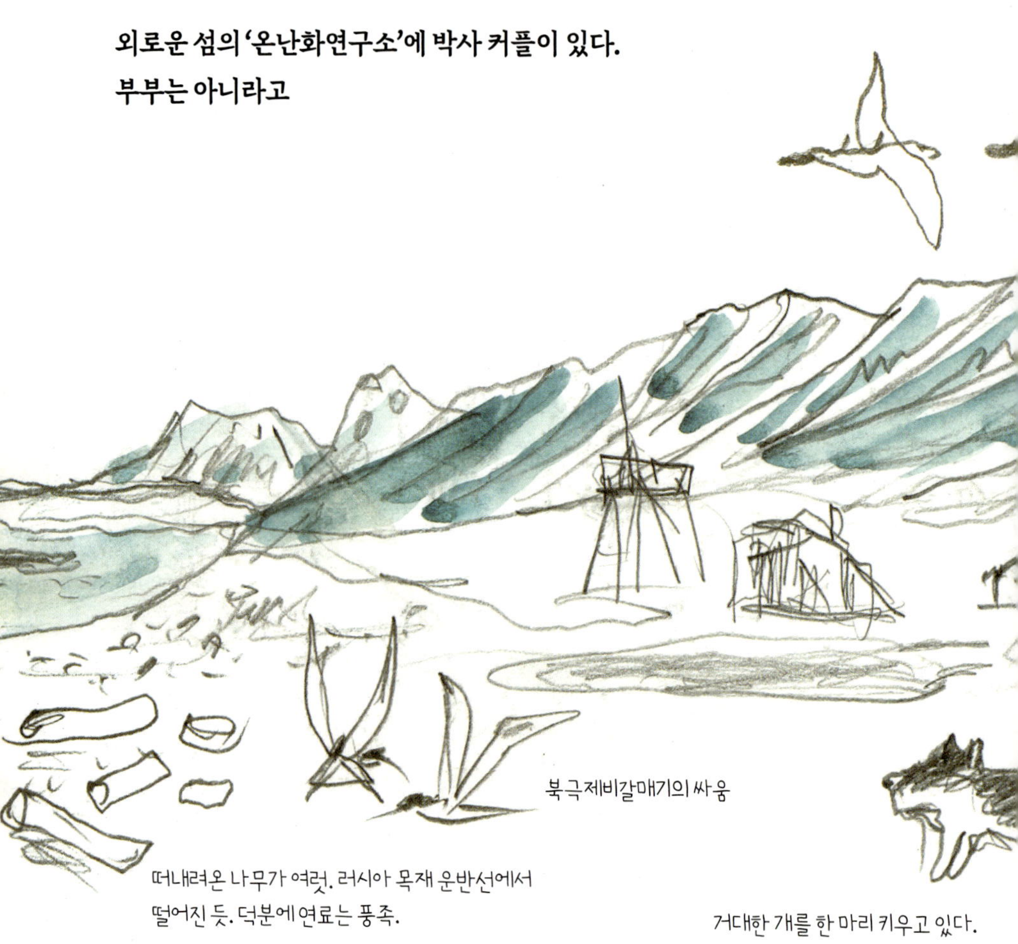

북극제비갈매기의 싸움

떠내려온 나무가 여럿. 러시아 목재 운반선에서
떨어진 듯. 덕분에 연료는 풍족.

거대한 개를 한 마리 키우고 있다.

아침에 마크 선장이 "내 친구를 만나러 갑시다. 거기 가려고 보드카를 다섯 병이나
가져왔거든." 하고 말했다. 그 친구는 독일 도르트문트대학의 교수로 지구물리학을
연구하고 있다. 온난화 연구를 위해 여름에는 계속 이곳에서 지낸다고 한다.

우린 고무보트에 나눠 타고 연구소에 갔다. '연구소'라지만 땅을 파고 지은 오두막
이다. 안테나가 설치돼 있어 외부에서 끌어온 무선으로 연락을 취하여 연구를 진행한
다. 여기서 연구한 지도 벌써 이십 년이 되었단다. 교수는 "확실히 빙하는 후퇴해서 작

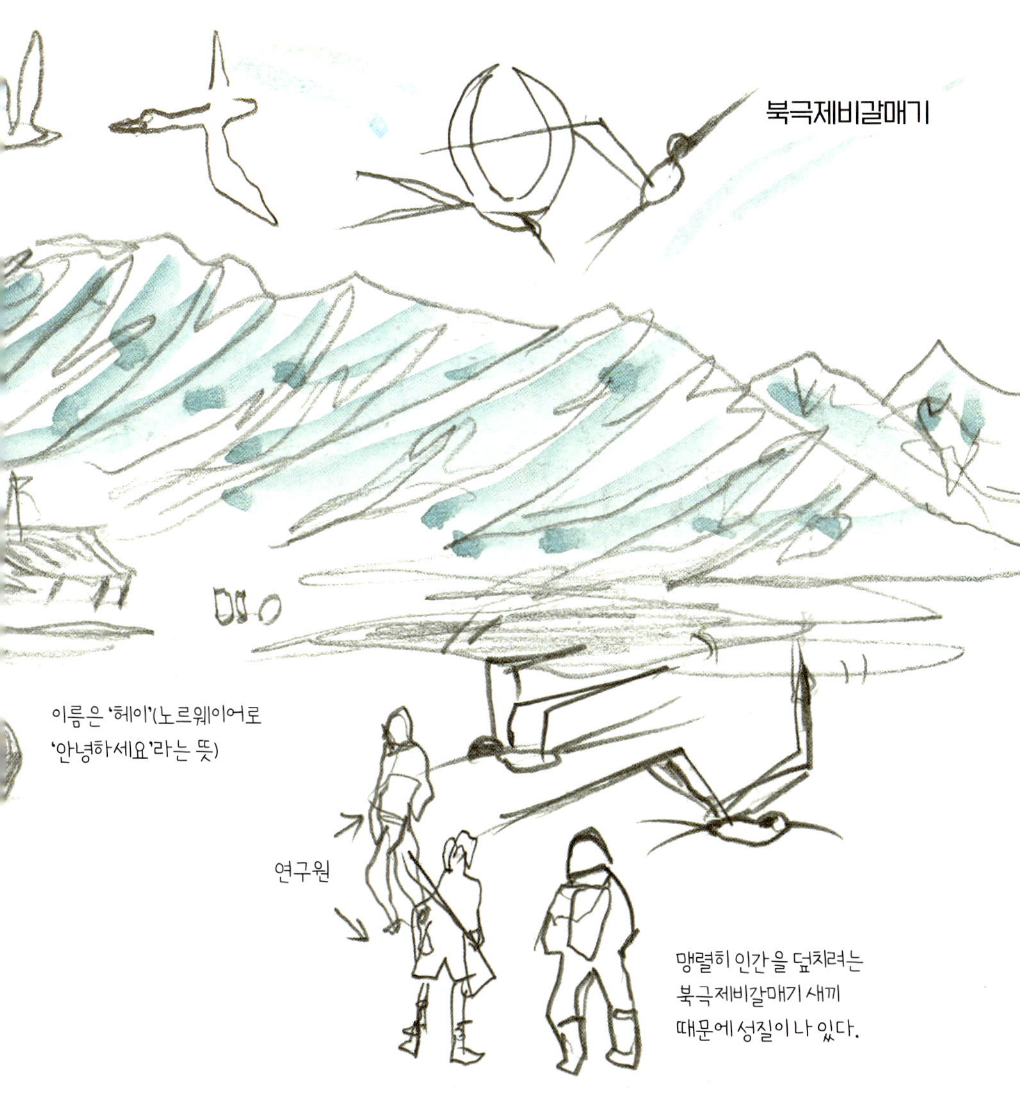

아지고 있어요. 그러나 이게 이산화탄소가 일으킨 온난화 때문이라고만 탓할 수 없죠. 아직 모르는 것도 많고 여기서 해야 할 일도 아주 많아요." 하고 말한다. 옆에서 또 다른 박사가 야무진 얼굴로 고개를 끄덕인다. 여기는 북극곰이 항상 어슬렁거리므로 그녀는 어깨에 총을 메고 있다. 엄청 멋지다!

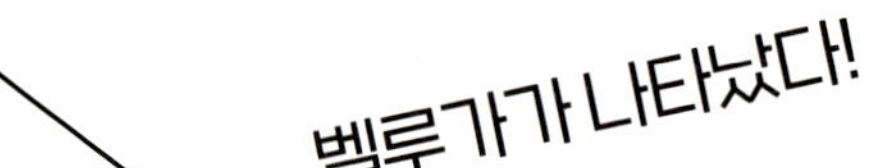

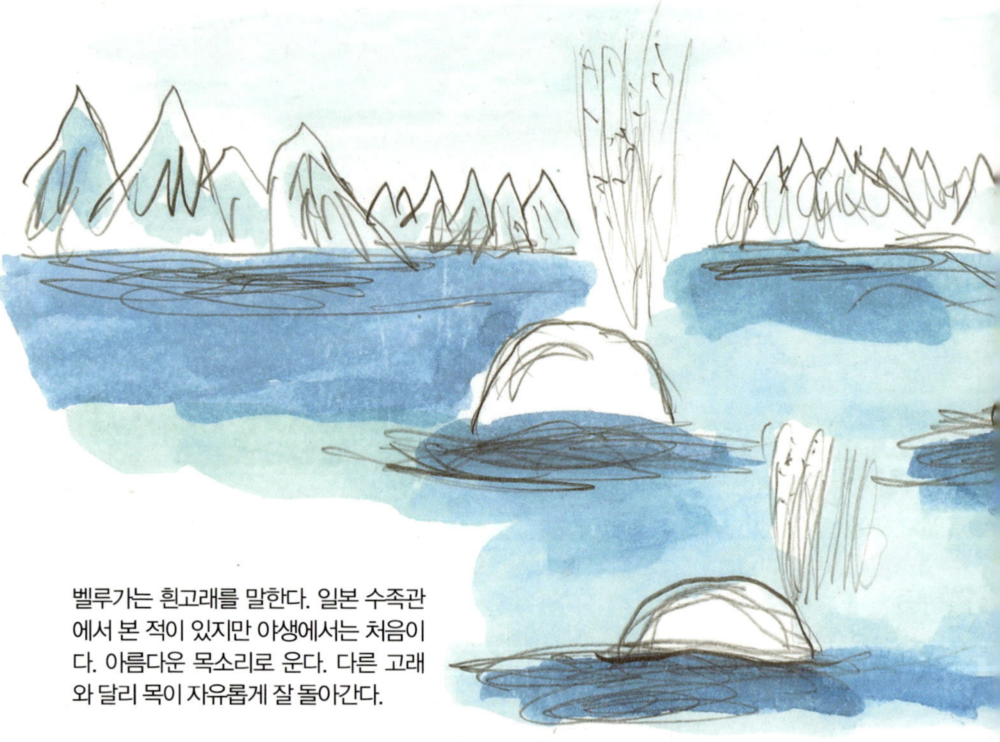

벨루가는 흰고래를 말한다. 일본 수족관
에서 본 적이 있지만 야생에서는 처음이
다. 아름다운 목소리로 운다. 다른 고래
와 달리 목이 자유롭게 잘 돌아간다.

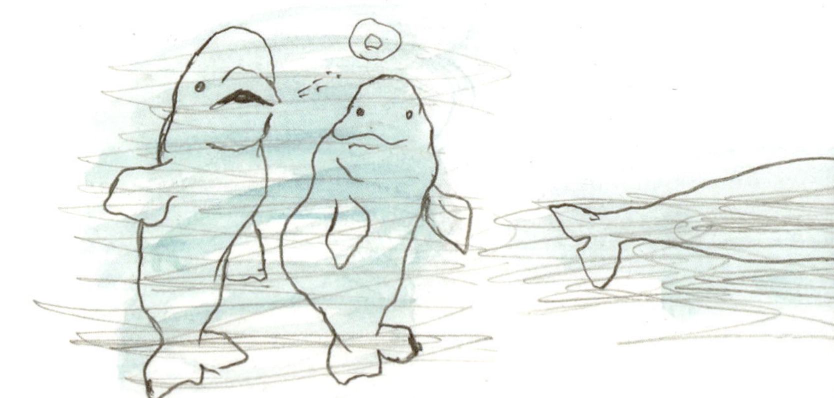

어떻게든 꼭 벨루가를 보고 싶다는 대원이 있었다. 그는 돌고래는 많이 봤지만, 벨루가는 본 적이 없다고 한다. 그래도 벨루가는 보기 어려울 거라고 모두 생각했다. 저녁 무렵, 식사를 마치고 쉬는데 갑판에서 요시키 대원이 "어, 벨루가다!" 하고 외쳤다. 대원들 모두 갑판으로 올라갔다. 진짜였다!

모두 엄청 기뻤다. 숨 쉴 때마다 등이 둥글게 휘기 때문에 어찌 봐도 크고 둥글고 흰 찹쌀떡이 떠 있는 것 같다. "후유, 후유~" 하고 숨을 토한다. 전부 해서 30마리 정도일까. 우리 배 바로 옆을 태평스럽게 유유히 지나며 빙하 밑으로 잠수해 사라졌다.

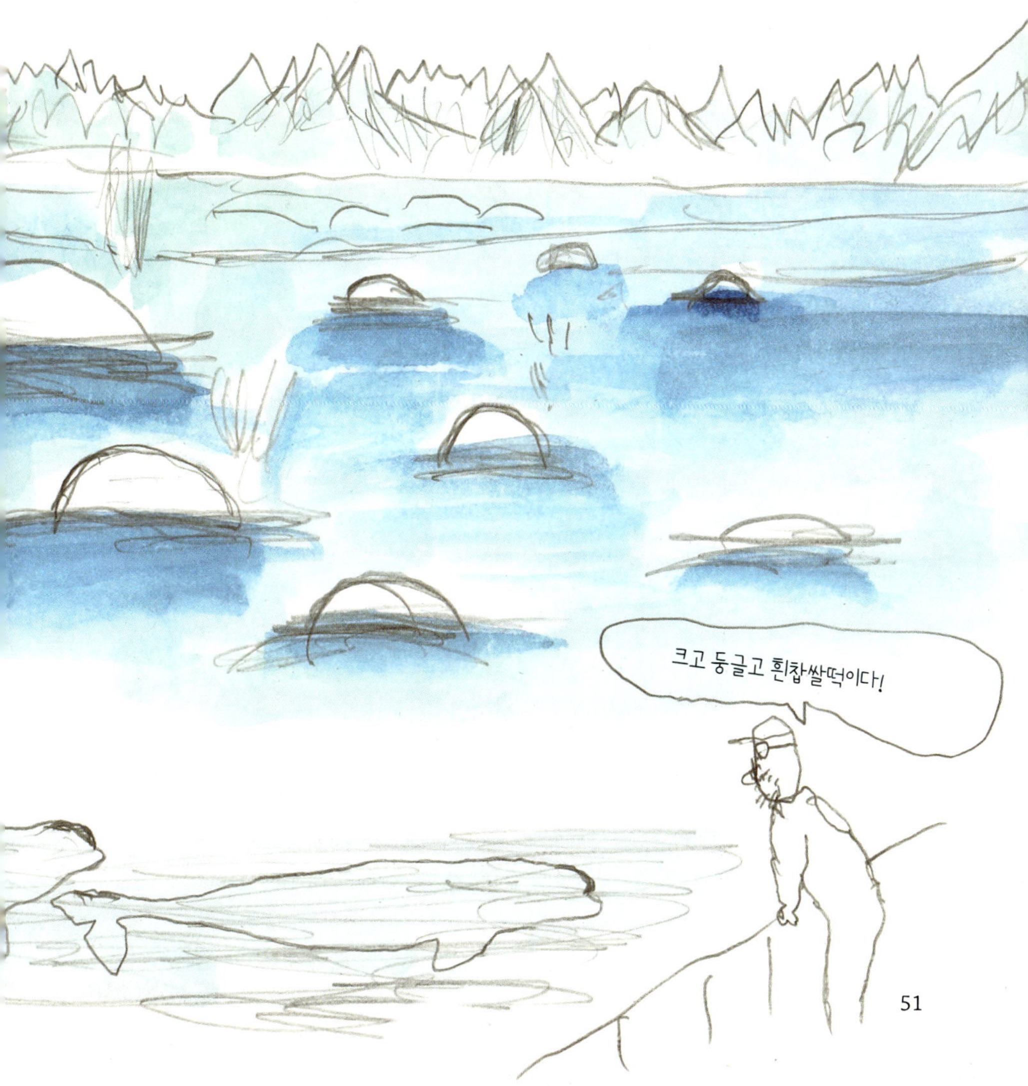

날짜 6월 28일
메모 아침(오전 7:00) 기준 북위 79도 44분 798초, 동경 13도 53분 468초
오후 12:53 북위 80도를 넘음.

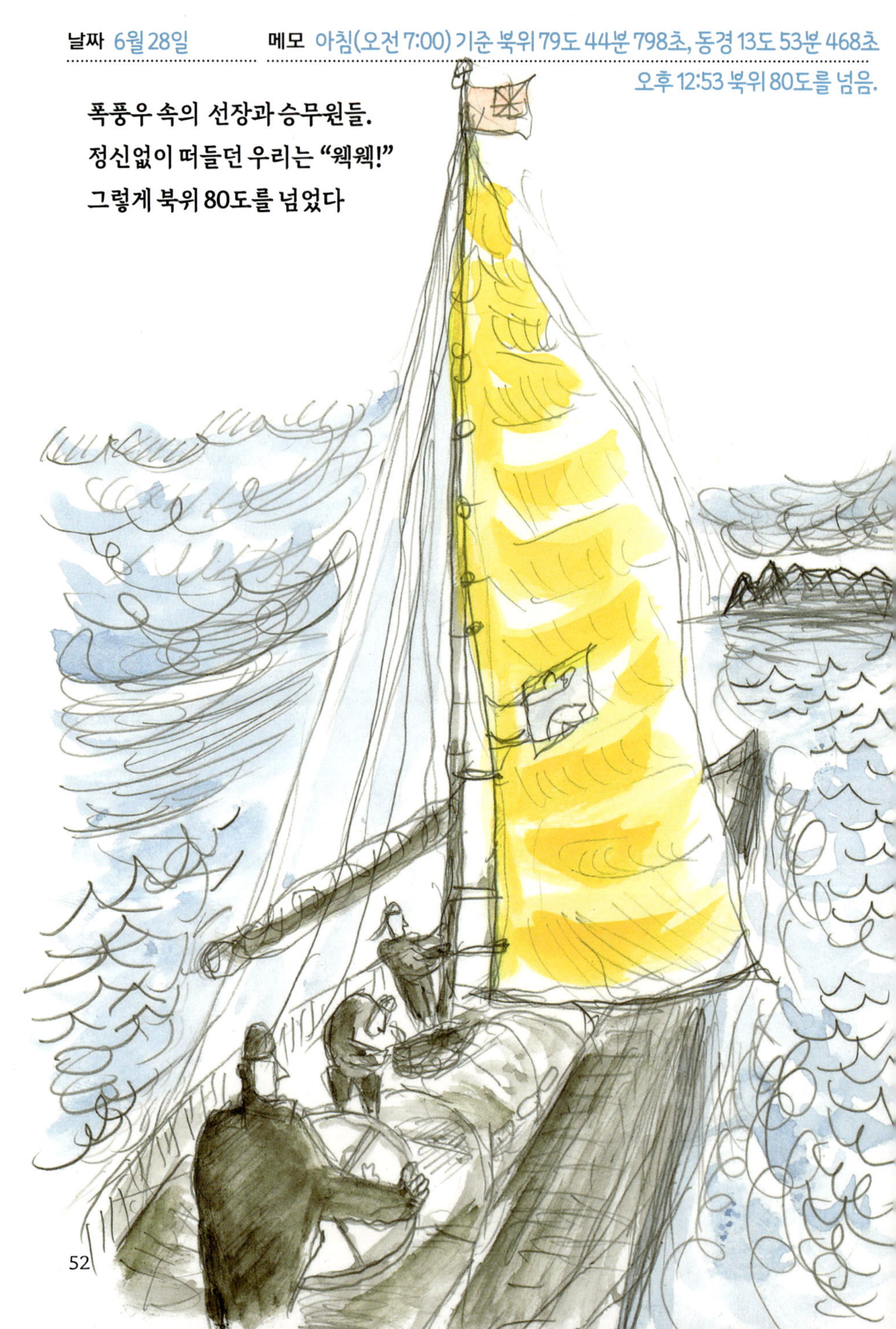

폭풍우 속의 선장과 승무원들.
정신없이 떠들던 우리는 "웩웩!"
그렇게 북위 80도를 넘었다

52

아침을 먹고 한가롭게 커피를 마시는데, 마크 선장이 노트북을 들고 우리 쪽으로 다가왔다. "이걸 보세요. 지금 이 배는 북위 79도 59분에 있습니다. 곧 북위 80도를 넘을 거예요. 먼바다로 나가 북쪽으로 두 시간쯤 가면 되는데, 문제는 날씨가…. 엄청난 폭풍우가 올 거라는 예보예요." "음…." 모두 입을 다물고 말았다.

그렇게 먼바다로 나왔다. 그 순간! 엄청난 바람과 진눈깨비가 섞인 비가 내렸다. 하늘과 바다가 거꾸로 뒤집혔다. 배가 나뭇잎처럼 흔들려 뭔가 붙잡지 않으면 바다에 처박힐 것 같다. 뱃멀미는 해 본 적이 없는데 구역질이 멈추지 않는다. 대원들은 모두 얼굴이 새파랗게 질려 "웩웩!" 토한다.

우리가 우왕좌왕하고 있는데, 마크 선장, 라스, 라우라마저 기다렸다는 듯 용감하게 소리쳤다. "자, 가자!" "돛을 올려라!" 새들이 바닷물 위에 떠 오른 물고기를 잡아챈다. 2시간의 사투 끝에 마크 선장이 의미심장하게 미소 지으며 말했다. "북위 80도를 넘었습니다. 여러분 샴페인은 준비됐나요?" 대원 중 누구도 대답하지 않았다.

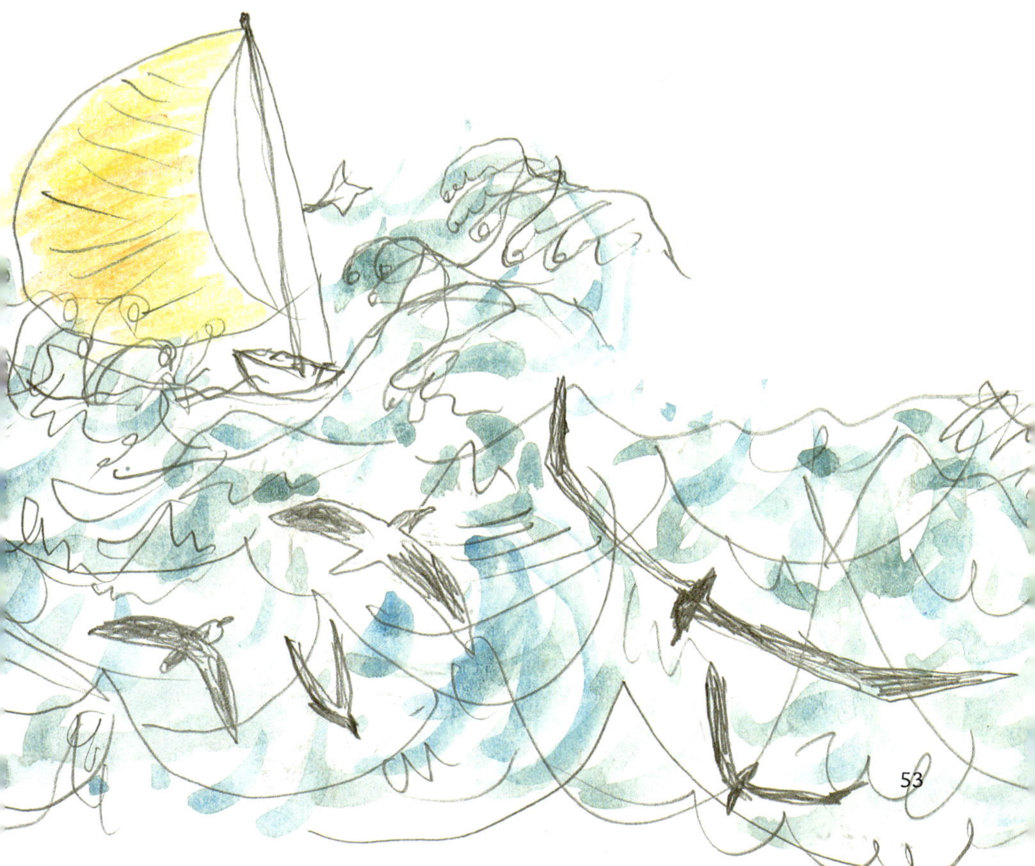

호기심쟁이 바다코끼리가 떼를 지어 몰려왔다

쌍안경으로 보다가 육지에서 뒹굴뒹굴하는 바다코끼리를 발견했다. '물범과 마찬가지로 어찌 봐도 군고구마 같다.'라고 생각한 순간, 요트 쪽으로 한 무리가 다가온다. 물 위로 얼굴을 내밀고 다가온다. 와, 커다란 바다코끼리가 앞다투어 몰려온다. 호기심이 왕성해 배 주변을 뺑뺑 도는데, 눈길이 마주칠 정도로 가까운 거리다. "여긴 얻어먹을 만한 먹이가 하나도 없어."하고 말하자 그런 뜻이 아니라는 듯. 아무래도 이 배가 궁금한 것 같다. 꼬리에 꼬리를 물고 다가온다.

턱수염이 잘 보였다. 뻣뻣해 보이는 수염이 촘촘하다. 쌍안경으로 개수를 세어 보니 가로 17줄, 세로 10줄로 양쪽을 합해 약 400가닥 정도. 이 많은 수염은 왜 있을까?

분명 바닷속 먹잇감인 조개를 찾는 센서 역할을 하는 게 틀림없다. 바다코끼리에 대해서는 아는 게 없어 자세히 관찰해 보기로 했다.

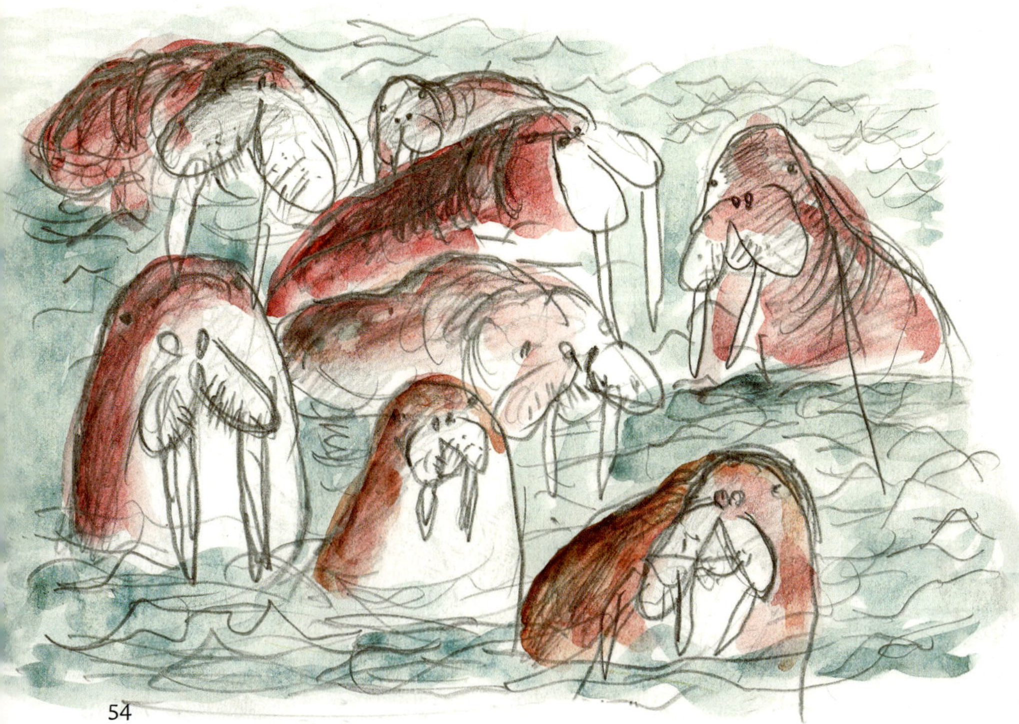

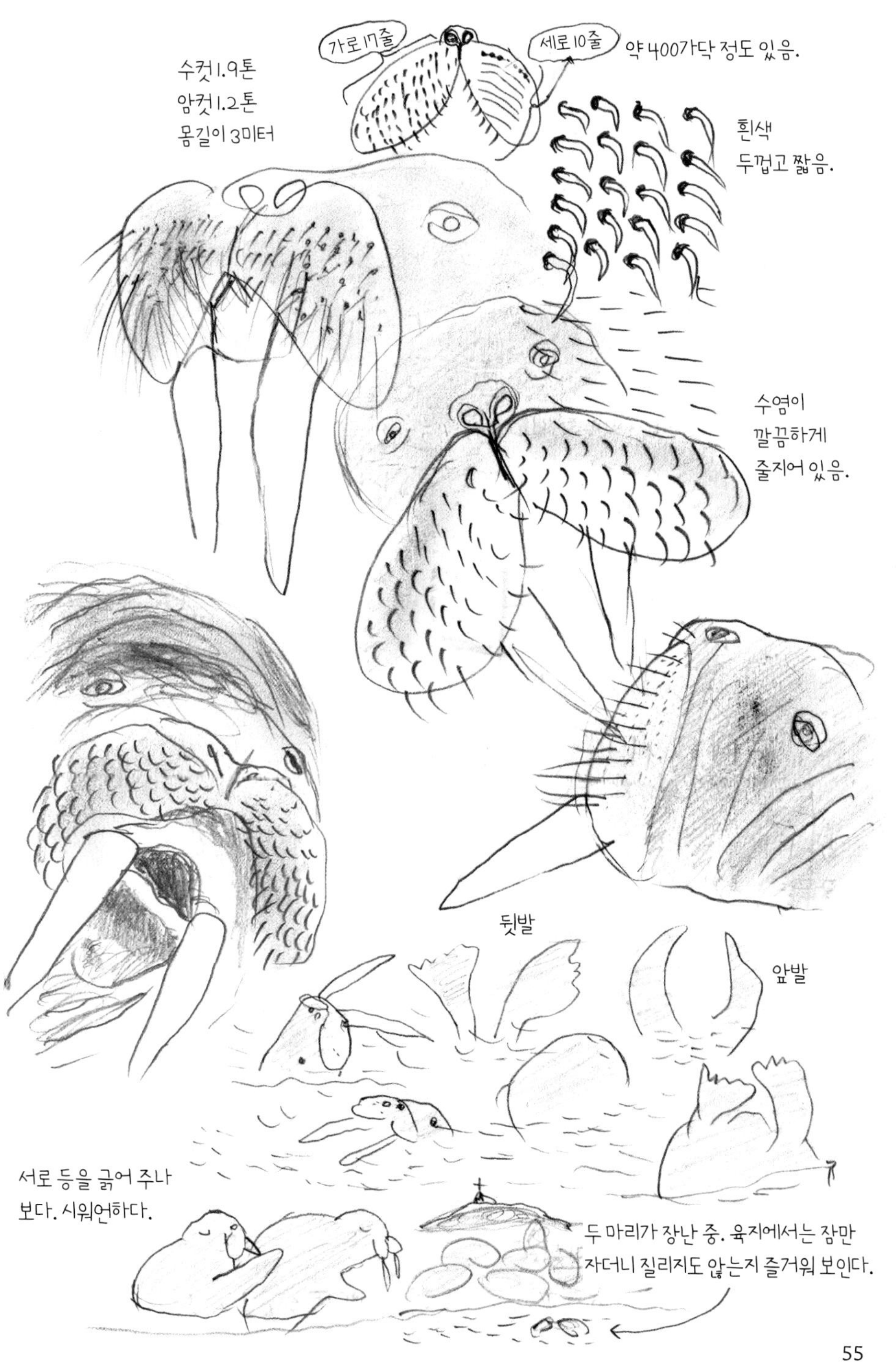

가로 17줄
세로 10줄
약 400가닥 정도 있음.
수컷1.9톤
암컷1.2톤
몸길이 3미터
흰색
두껍고 짧음.
수염이
깔끔하게
줄지어 있음.
뒷발
앞발
서로 등을 긁어 주나
보다. 시원언하다.
두 마리가 장난 중. 육지에서는 잠만
자더니 질리지도 않는지 즐거워 보인다.

우리는 이 섬을
'악의 십자가 섬'이라고 이름 지었다

스발바르 제도는 오래전부터 고래가 많이 살아서 고래잡이 경쟁이 치열했다. 노르웨이, 프랑스, 네덜란드, 영국 같은 나라가 고래잡이를 해 왔다.

북극고래, 밍크고래, 북방긴수염고래 같은 고래가 많이 사는 것은 이 근처 바다에 플랑크톤과 작은 물고기가 풍부하다는 증거다.

1663년에는 고래잡이 때문에 프랑스와 네덜란드가 전쟁 상태에 들어갔다. 프랑스 군함 23척이 네덜란드 고래잡이 배 40척을 공격해 13명이 죽었다고 한다. 그 섬으로 향한다. 육지에 오르니 십자가가 세워져 있다. 묘비도 있다. 북극해 외딴섬에 그런 역사가 숨어 있을 줄은 생각지 못했다. 묵념한다.

악의 십자가 섬
네덜란드와 프랑스의
고래잡이 전쟁 묘비

옛 고래잡이 기지 터에 상륙한다.
빙하에서 강한 바람이 불어온다.

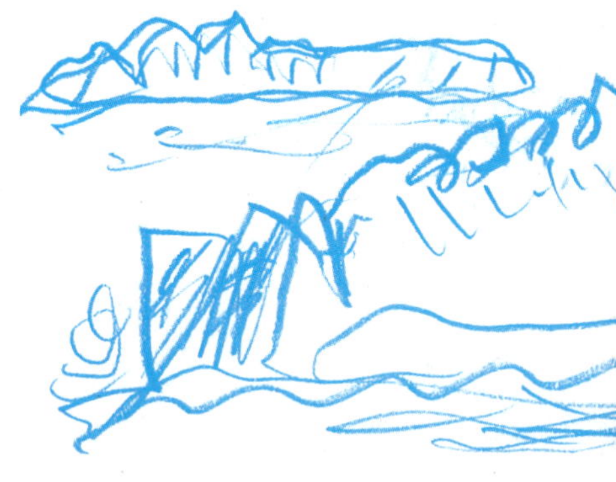

'언제 북극곰과 맞닥뜨릴까?' 하고 조마조마하며
30분간 탐색했다.

춥다. 지금까지 중에 제일 춥다. 얼굴이 아프다. 역시 북극이구나….

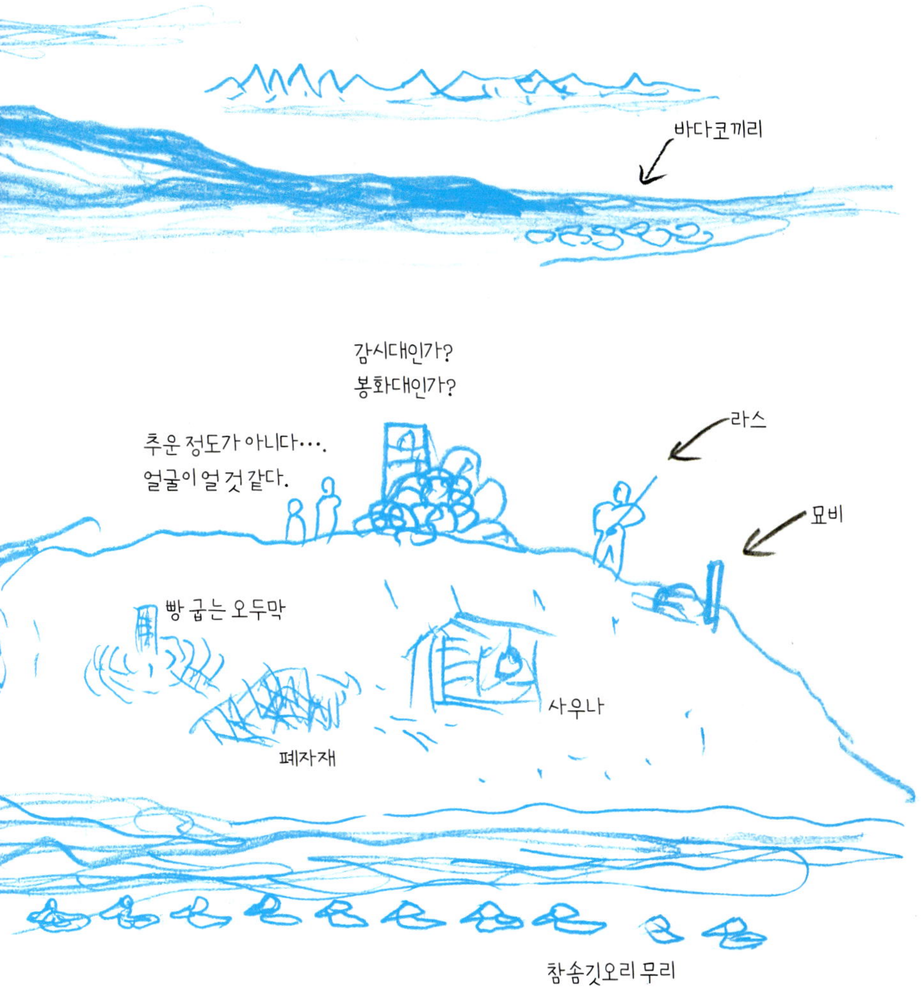

큰부리바다오리가 이끄는 대로 따라가다

홋카이도 서쪽에 있는 외딴섬인 데우리섬. 거기에 예전에 20만 마리 정도의 큰부리바다오리가 살았다. "오로론." 하고 울어서 오로론새라고도 불렸다. 크기는 까마귀랑 비슷한 정도? 바위에 서 있을 때는 몸을 똑바로 세운다. 배는 흰색, 얼굴에서 등까지는 검은색으로 펭귄 색깔이다. 옛날 노르웨이 사람들은 실제로 이 새를 '펭귄'이라고 불렀다. 유럽인들이 남극에 가서 닮은 새를 보고 "아, 펭귄이네!" 하는 바람에 이름의 주

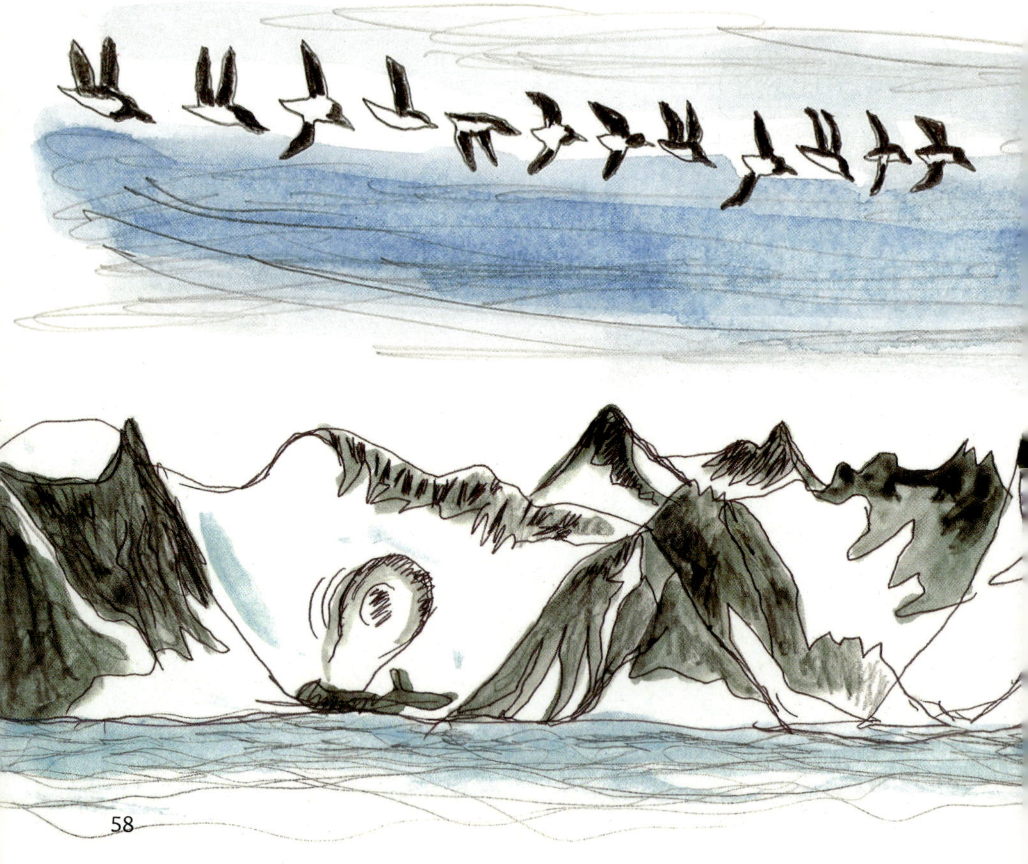

인이 바뀌었다고 한다. 원래는 다른 새 이름이었는데…

큰부리바다오리의 거대한 서식지가 있다고 한다. 그 수는 무려 30만 쌍! 이건 엄청나게 기대된다. 무슨 일이 생길까?

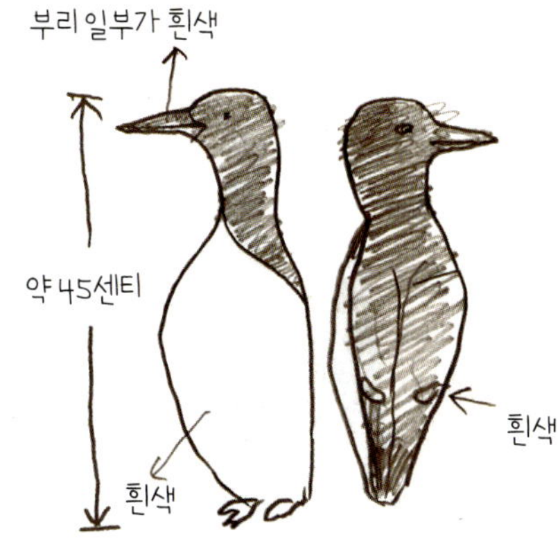

큰부리바다오리. 홋카이도의 외딴섬인 데우리섬에 예전에 많이 살았다. 1963년 조사했을 때 8,000마리였다는 기록이 있다. 지금은 멸종 위기 동물이다.

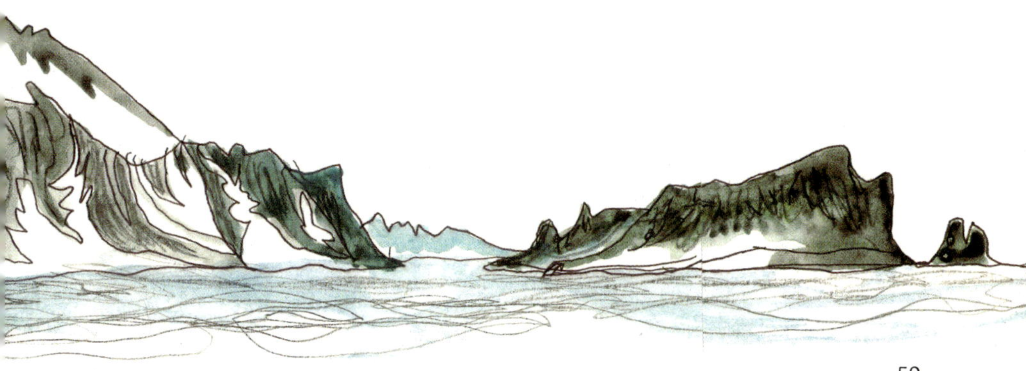

날아가는 큰부리바다오리 무리의 수가 늘고 있다.
곧 굉장한 일이 일어날 것 같은 예감.

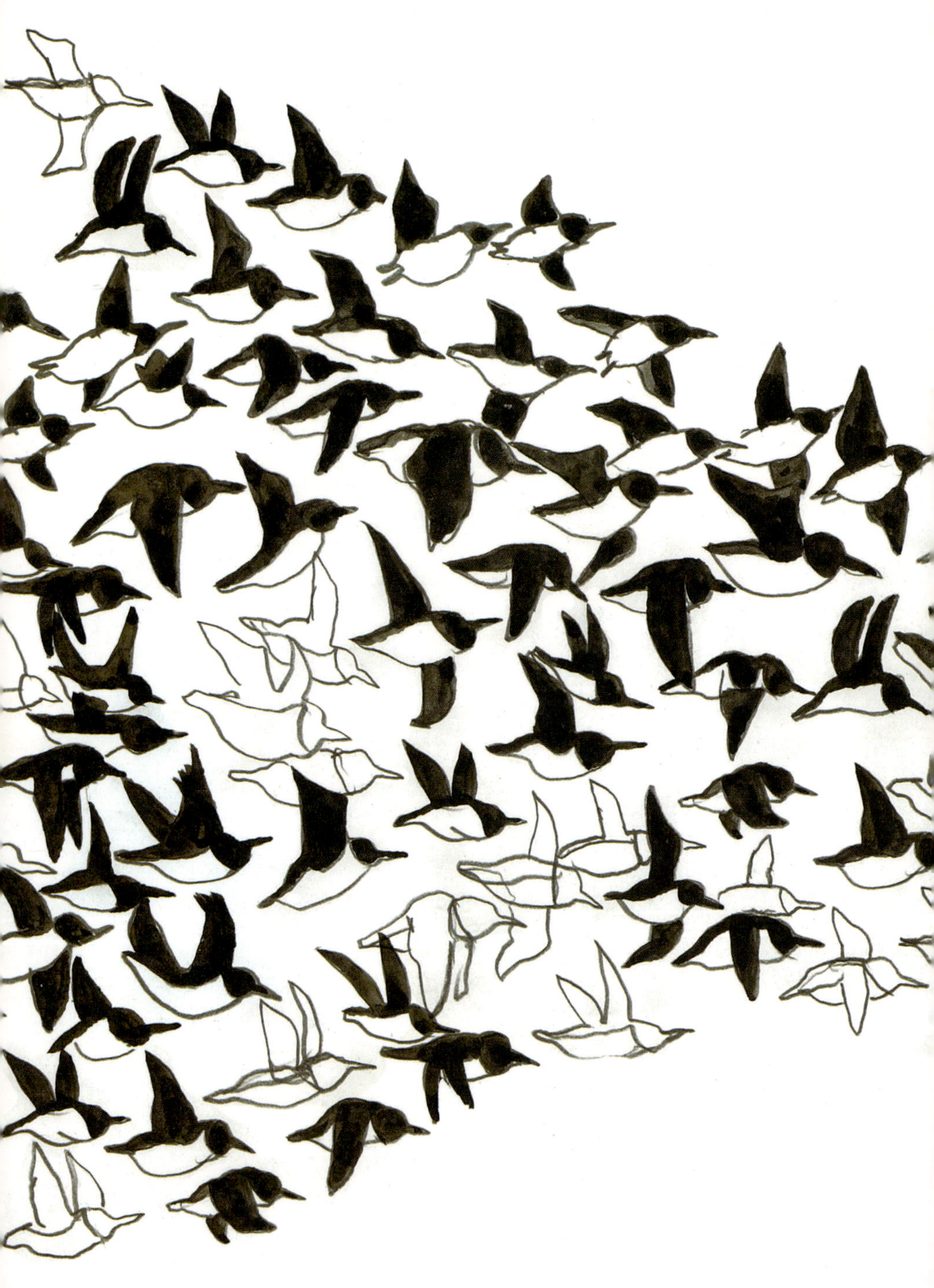

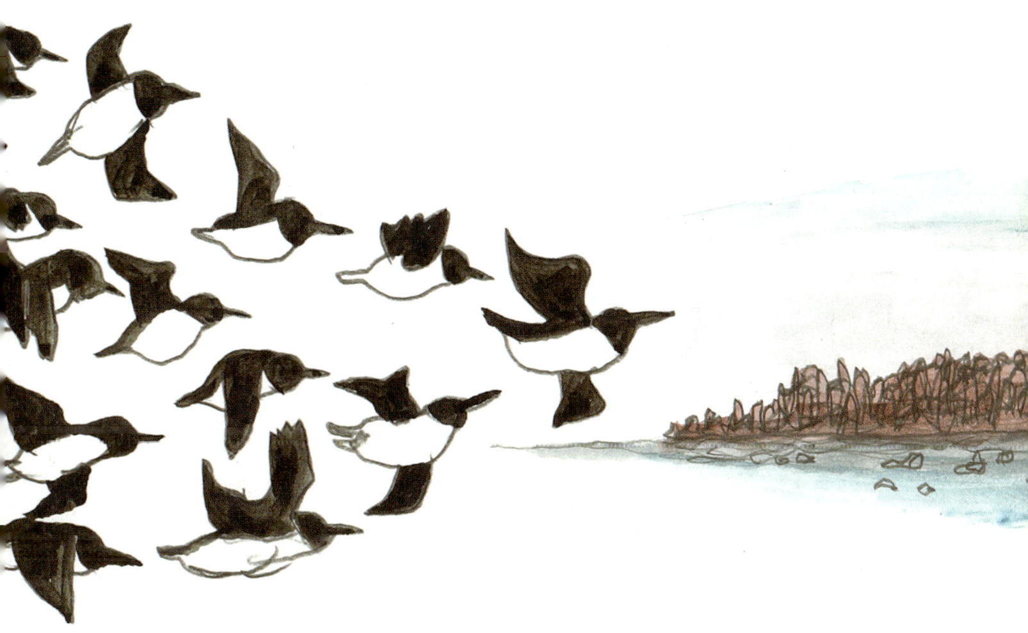

　선장이 말했다. "거대 암벽이 역광이 되지 않는 아침 무렵에 가는 게 좋아요." 여느 때라면 푹 자고 있을 때다. 일어나 빵과 커피로 가볍게 식사하고 출항했다. 약 한 시간 쯤 뒤, 아지랑이 속에서 새들이 우리 배를 추월해서 날아간다. 꼬리에 꼬리를 물고…. 10마리, 100마리, 500마리. 어마어마한 무리가 떼를 지어 추월해 간다. 마침내 수만 마리가 모여 바닷물과 바다 위가 온통 큰부리바다오리로 가득 찼다. 그 냄새와 엄청난 소리라니. 마침내 배는 거대한 암벽에 닿았다. 60만 마리나 되는 거대한 바닷새를 보면 히치콕 감독도 얼굴이 새파래질걸!

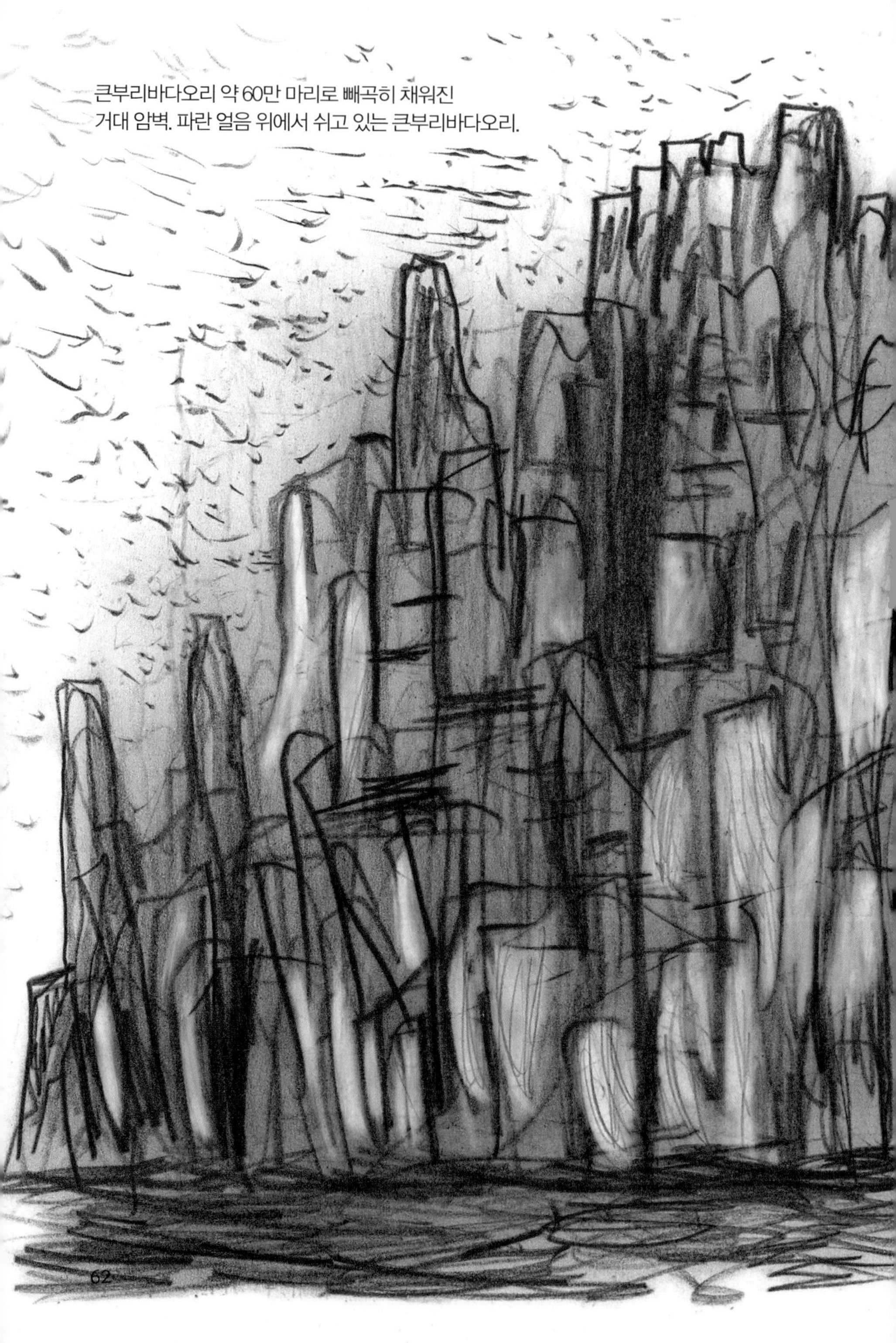
큰부리바다오리 약 60만 마리로 빼곡히 채워진
거대 암벽. 파란 얼음 위에서 쉬고 있는 큰부리바다오리.

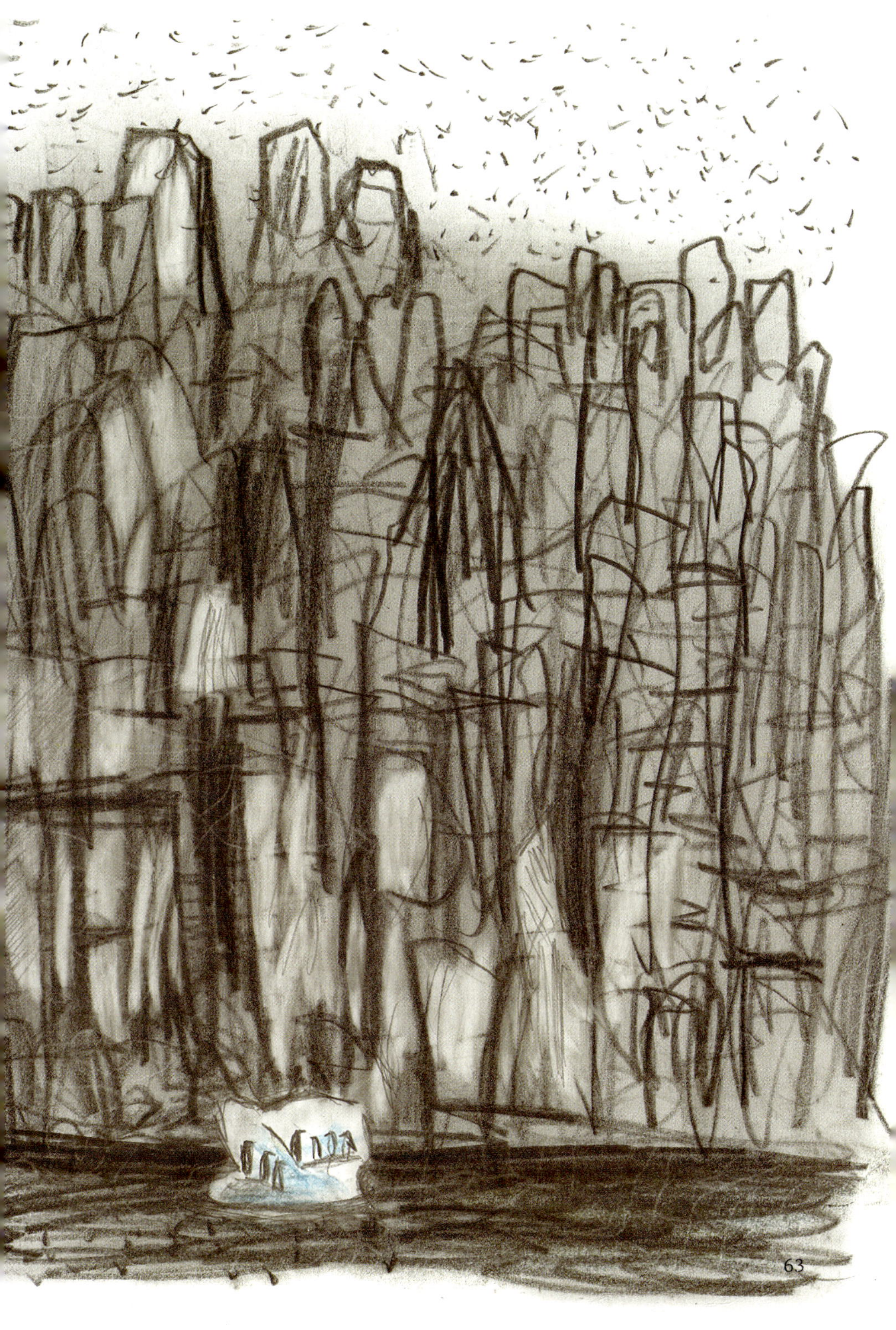

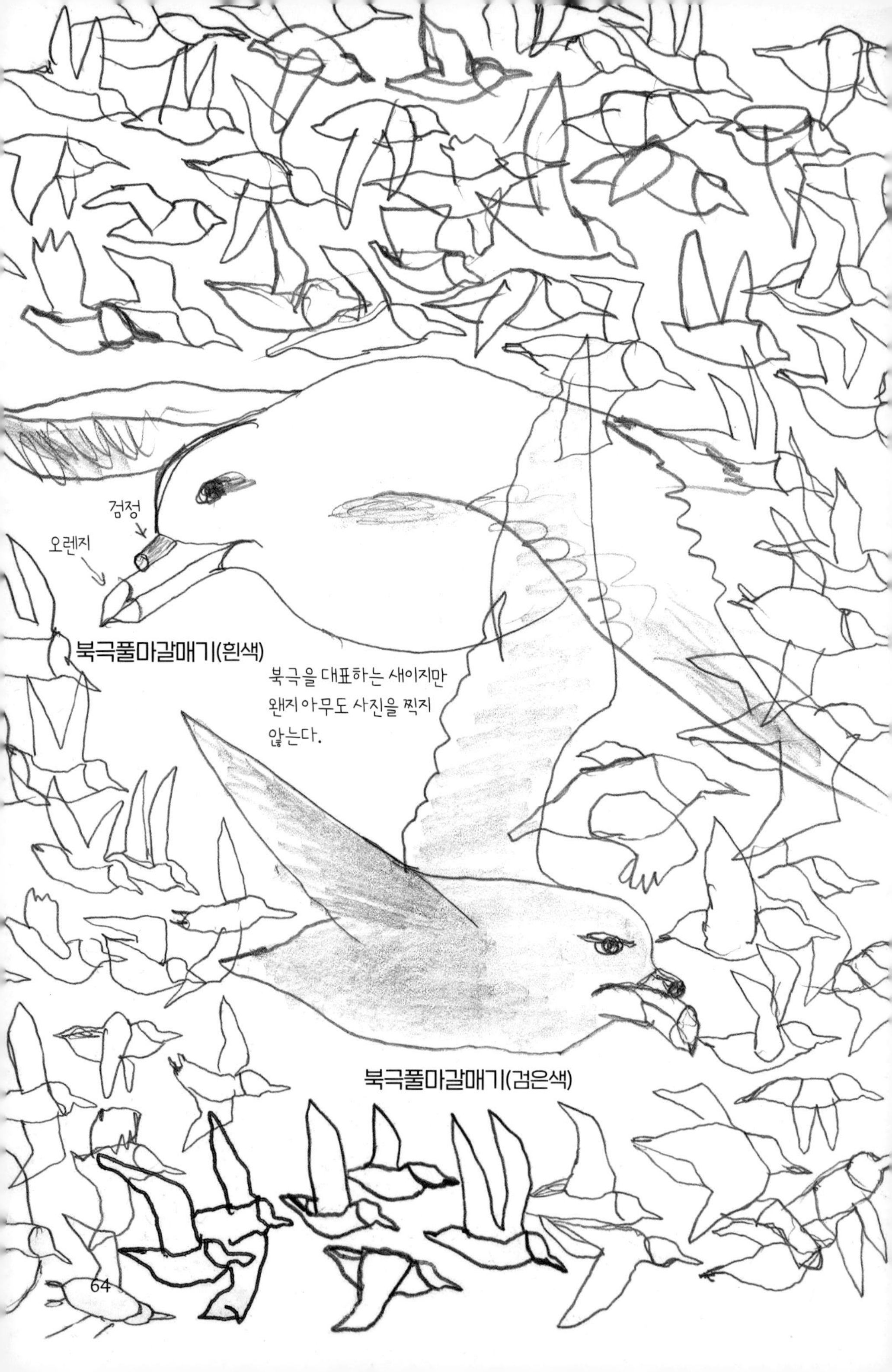

검정
오렌지
북극풀마갈매기(흰색)
북극을 대표하는 새이지만
왠지 아무도 사진을 찍지
않는다.
북극풀마갈매기(검은색)

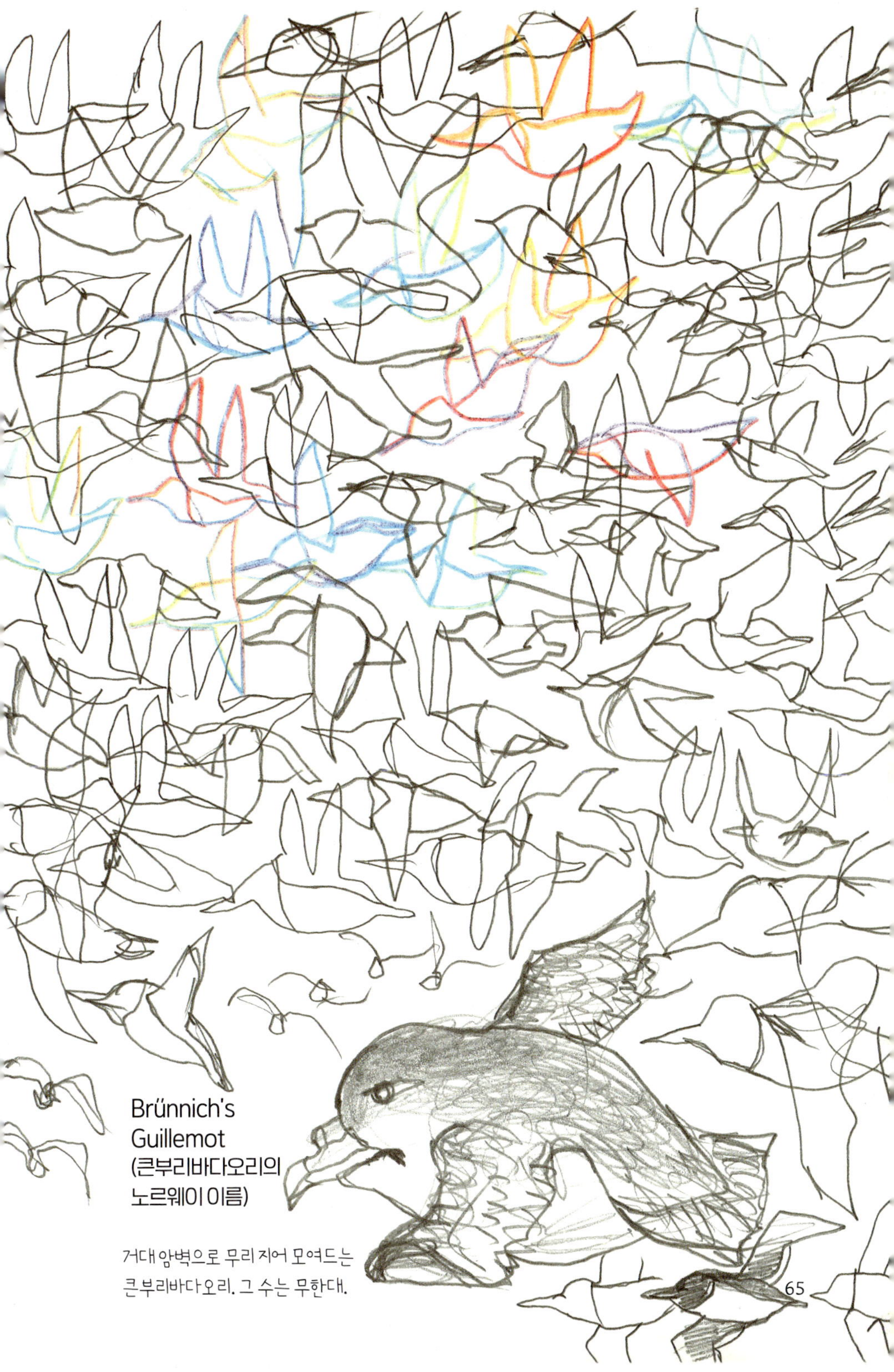

Brünnich's
Guillemot
(큰부리바다오리의
노르웨이 이름)

거대 암벽으로 무리 지어 모여드는
큰부리바다오리. 그 수는 무한대.

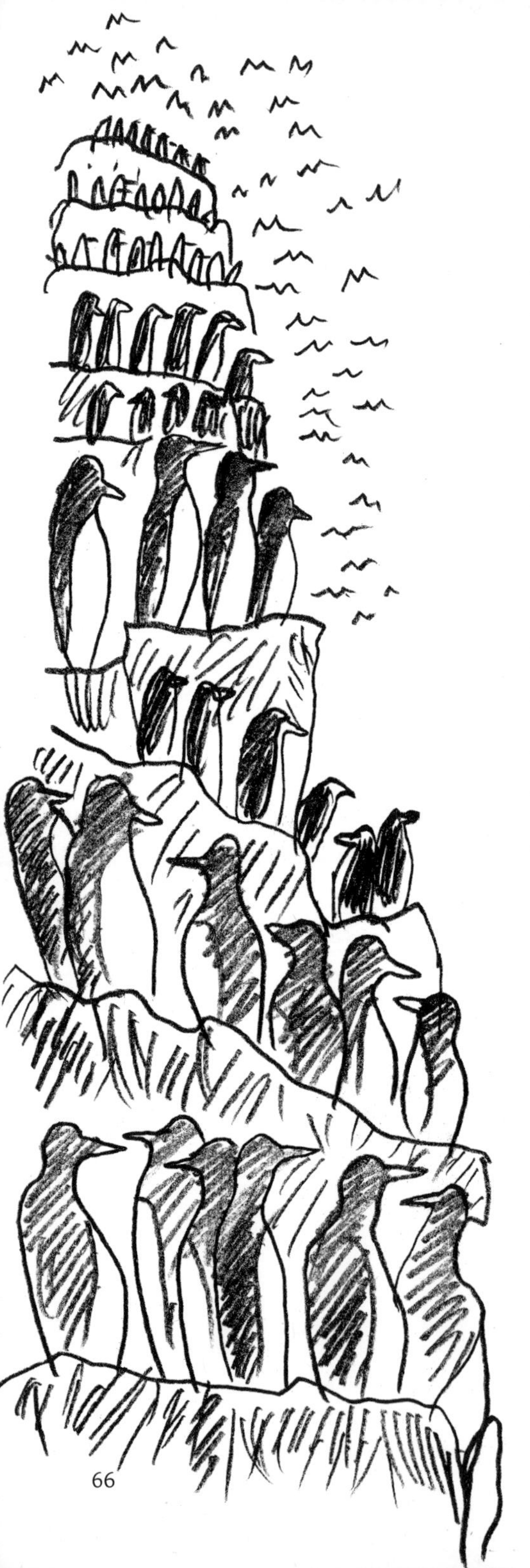

높이가 300미터나 되는 거대 암벽이 3킬로미터 이상 이어진다. 암벽을 향해 날아가는 새, 암벽에서 날아오르는 새가 본 적 없는 밀도로 서로 교차한다. 큰 소리로 운다. 하늘까지 새로 꽉 찼다.

일본을 떠나기 전에 북극해는 외로운 이미지였는데, 단번에 그것이 깨져 버렸다. 압도될 정도로 생명이 약동하고 있다. 대원들은 누구 하나 목소리를 낼 수 없었다.

그저 넋을 잃었다. 그곳을 떠나서 한동안은 아무도 말을 하지 않았다. 풍요로운 바다와 그 안에서 일어나는 일들을 보라. 지구에는 아직 인간이 알지 못하는 신비로운 것들이 무수히 많다. 그걸 다시 한번 절실히 깨달았다. 직접 가 보지 않으면 알 수 없는 것들이다. 이것이 여행의 묘미이다.

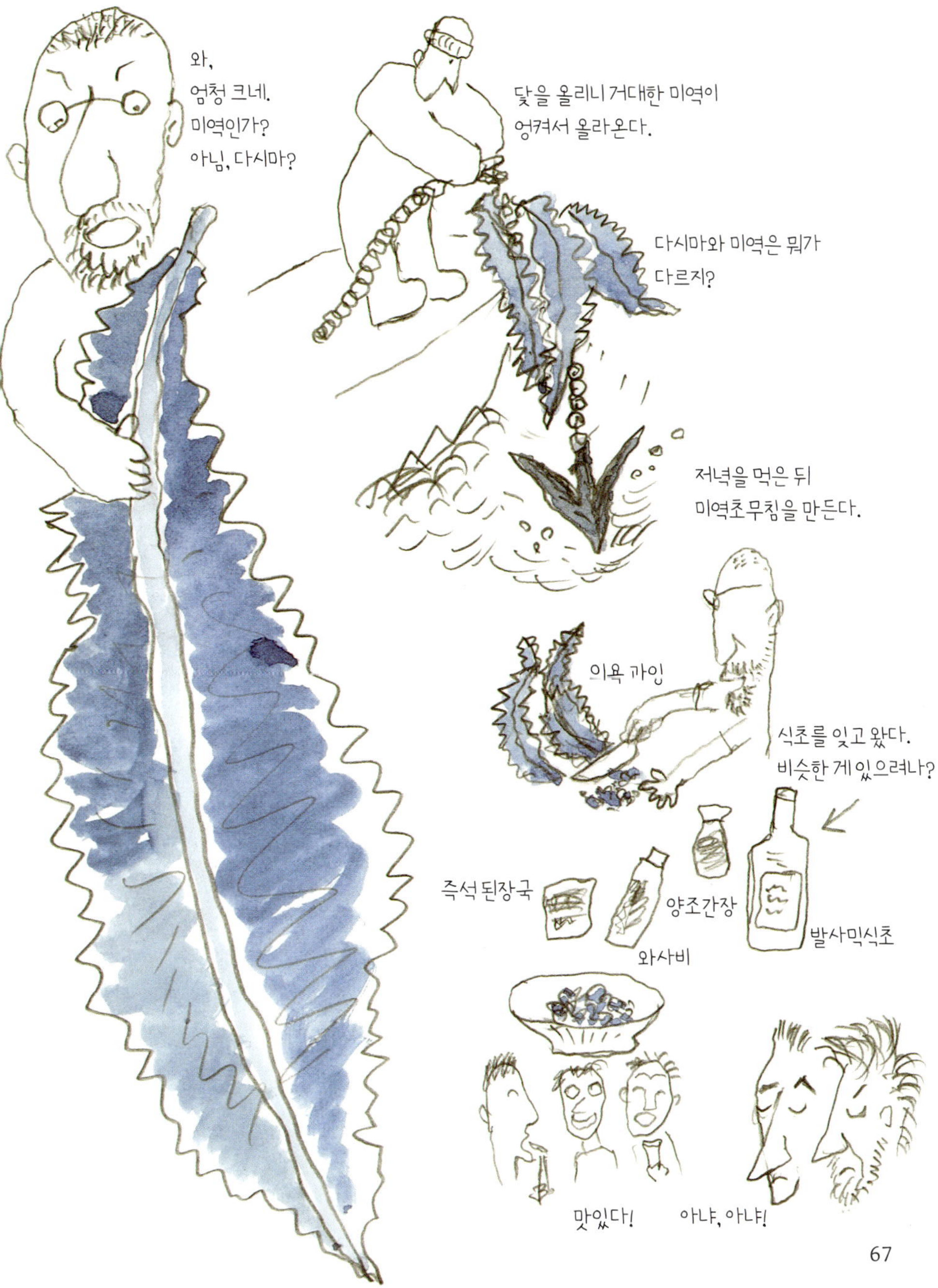

칼럼 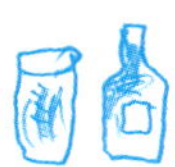 술안주

와,
엄청 크네.
미역인가?
아님, 다시마?

닻을 올리니 거대한 미역이
엉켜서 올라온다.

다시마와 미역은 뭐가
다르지?

저녁을 먹은 뒤
미역초무침을 만든다.

이욕 가인

식초를 잊고 왔다.
비슷한 게 있으려나?

즉석 된장국

와사비

양조간장

발사믹식초

맛있다!   아냐, 아냐!

새벽녘, '얼음 거울'에 어제의 흥분이 비치는 듯…. 기분 좋다

조용한 바다 위에 꼬리에 꼬리를 물고 커다란 얼음덩어리가 다가왔다. 빙하가 무너져 내릴 때 바다로 떨어진 것들이다. 사실 얼음은 그저 떠 있을 뿐. 우리 배가 앞으로 움직이고 있으니 다가오는 듯 보인다. 얼음덩어리 안에는 군데군데 새파란 부분이 있다. 다른 곳은 투명한데 거기만 새파랗다. 마치 잉크를 떨어뜨린 것 같다. 매우 아름답다. 근데, 왜 파랗게 된 걸까? 나중에 알아봐야지. 하늘의 푸르름, 바다의 푸르름과 관계가 있을까? 빛의 파장이나 프리즘과 관계가 있을까?

모른다는 건 알아가는 기쁨을 나중의 즐거움으로 남겨 두는 거라고 중얼거리며 어물쩍 자리를 피한다.

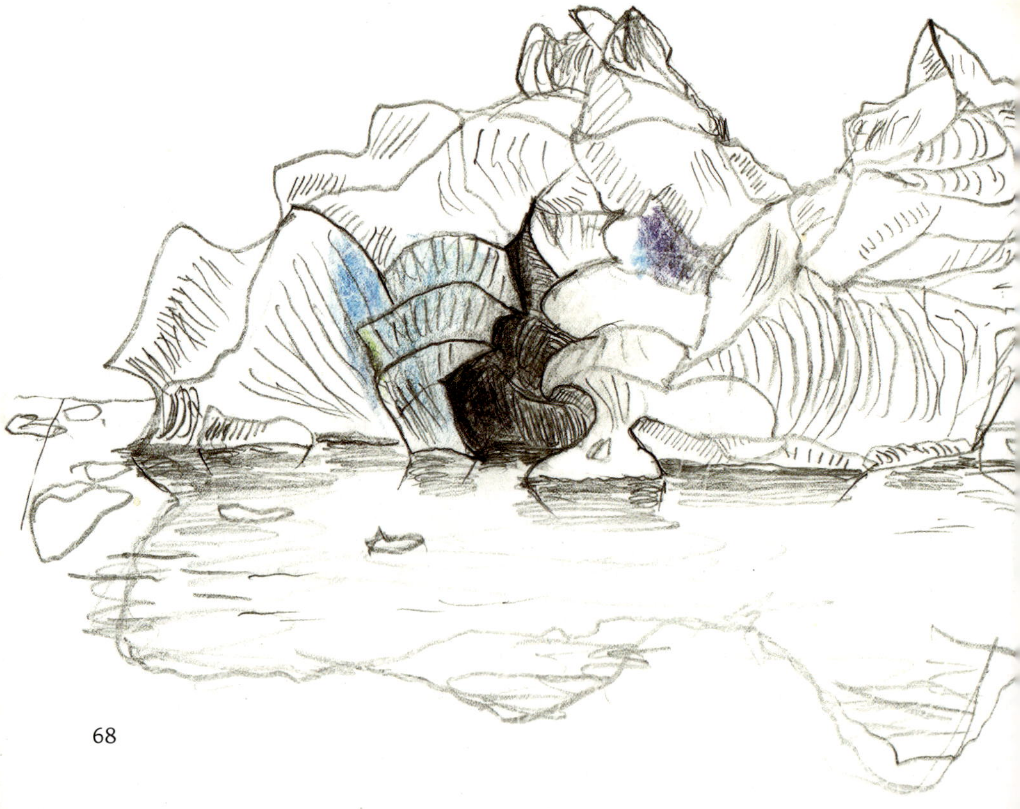

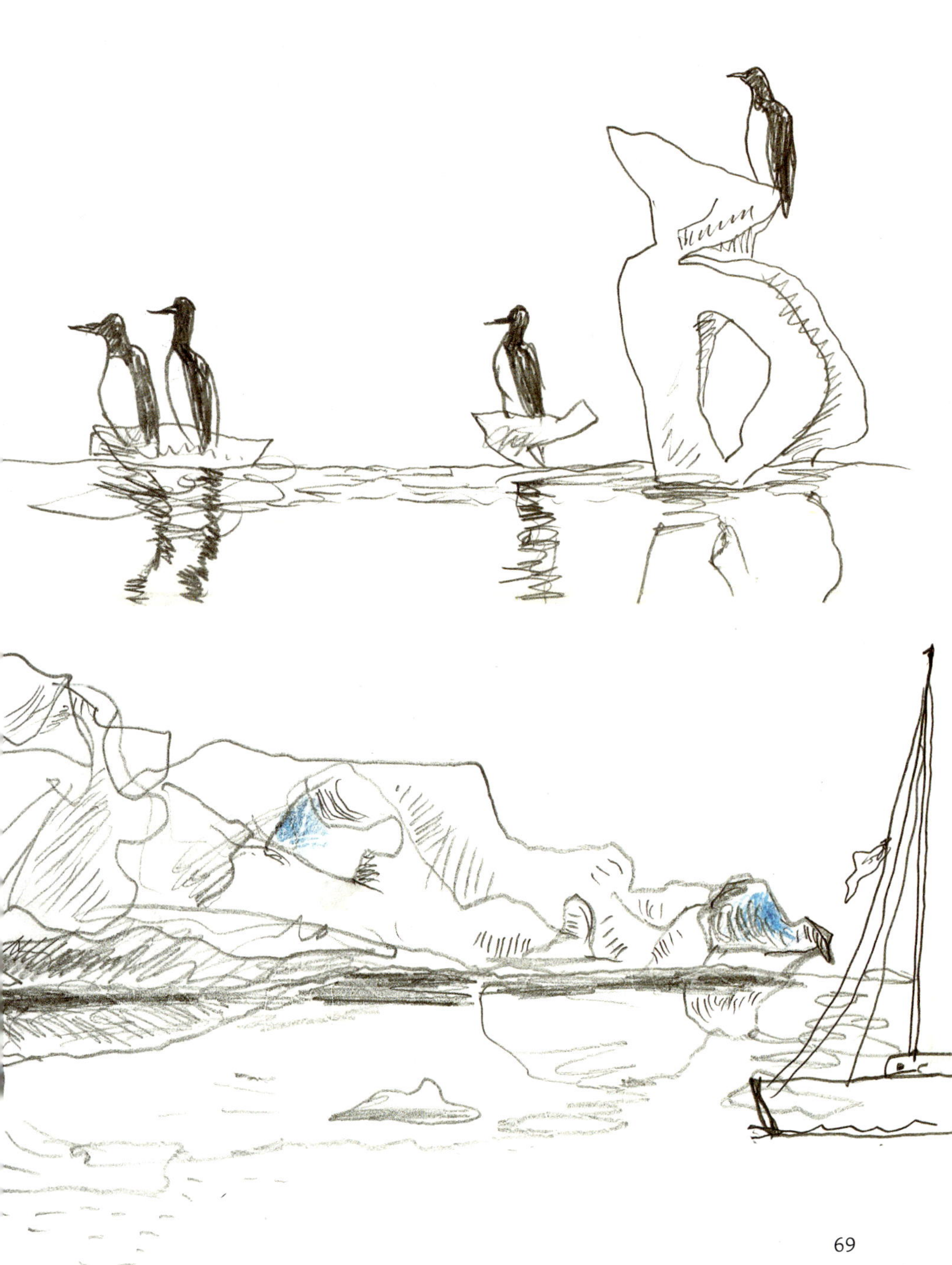

또다시 물범을 만나다!

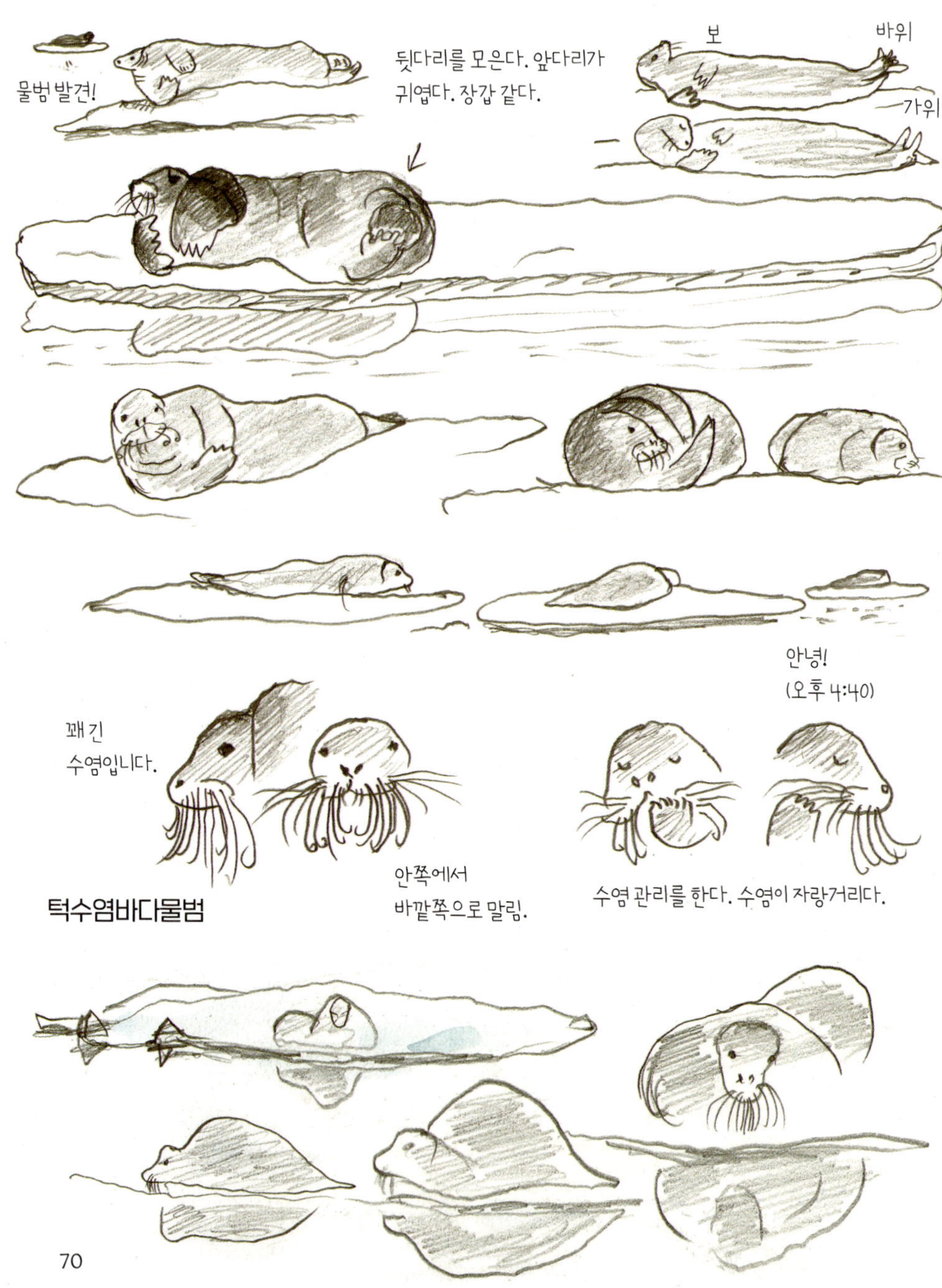

물범 발견!
뒷다리를 모은다. 앞다리가 귀엽다. 장갑 같다.
보
바위
가위
안녕!
(오후 4:40)
꽤 긴 수염입니다.
턱수염바다물범
안쪽에서 바깥쪽으로 말림.
수염 관리를 한다. 수염이 자랑거리다.

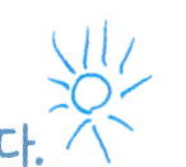

상륙은 즐거워! 이참에 운동도 하자

상륙은 아주 즐겁다. 배에서 지내다 보면 게을러지고 운동 부족이 되므로 육지에 오르면 열 일 제쳐 두고 걷는다. 표면이 울퉁불퉁한 바위나 절벽에 오르니 좋은 운동이 된다.

북극에 사는 새는 종류가 많지 않다. 10종류 정도 되려나? 그래도 개체 수는 많다. 예를 들어 큰부리바다오리만 해도 벌써 60만 마리 이상을 보았다. 북극에서는 새의 종류는 적어도 개체 수는 많은 것이다. 남쪽 열대우림에서는 종류는 엄청나게 많지만 개체 수는 적다. 북극이 이런 덕분에 거대한 고래를 먹여 살릴 수 있다. 크릴, 플랑크톤, 열빙어, 청어는 그 수가 무한대다. 그렇게 북극은 풍요롭다.

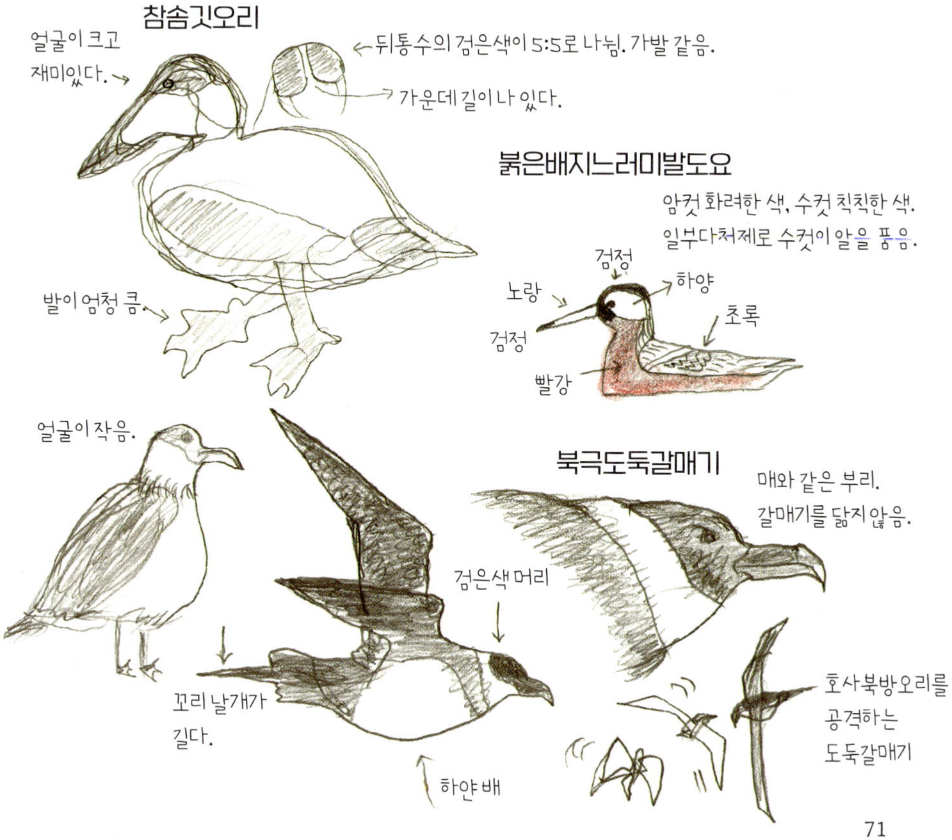

얼음에 막혀 진로 변경. 그런 상태가 북극점까지 계속된다

마크 선장이 어두운 얼굴로 노트북을 가지고 우리 앞으로 왔다. 선장이 말했다. "지금 항해하기로 예정된 가장 먼 섬, 크비퇴위아섬에 가는 문제 말인데요, 아무래도 힘들 것 같습니다. 이 컴퓨터상의 지도를 봐 주세요. 여기부터 그 위쪽은 새하얗죠? 얼음이 꽉 차서 더는 나아갈 수 없어요. 무슨 일이 있어도 간다고 하면 어쩔 수 없지만, 만약 얼음에 둘러싸이면 3개월은 못 빠져나갑니다. 식량은 한 달분밖에 없어요." "저런!" 모두 소리쳤다. 크비퇴위아섬에는 바다코끼리가 500마리 이상 있다고 들었기에 모두 엄청나게 기대하고 있었다. 아쉽지만, 포기하기로 했다. 그래도 갈 수 있는 곳까지는 가자며 전진했다. 해안에 바다코끼리가 우글우글 떼를 지어 있었다. 기뻤다.

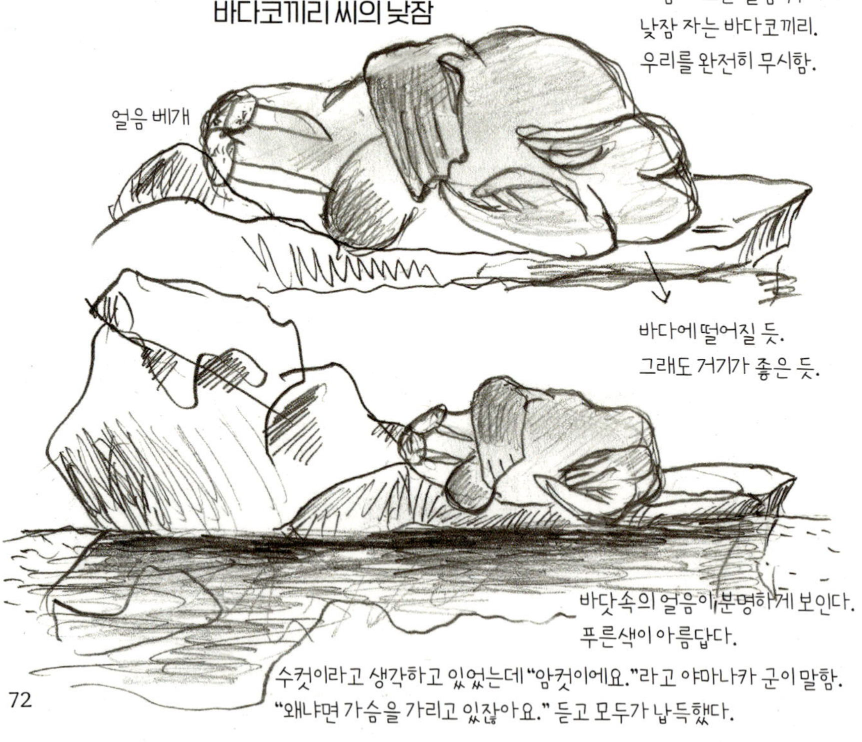

바다코끼리 씨의 낮잠

마음에 드는 얼음 위에서 낮잠 자는 바다코끼리. 우리를 완전히 무시함.

얼음 베개

바다에 떨어질 듯. 그래도 거기가 좋은 듯.

바닷속의 얼음이 분명하게 보인다. 푸른색이 아름답다.

수컷이라고 생각하고 있었는데 "암컷이에요."라고 야마나카 군이 말함. "왜냐면 가슴을 가리고 있잖아요." 듣고 모두가 납득했다.

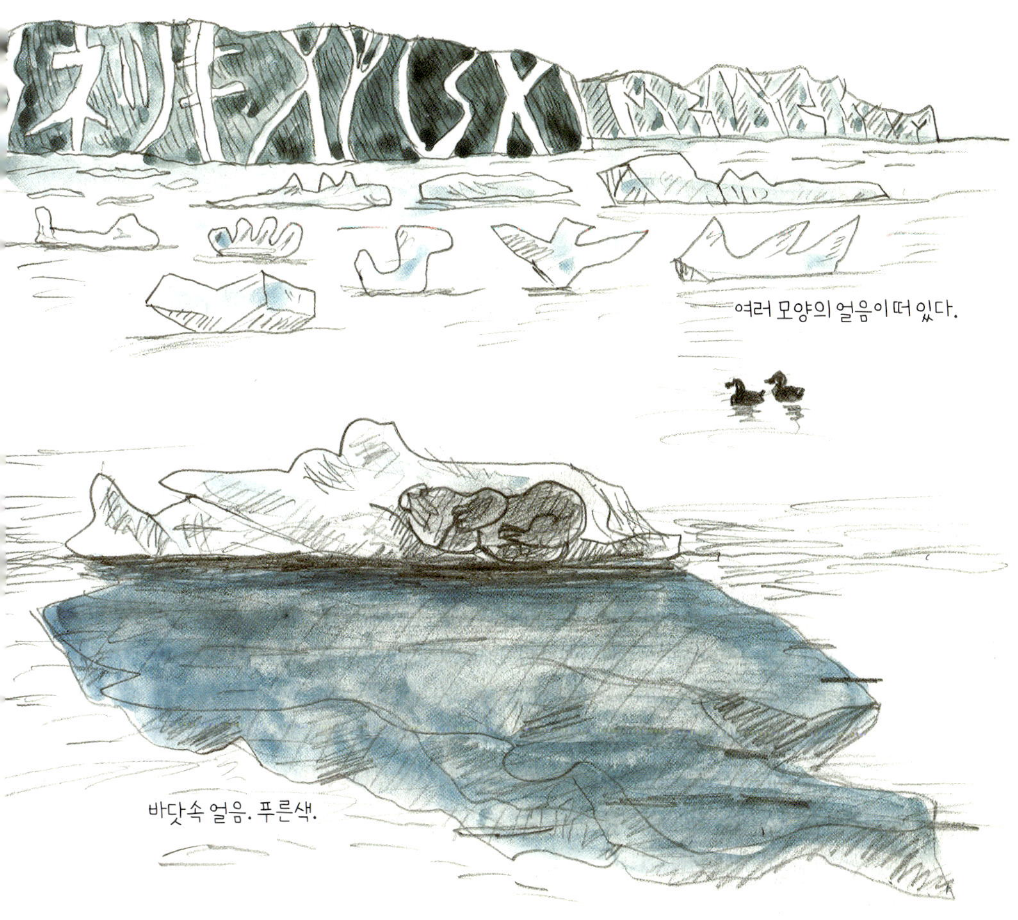

"북극 깊숙한 곳에 왔구나." 누군가 말했다

마크 선장은 얼음을 피해 가며 신중하게 배를 조종했다. 배 주변에 얼음덩어리들이 빼곡하게 떠다닌다. 지금까지는 그리 추위를 느끼지 않았는데, 역시 여기는 바람이 차갑고 몸이 얼어붙을 것 같다. '이제 정말 지구의 맨 꼭대기에 왔구나.'라는 생각이 들었다. 북위 80도 23분. 여기가 우리가 도달한 최북단 지점이다.

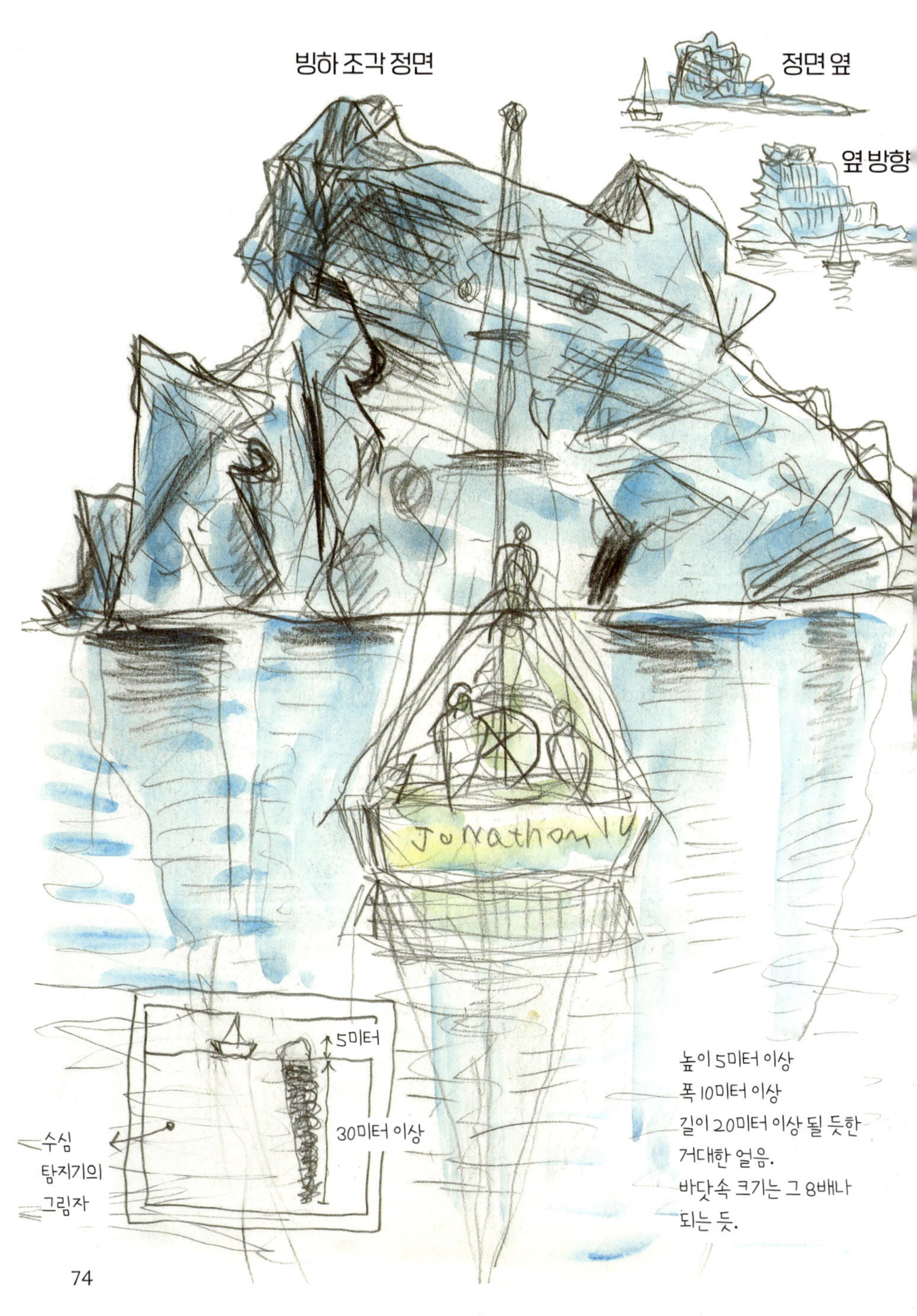

빙하 조각 정면
정면 옆
옆 방향
Jonathan 14
5미터
30미터 이상
수심 탐지기의 그림자
높이 5미터 이상
폭 10미터 이상
길이 20미터 이상 될 듯한
거대한 얼음.
바닷속 크기는 그 8배나
되는 듯.

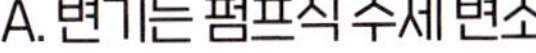

A. 변기는 펌프식 수세 변소

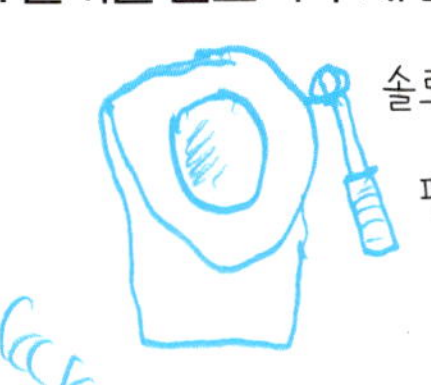

B. 샤워는 일주일에 약 1회.

그래도 땀도, 냄새도 안 난다.

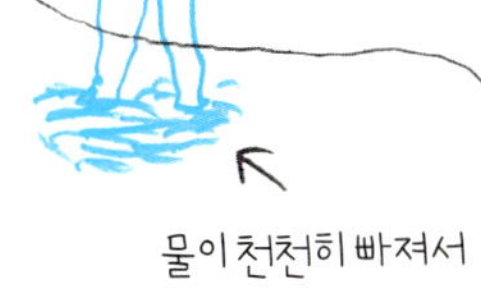

물이 천천히 빠져서 바닥이 흥건해진다.

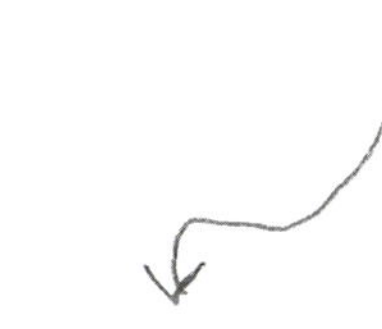

나중에는 샤워 회수 제로

① 대소변을 본 후 우선 20회 위아래로 움직여 바닷물을 빨아올린다.

② 배수 스위치로 바꿔 레버를 20회 상하로 움직인다.

③ 바닷속으로 흘려보낸다. 북극해에는 인공물 제로지만 인간의 대변은 접수 가능.

④ 반드시 앉아서 일을 볼 것! 서서 소변을 보면 흔들려서 이리저리 튐. (선장에게 2명이 혼남.)

⑤ 제대로 20회를 움직이지 않으면 화장실 변기가 막힌다. 3번 막혔는데 진땀이 났다.

⑥ 결국 이 펌프 바를 상하로 움직이는 게 배 안에서의 유일한 운동이라는 걸 나중에야 깨달았다.

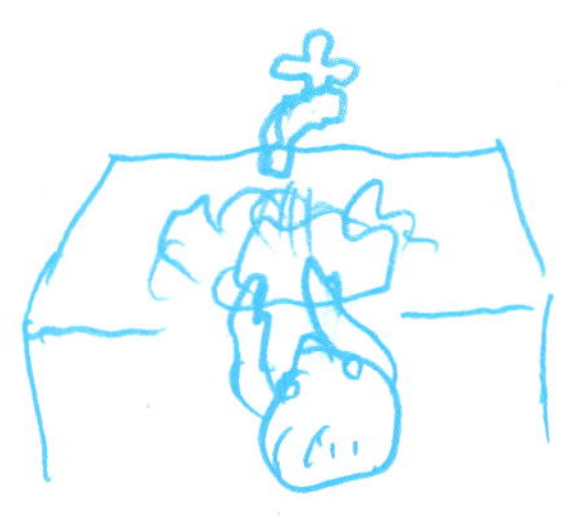

C. 세탁도 처음엔 했지만 그만두었다.

땀에 젖지 않고, 더러워지지 않고, 냄새도 나지 않기 때문이다.
세탁이란 부패균을 떨어내는 일이라는 걸 알게 되었다.

모헨섬으로. 어떤 섬일까? 이름부터 이상하지?

오늘은 모헨섬을 향해 전진한다. 모헨섬은 모래로만 이루어진 섬으로, 바다코끼리가 많이 산다고 한다. 콘티키호를 타고 나아가는데 지금까지와 다르게 얼음이 안 보인다. 얼음이 없다는 건 물범이 없다는 거고, 물범이 없다는 건 북극곰이 없다는 거다. 재미없다. 하지만, 바다코끼리는 엄청 많다고 한다. 대원 중 한 명인 이와타가 말했다. "바다코끼리에 질렸어. 모헨섬에는 안 가도 돼." 어떻게 할지 의견이 분분했다.

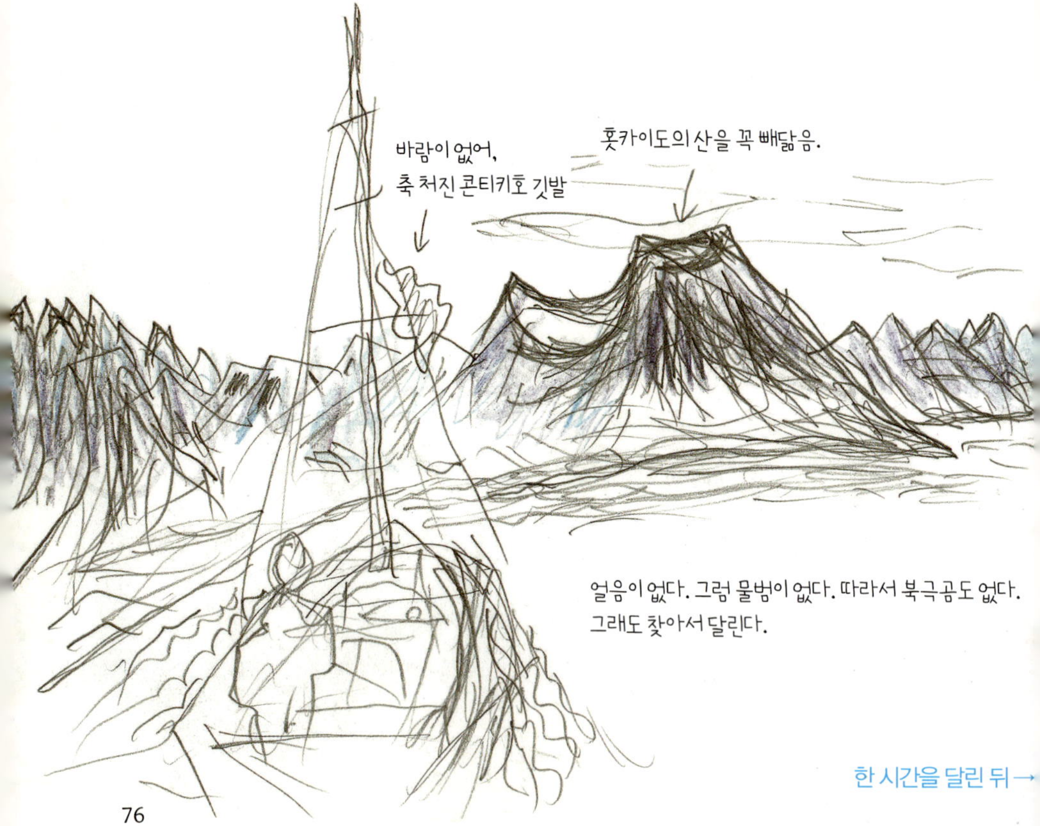

한 시간을 달린 뒤 →

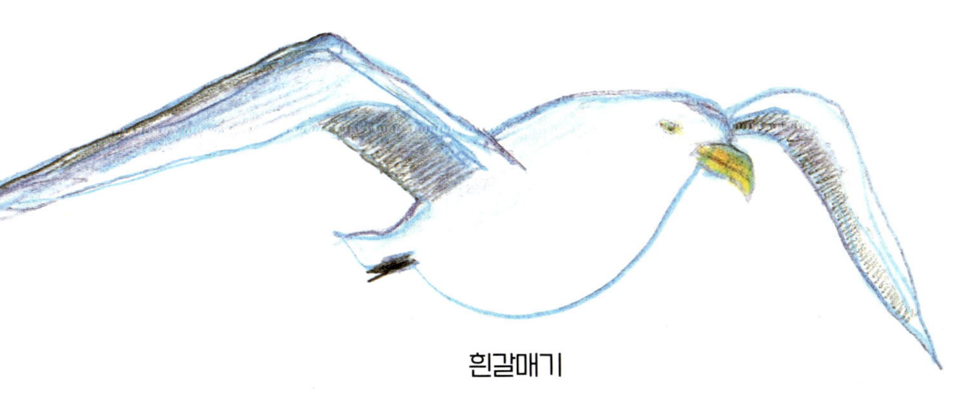

흰갈매기

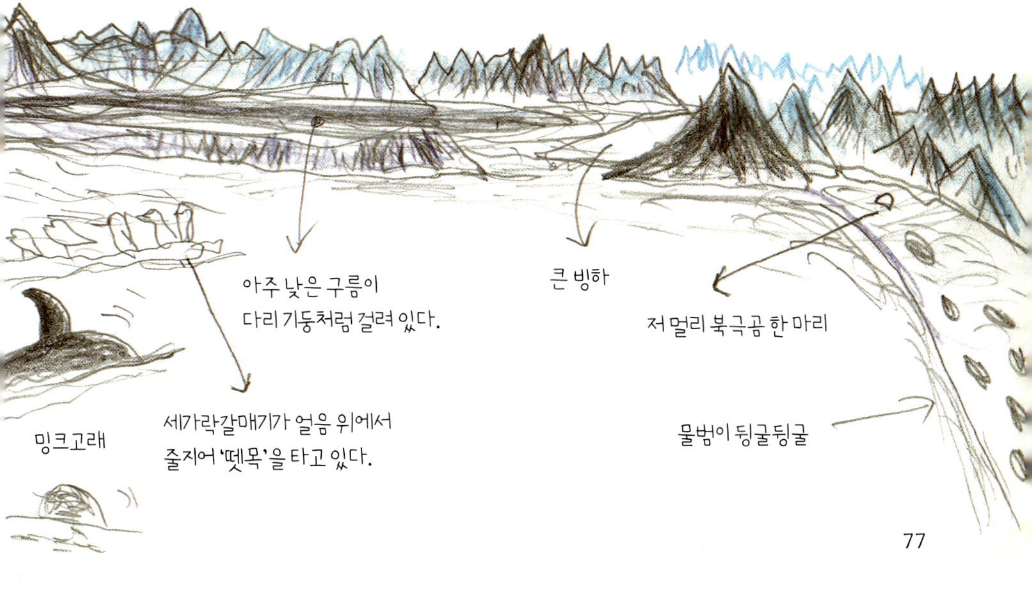

아주 낮은 구름이
다리 기둥처럼 걸려 있다.

세가락갈매기가 얼음 위에서
줄지어 '뗏목'을 타고 있다.

밍크고래

큰 빙하

저 멀리 북극곰 한 마리

물범이 뒹굴뒹굴

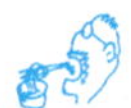

클리오네를 바닷속에서 채집하다

우리 대원 중 자칭 '이시카리 호쿠호 생물박물관 관장'이라는 녀석이 있다. 미나가와 군이다. 수상한 녀석이다. "바닷속에 플랑크톤이 많을 거다. 뭐가 있는지 채집해 보자."라는 얘기가 나왔다. 싸구려 포충망 안에 컵을 넣고 묶어 밧줄 끝에 매달아 바닷속으로 흘려보냈다. 포충망을 당겨 올려 보니 있다, 있어!

플랑크톤이 듬뿍 채집된 것이 아닌가. 게다가, 놀랍게도! 바다의 요정 클리오네가* 들어 있었다! 미나가와 군은 어울리지 않는 미소를 띠며 관찰을 시작했다.

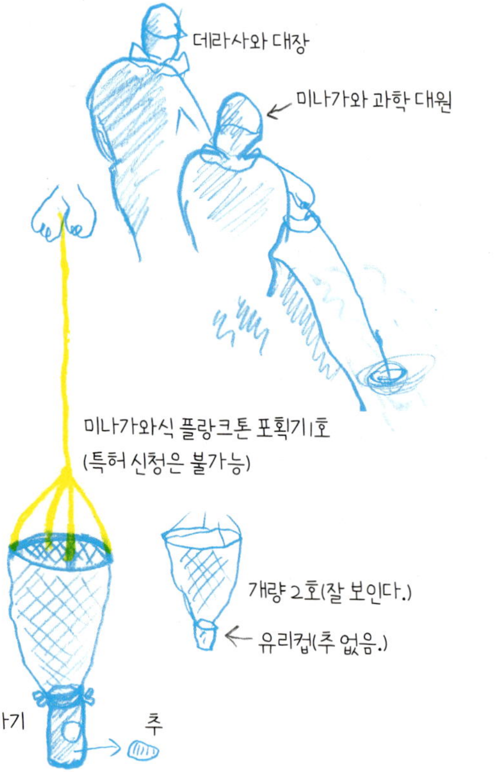

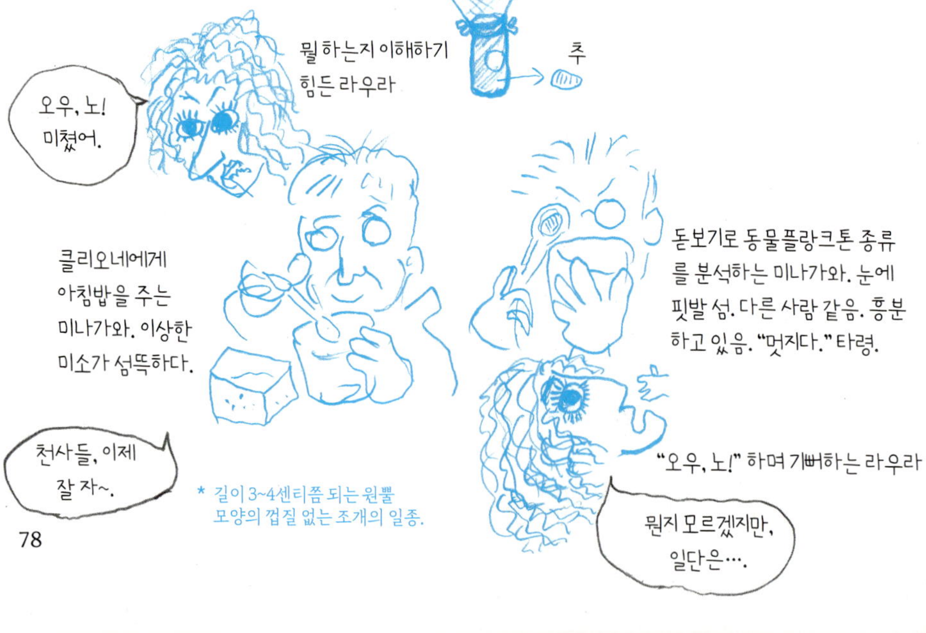

클리오네에게 아침밥을 주는 미나가와. 이상한 미소가 섬뜩하다.

돋보기로 동물플랑크톤 종류를 분석하는 미나가와. 눈에 핏발 섬. 다른 사람 같음. 흥분하고 있음. "멋지다." 타령.

* 길이 3~4센티쯤 되는 원뿔 모양의 껍질 없는 조개의 일종.

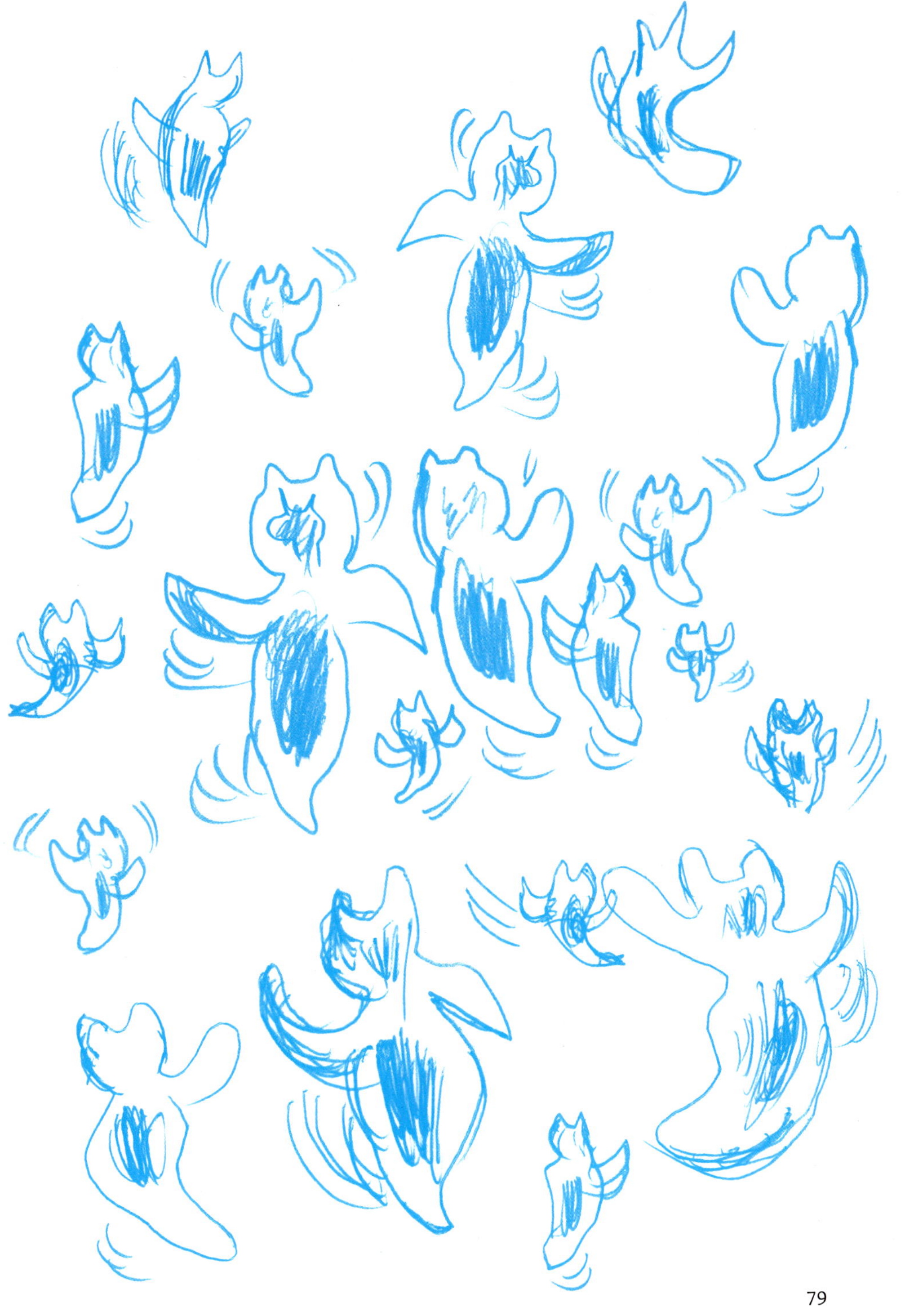

미인 요리사 라우라 옆에 불박이가 되다

이 탐험을 시작하기 전에 대원 모두가 식사에 대해 걱정했다. 음, 그 이상으로 술에 대해 걱정했지만…. 누가 어떤 식사를 준비할 것인가. 데라사와 대장은 거만하게 마크 선장에게 말했다. "밥만은 좋은 걸 먹여 줬으면 좋겠다. 비용에는 제한을 두지 않는다." 항해가 시작된 뒤 우리는 놀랐다. 배에 프로 요리사가 있었기 때문이다. 게다가 이탈리아 미녀다. 라우라는 로마에서 술집을 하고 있다. 그래서 매일 우리 저녁밥은 이탈리아 요리였다. 30일간 매일 이탈리아 요리. 근데 이게 정말 맛있어서 전혀 질리지 않았다. 평생 이탈리아 요리를 먹지 않아도 될 정도로 맛있는 이탈리아 요리였다. 식사가 끝나면 모두 라우라를 도와 설거지를 했다. 무엇보다 라우라 옆에 있고 싶은 거다.

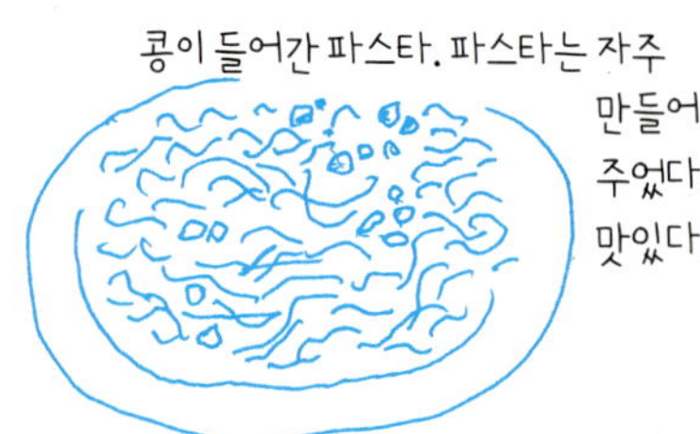

콩이 들어간 파스타. 파스타는 자주 만들어 주었다. 맛있다!

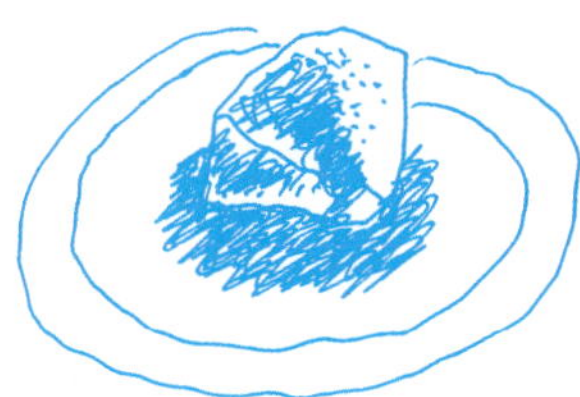

오븐으로 구운 고기. 소고기였을거다. 소스가 맛있다. 포도주와 아주 잘 어울린다.

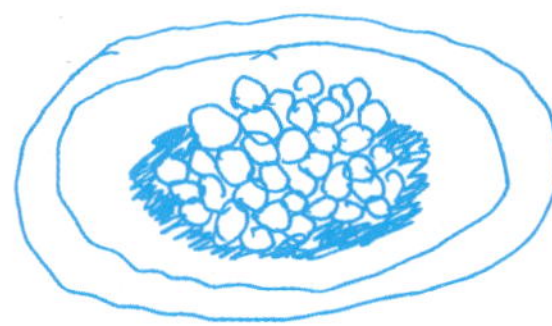

콩 요리. 맛없다. 일본의 콩조림이 훨씬 맛있다.

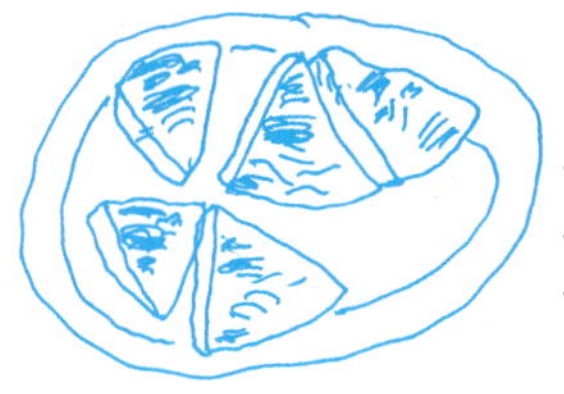

오븐으로 구운 피자. 토핑은 베이컨, 토마토 등. 맛있다.

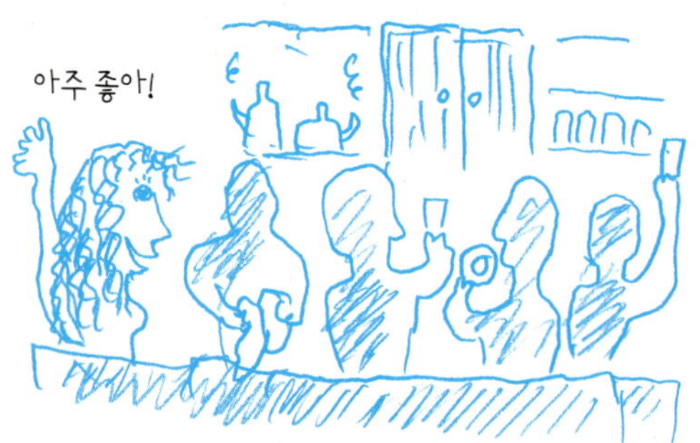

열심히 설거지를 돕는 대원들. 집에서는 손가락도 까딱하지 않으면서….

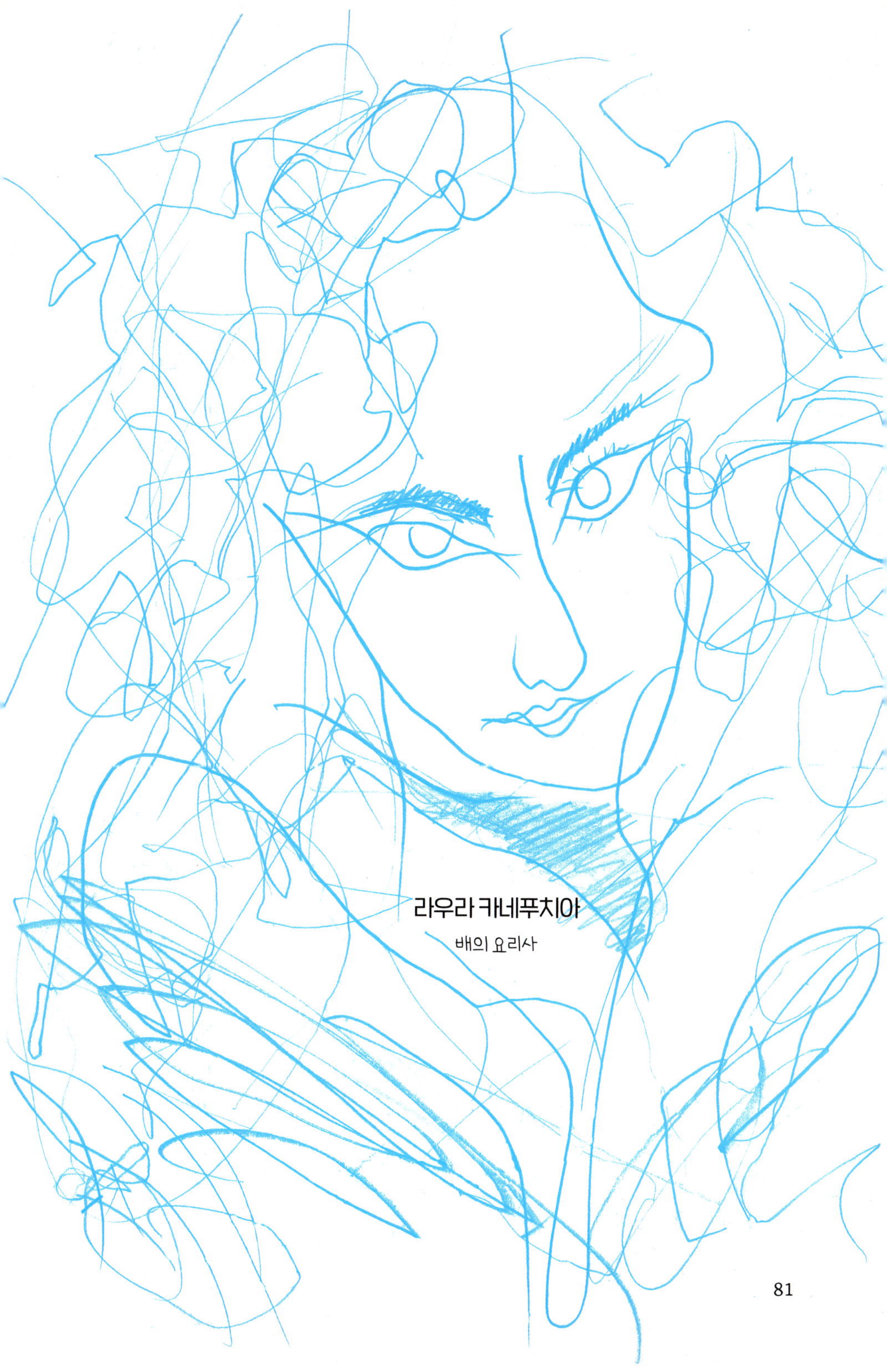
라우라 카네푸치아
배의 요리사

거인 라스는 수줍음을 많이 타는 녀석이다

나이는 35살. 몸집이 엄청나게 큰 녀석이다.
키는 2미터 10센티. 평소에는 롱위에아르뷔엔
의 탄광 회사 직원으로 광산에서 일한다. 휴가
2개월 동안 배에서 아르바이트하는 거란다. 스
웨덴인이어서 모국어와 영어는 유창하지만,
이탈리아어는 못한다. 매일 이탈리아인 라우
라의 지도를 받은 덕분에 배에서 내릴 때쯤에
는 이탈리아어를 유창하게 말하게 되었다. 자
칭 라이플총의 달인. 하지만 한 발도 쏘는 걸
본 적이 없다. 행운이라고 생각한다.

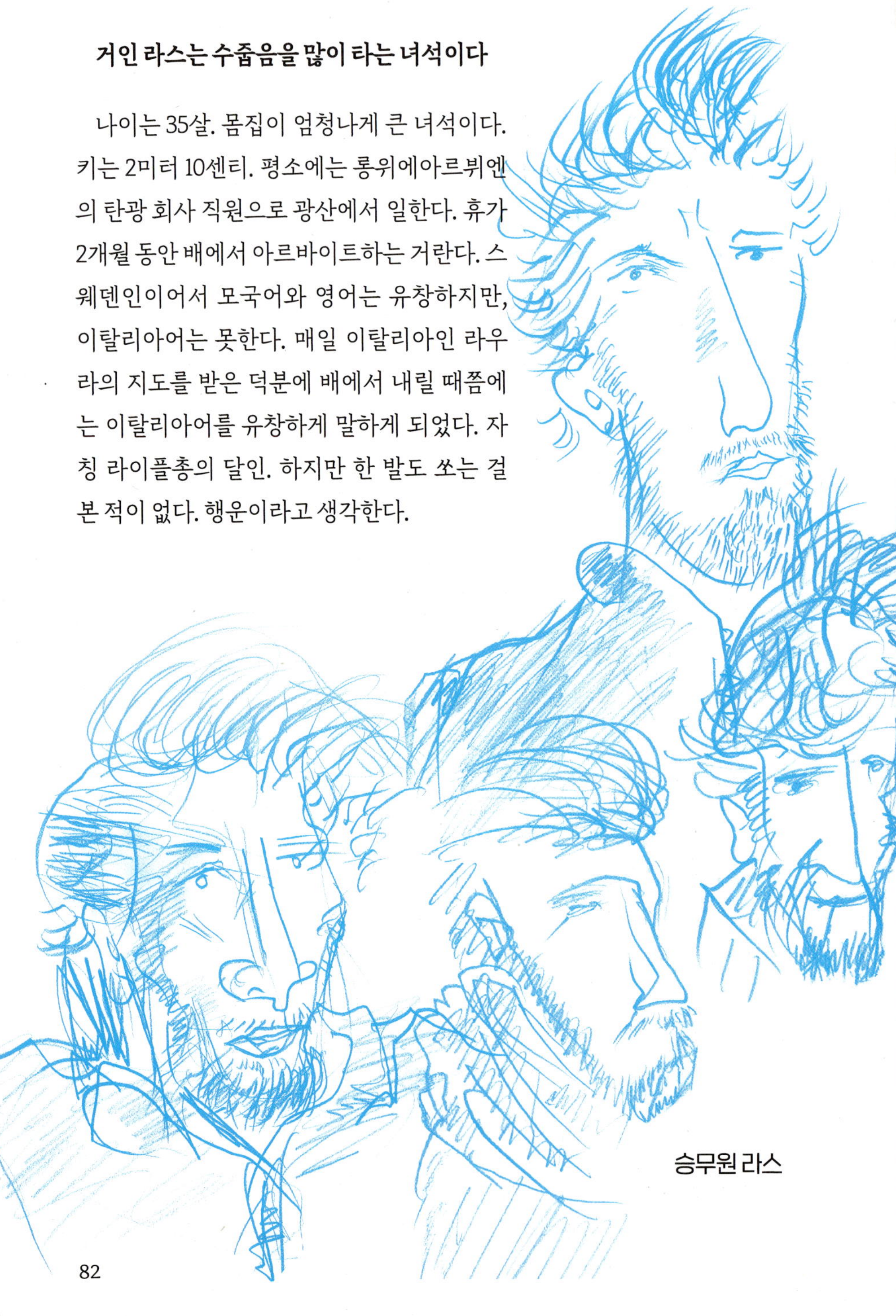

승무원 라스

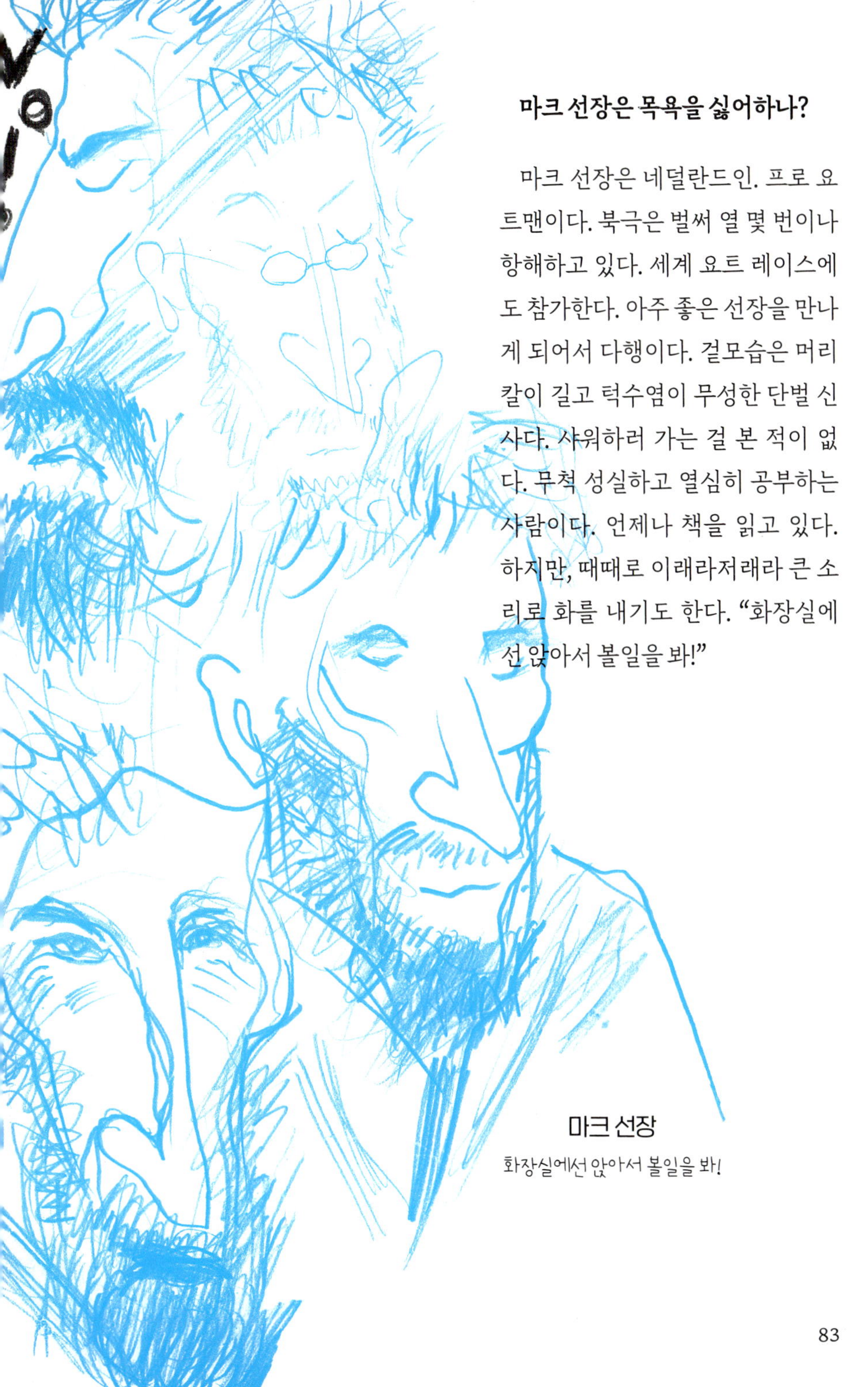

마크 선장은 목욕을 싫어하나?

마크 선장은 네덜란드인. 프로 요트맨이다. 북극은 벌써 열 몇 번이나 항해하고 있다. 세계 요트 레이스에도 참가한다. 아주 좋은 선장을 만나게 되어서 다행이다. 겉모습은 머리칼이 길고 턱수염이 무성한 단벌 신사다. 샤워하러 가는 걸 본 적이 없다. 무척 성실하고 열심히 공부하는 사람이다. 언제나 책을 읽고 있다. 하지만, 때때로 이래라저래라 큰 소리로 화를 내기도 한다. "화장실에선 앉아서 볼일을 봐!"

마크 선장

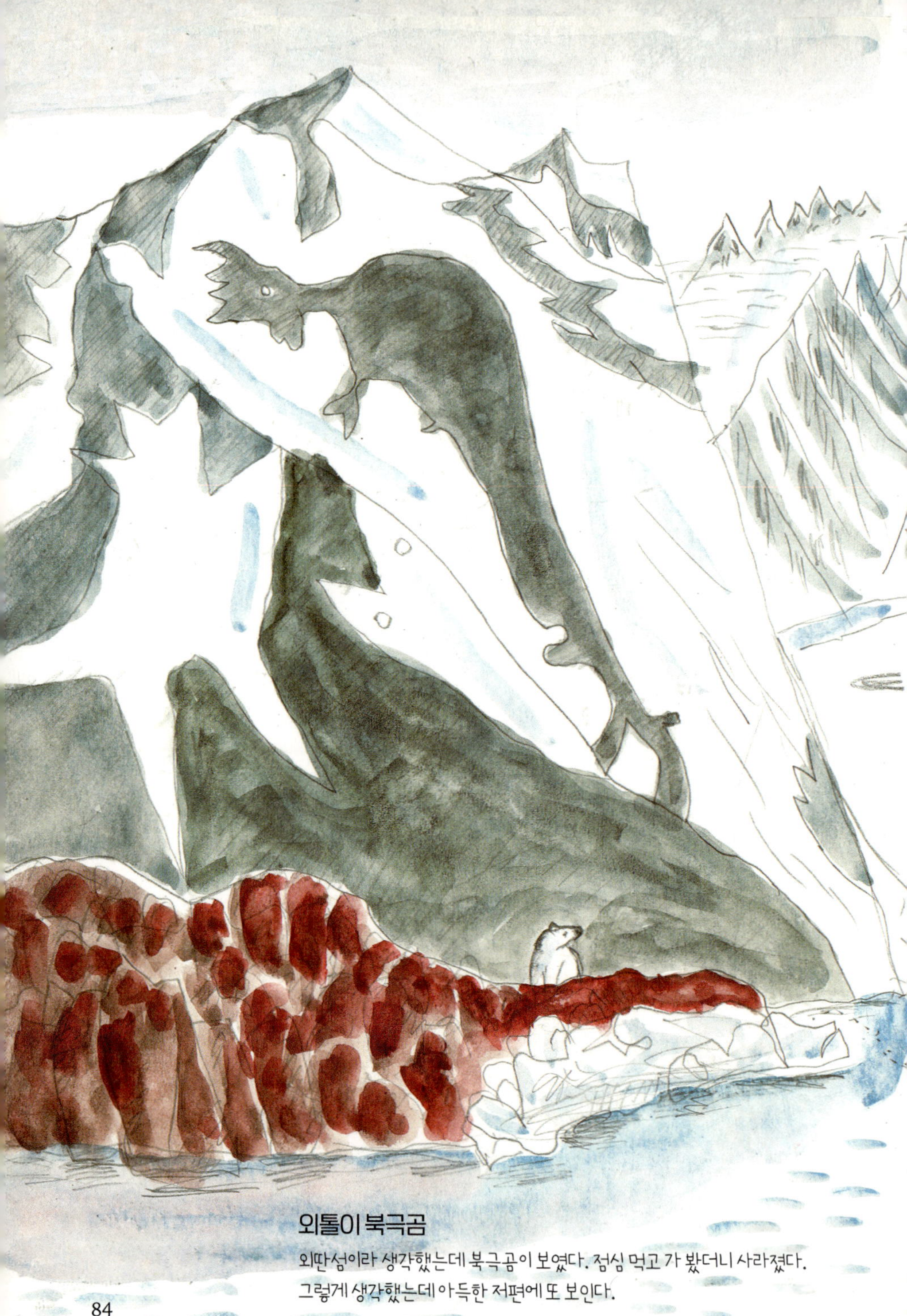

외톨이 북극곰

외딴섬이라 생각했는데 북극곰이 보였다. 점심 먹고 가 봤더니 사라졌다.
그렇게 생각했는데 아득한 저편에 또 보인다.

북극곰이 홀로 바위 위에 있다. 시라도 읊는 걸까?

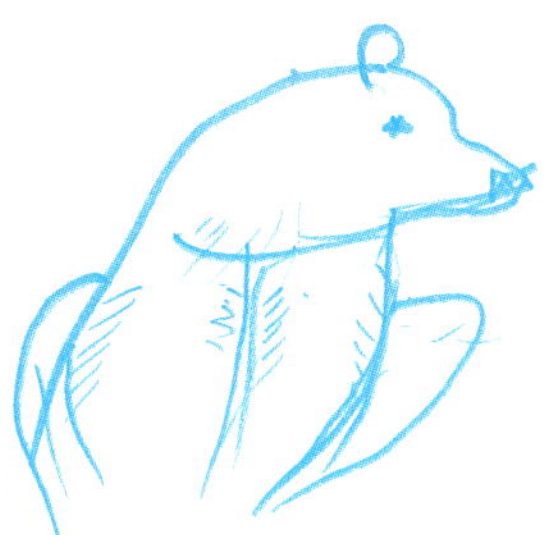

북극곰 한 마리가 바위 위에서 생각에 잠겨 있었다. 물범과의 실랑이에 지치기라도 한 걸까. "그래도 노력하고 있잖아." 자신에게 들려주며 혼자 하늘을 바라보고 있다.엄마 곰의 출산 주기는 2~4년 정도다. 다음 발정기가 찾아오기 전에 아기 곰은 홀로서기를 해야 한다. 세 살쯤 된 북극곰에겐 혹독한 시련이 기다리고 있다. 물범도 북극곰도 모두 응원해 주고 싶은 나.

물범을 먹고 싶은 북극곰의 그림

① 어제잔뜩 먹었는데 어디 갔지? 그래도 난 물범을 기다려.

② 이 자세면 물범이 못 볼것도 같은데.

③ 엉덩이너무 들었나?

④ 근데 물범이 이 구멍으로 올까?

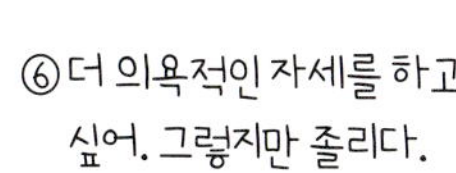

⑤ 어찌 됐든 상관없다 싶기도 하고….

⑥ 더 의욕적인 자세를 하고 싶어. 그렇지만 졸리다.

⑦ 물범은 분명 어딘가로 가 버렸나 봐. 그렇다고 하자. 졸리니까.

⑧ 노력하고 있는 건 나만은 인정하기로 하자.

⑨ 더 이상 안 되겠어.

⑩ 갑자기 벌러덩.

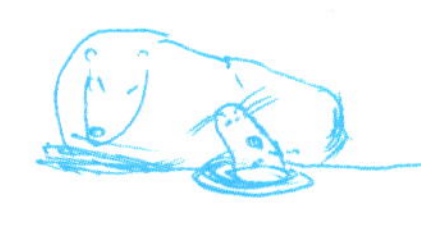

⑪ 너무 잤네! 앗 물범!

① 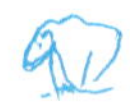 오른쪽과 왼쪽에 물범 발견. 가까이 가는 척하다 멈춰 선다. 오른쪽이 왠지 더 잘 잡힐 것 같다는 느낌.

(이미 눈치챔.)

(북극곰이 나타난 걸 눈치챔.)

② 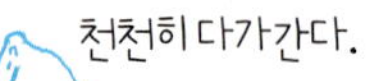 천천히 다가간다.

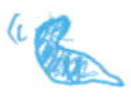 "헉, 북극곰이다!"(라는 표정을 하고 있다.)

(자는 척)

③ 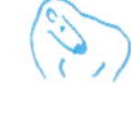 그렇지만 서두르지 않는 나. "너한테 관심 없어."라는 표정으로 왼쪽 물범을 보며 아닌 척한다.

"앗!"(이라는 표정을 해 준다.)

④ 갑자기 오른쪽으로 몸을 돌려 재빨리 달린다.

(음…. 무리가 아닐까?)

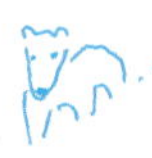 "앗! 저 북극곰, 이번에는 진짜인가 보네."

⑤ 앗, 실패다!

거봐, 무리라니까.

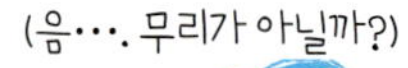

첨벙! 바닷물로 뛰어든다!

⑥ 흥! 그렇다면 반대쪽에 있는 녀석을 노리자. 저벅저벅.

으악! (요런 모습을 보여 주자.)

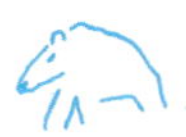

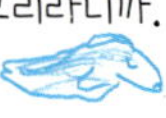

⑦ 

아직 넌 어리구나. 경험이 부족해. (그래서, 또 실패할 운명이 기다리고 있어.)

바로 지금이야!

천천히 첨벙!

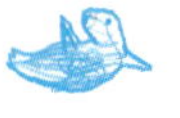

⑧ 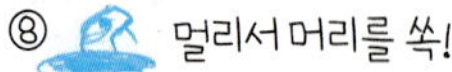 멀리서 머리를 쏙!

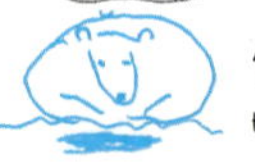 실패다, 실패. 가까운 구멍 바로 앞에서 기다릴 걸 그랬어.

제2장: 북극곰 모자의 위기 편

멀리 북극곰 모자 출현.

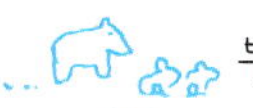

부루퉁해서 누워 있는 수컷 곰 발견!

조금 부루퉁한 기분이지만,
느긋하게 지구전이다.

나 여기 있다!

여기도 있다!

② 엄마 곰과 아기곰은 수컷 있는 곳으로 가고 싶다.

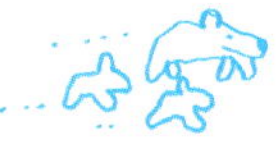

앗!

물범은 이 구멍에는 전혀 가까이 오지 않는다. 먼 바닷속에는 많이 있지만.

② 힐끗 보고, 엄마 곰과 아기 곰을 눈치챈다.

③ 점점 다가간다

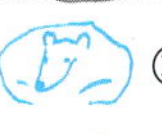

첨벙

③ 물범 사냥 포기!

④ 더 가까이간다. 엄마 곰과 아기곰이 위기!

④ 이런이런!

부리나케 총총. 어, 누구?

어?

⑤ (왠지) 마주치지 않는다.

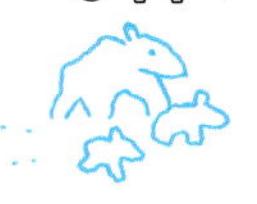

⑥ 왠지 모르는 척 지나친다.

왼쪽으로 감.

⑥ 엄마 곰, 서두른다.

아기곰, 뛴다.

⑦ 드디어 멈춤.

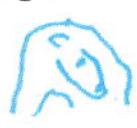

응? 나
뭐 했어?

⑦ 엄마 곰과 아기 곰. 전속력으로 뛴다.

⑧ 수컷 곰은 괜스레 근처에서 어슬렁거림. (좀 겸연쩍음.)

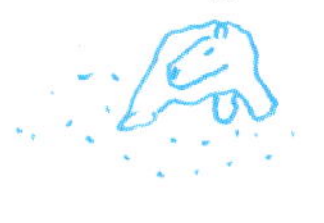

⑧ (다행이다.
근데 저
아저씨.
좀 이상해.)

⑨ 물범은 이제 얼굴을 내밀 기색이 전혀 없음.

⑩ 그 뒤 우리 요트도 그 장소를 떠나왔다. 오후 4:38

모나코 대빙하로 들어가다.
나는 하늘을 나는 새가 되어 그림을 그렸다

은빛 하늘, 바다, 산, 파도…. 빙하의 흰색이 눈에 띈다. 빙하 4개가 이 후미진 곳에 모
두 모여 있다. 요트가 전진해 감에 따라 기온이 점점 떨어져 얼굴이 떨어져 나갈 듯 아
프다! 바람도 강하고, 파도도 높다. 그래도 우리 콘티키호는 의기양양하다. 푸른 유빙

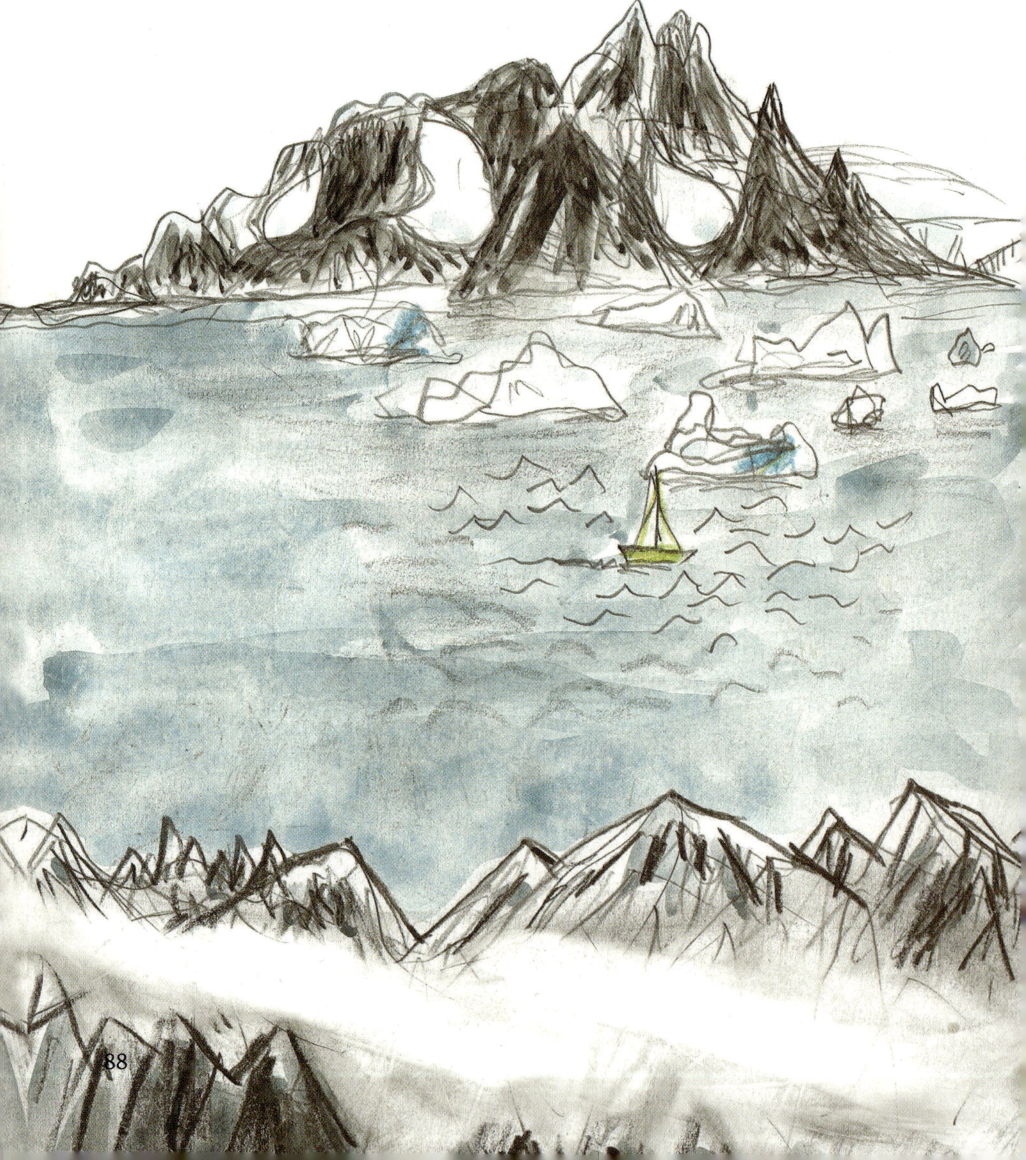

이 다가온다. 신기한 빛깔이다. 어제까지만 해도 그렇게 많았던 물범이 오늘은 바람에 떠밀려 갔는지 얼음을 타고 어딘가로 가 버렸다.

　그런데 모나코 빙하란 말은 도대체 무얼까? 찾아보니 사정은 이러했다. 1899년, 당시의 모나코 왕세자 알베르 왕자가 이 빙하를 보러 왔다. 그래서 이런 이름이 붙었다는 것이다. 그땐 어떤 배로, 어떤 방한복을 입고 왔을까?

　그건 그렇고 갑판에 있으면 춥다. 빙하 조각을 칵테일용으로 수집, 아니 채취했다.

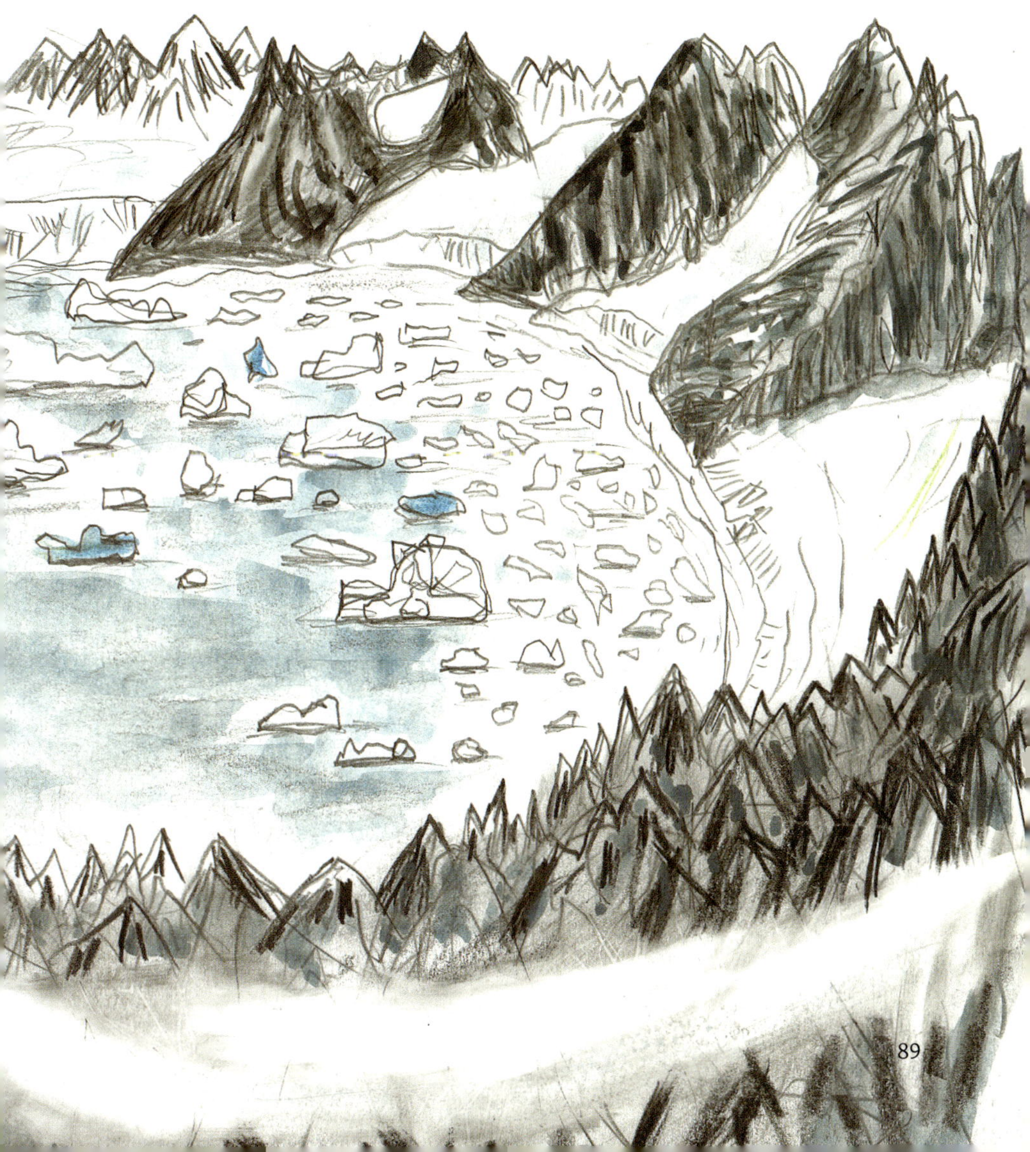

여름새 아비에 반했다. 미인이다

　반도에 상륙하자 작은 연못에 아비 한 쌍이 있다. 아비는 일본에 겨울새로 찾아온다. 그때의 아비는 우중충한 빛깔을 띠고 있었다. 그런데 지금 보고 있는 번식기의 아비는 아주 화려하다. 목 주변의 색깔은 붉고 눈에 띄게 아름답다. 더 예쁘다고 생각한 것은 머리끝부터 발목까지 이어진 수십 개의 은색과 검은색 줄무늬다. 그 줄무늬 디자인은 마치 파리 패션 컬렉션에 나오는 모자 같다.

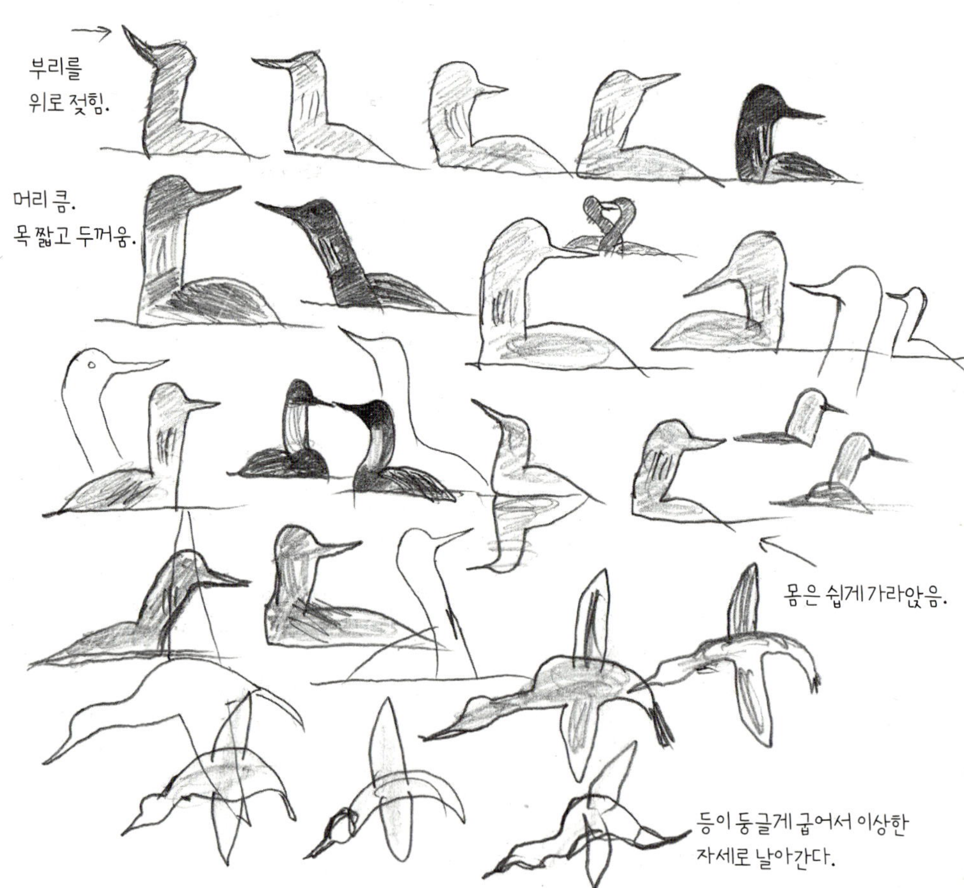

90

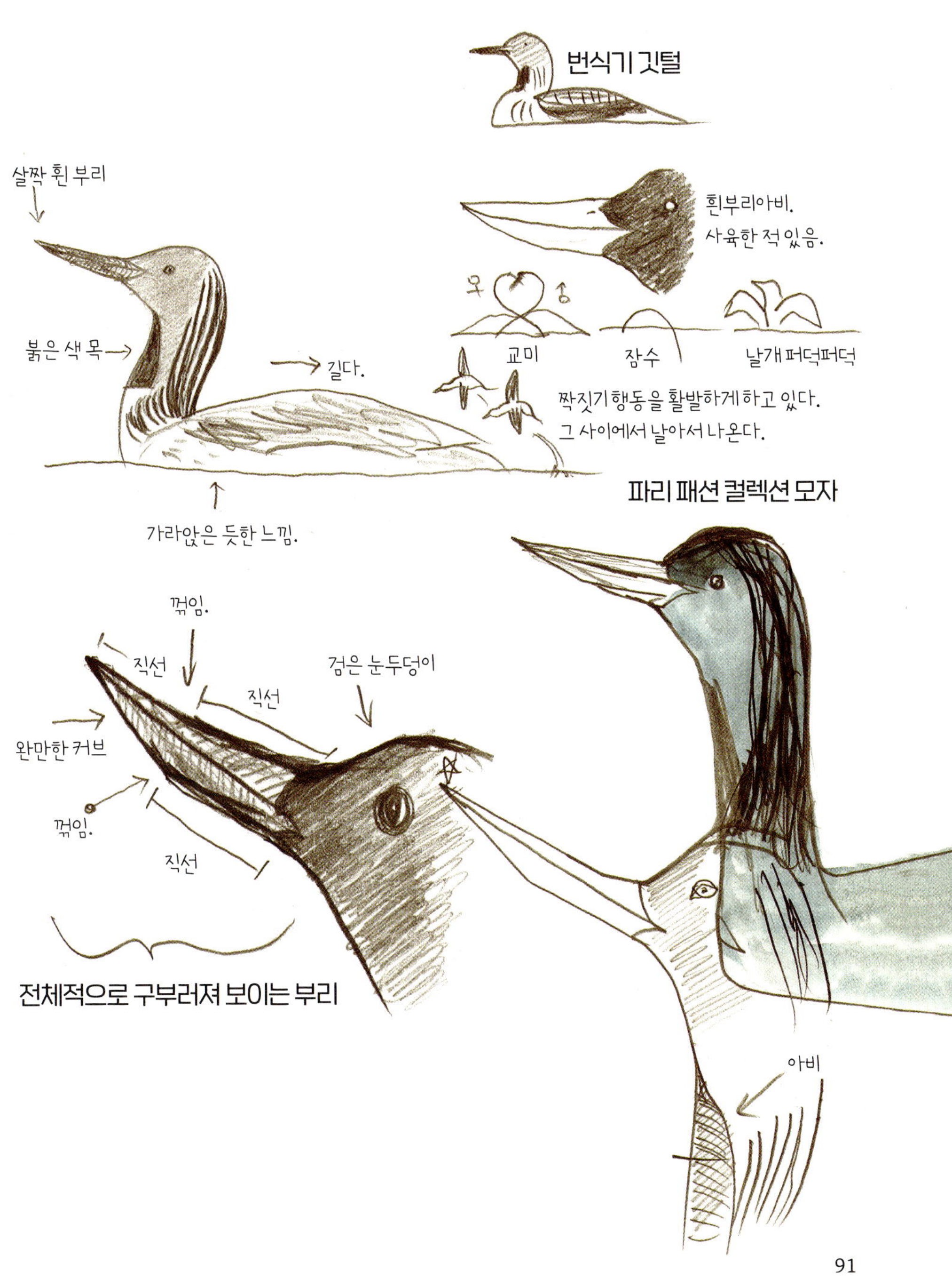

번식기 깃털
살짝 휜 부리
붉은 색 목→
길다.
흰부리아비.
사육한 적 있음.
교미
잠수
날개퍼덕퍼덕
짝짓기행동을 활발하게 하고 있다.
그 사이에서 날아서 나온다.
파리 패션 컬렉션 모자
가라앉은 듯한 느낌.
꺾임.
직선
직선
검은 눈두덩이
완만한 커브
꺾임.
직선
전체적으로 구부러져 보이는 부리
아비

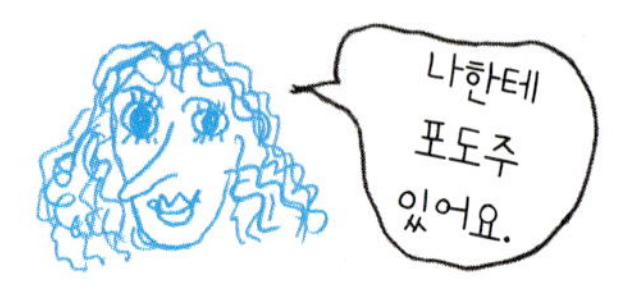

"술고래는 곤란해."라고 선장의 얼굴에 쓰여 있었다.

우리 대원 8명은 한 명을 빼고 모두 술고래다. 일본에서 술을 가져올 수는 없는 노릇이니 현지에서 한 명당 증류주 2병씩을 사 왔다. 이걸로 며칠을 견딜 수 있을까? "모두 합해 규칙적으로 하루 몇 병씩 정해서 마시자."라는 사람과 "그냥 계속 마시고 어떻게 되나 보자."라는 사람으로 의견이 갈렸지만, 결국 후자 쪽으로 의견이 정해졌다. 그러자 2주 만에 전부 마셔 버렸다. 아, 큰일 났다. 뭐, 간을 쉬게 할 좋은 기회라고 생각하자. 그렇지만 할 일 없는 배 안에서 술도 못 마시면 견디기 힘들 텐데….

침울해져 있던 우리 앞에 라우라가 나타났다. "실은 포도주가 있어. 그것도 아주 많이!" "와!" 병이 아닌 3리터 박스에 들어 있는 포도주였다. 라우라가 원가로 팔아 주었다. 수도꼭지 같은 게 달려 있어서 그걸 열면 '주르륵' 하고 포도주가 나온다. 우리는 기분이 좋아져서 계속 마셨다.

그러나, 그것도 바닥을 드러냈다. 그럼, 큰일인데! 다음엔 선장이 빙긋 웃었다. "배 밑에 맥주가 있어. 꺼내다 줄게. 실은 우리 승무원들을 위해 가져온 거지만 어쩔 수 없지. 너희 술고래들이 마시게 해 줄 수밖에." 그래서 마신 개수를 스스로 기록하며 맥주를 마셨다. 계산은 나중에 하는 거다. '정(正)' 자 개수가 점점 더 늘고 있다.

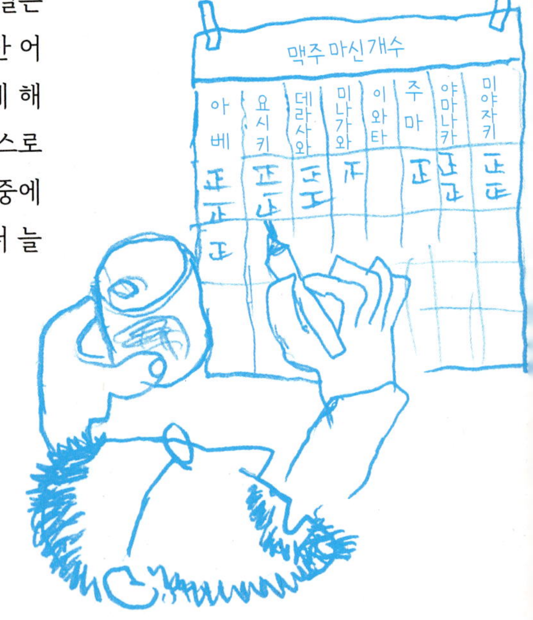

머나먼 절벽으로
헤엄치는 북극곰. 괜찮을까?

오늘은 칠석이다. 하지만 칠석 전설은 여기 북극에서는 불가능하다. 왜냐하면 별이 나오지 않기 때문이다. 견우도 직녀도 없다. 백야에 칠석은 없었다.

주변은 아주 조용하다. 파도는 전혀 없고 바다 표면은 기름과 같다. 산 모양이 그대로 바다에 비쳐, 거꾸로 보이는 후지산이 생각났다. 그 위를 요트가 고요히 나아간다.

잠시 가니 조너선 3세호가 나타났다. 마크 선장이 이전에 타고 다녔던 배다. 지금은 친구에게 팔아넘겼다고 한다. 조너선 3세호 앞에서 북극곰이 헤엄치고 있다는 정보가 들어왔다. 우리도 모두 재빨리 가 보기로 했다.

북극곰 발견! 헤엄치고 있다. 언제까지라도 헤엄칠 것 같다. 어디까지라도 헤엄칠 요량이다. 어디로 가는 걸까? 지친 것 같다. 가끔 바닷속으로 잠긴다. 괜찮은 건가? 아직 저편에 보이는 절벽까지는 수십 킬로나 남았다. 북극곰의 장거리 헤엄. 장거리도 헤엄칠 수 있는 듯하지만 조금 힘들어 보인다. 힘내라, 북극곰!

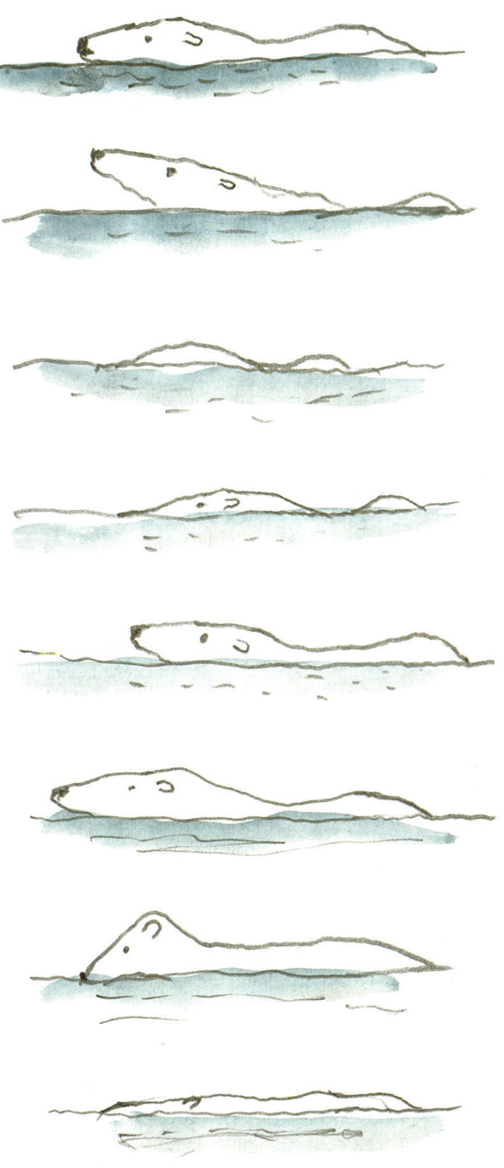

북극곰의 장거리 헤엄. 서글프기도….

93

고래에 대해 생각해 본다

인간과 고래에 얽힌 역사는 오래되었다. 3,200년 전 에스키모의 조개무덤에서 고래 유물이 발견되었고, 일본에서도 5,000년 전 유적에서 고래 뼈가 발굴되고 있다. 분명 그 고래는 해안에 밀려왔거나 물가에 너무 가까이 와서 포획되었을 거다.

'고래잡이'라는 형태로 인간이 본격적으로 고래를 잡기 시작한 건 9세기쯤부터이다. 프랑스와 에스파냐가 맞닿은 비스케이만에서 바스크인들이 그곳에 많이 모여 살던 북방흰긴수염고래를 잡았다. 17세기에는 영국과 네덜란드에 의해 여기 스피츠베르겐섬에 세계 처음으로 고래잡이 기지가 세워졌다. 책에 이렇게 쓰여 있다. 그렇다. 여기는 역사상 유명한 고래잡이 성지… 음, 고래에게는 악마의 소굴이었네.

고래는 몸에 지방을 대량 축적하고 있다. 추운 바다에서 몸을 따뜻하게 지키기 위해서다. 그 고래 지방을 인간은 양초, 램프 기름, 비누, 잉크, 기계유, 화장품 등으로 이용했다. 석유를 쓰기 전에는 고래가 세계 경제의 주역이었다. 음, 그랬구나. 어리석게도 나는 거기까진 몰랐다. 여기는 고래의 나라이기도 했다. 고래 씨, 미안했어요. 그래도 고래고기는 좋아.

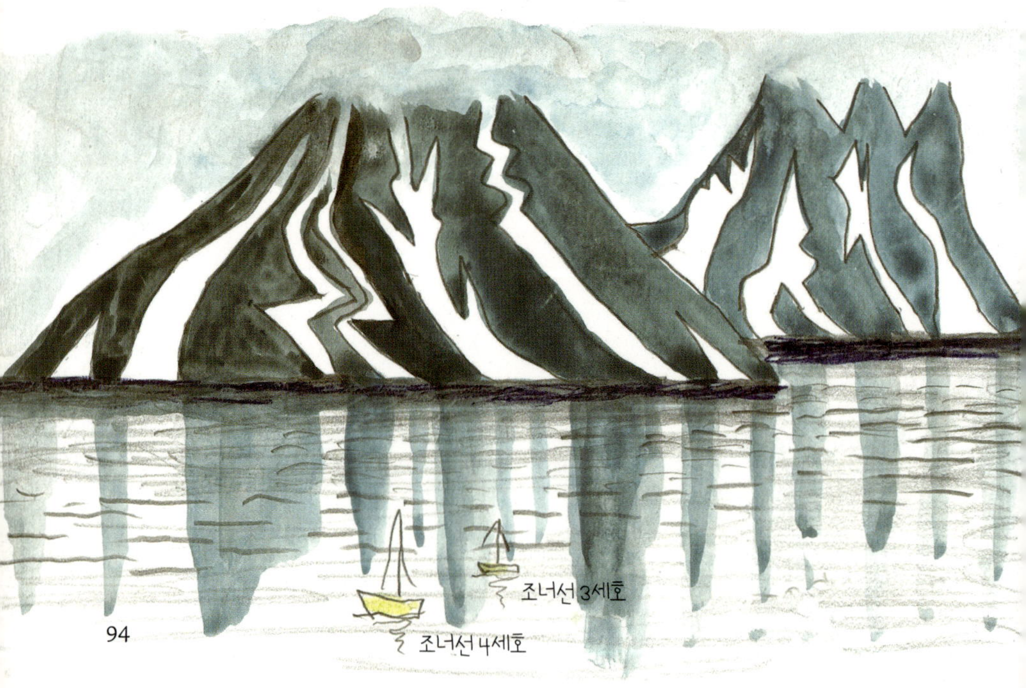

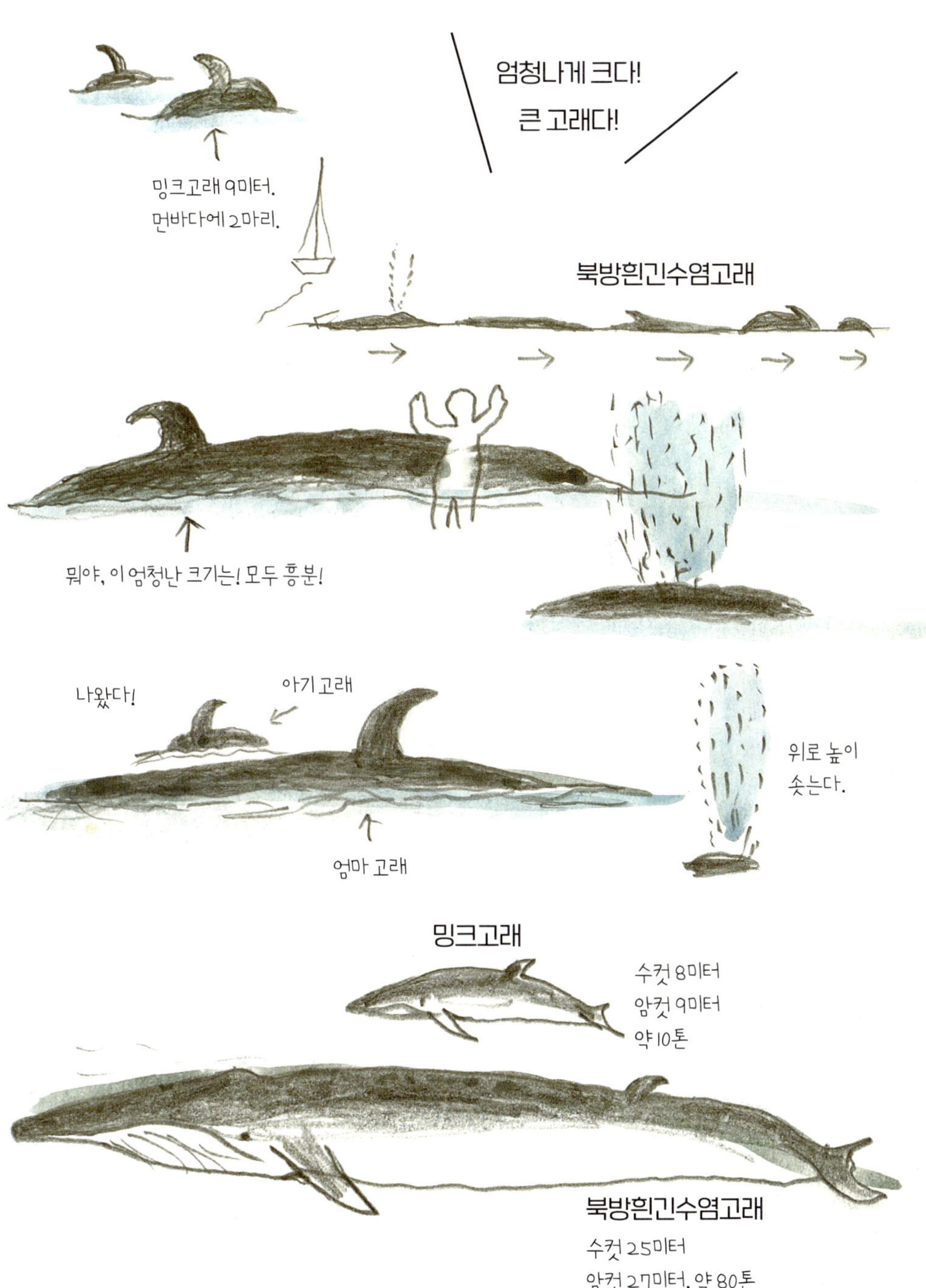
밍크고래 9미터.
먼바다에 2마리.
엄청나게 크다!
큰 고래다!
북방흰긴수염고래
뭐야, 이 엄청난 크기는! 모두 흥분!
나왔다!
아기 고래
위로 높이
솟는다.
엄마 고래
밍크고래
수컷 8미터
암컷 9미터
약 10톤
북방흰긴수염고래
수컷 25미터
암컷 27미터, 약 80톤

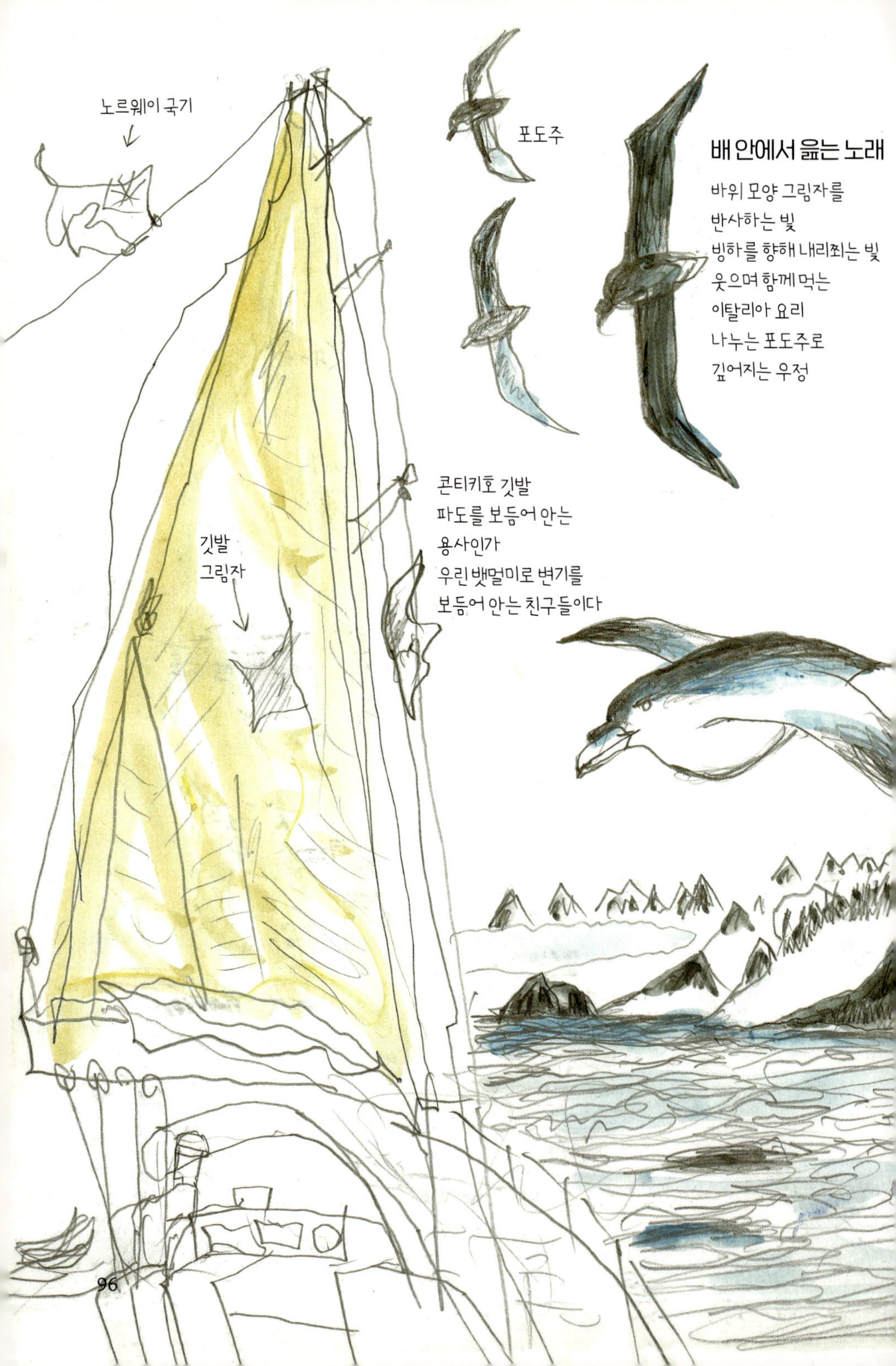

배 안에서 읊는 노래

바위 모양 그림자를
반사하는 빛
빙하를 향해 내리쬐는 빛
웃으며 함께 먹는
이탈리아 요리
나누는 포도주로
깊어지는 우정

지구 꼭대기에서 몸을 뒤척이다

북극이라고 하면 얼음만 가득한 이미지가 떠오르지만, 오늘 상륙한 곳엔 흙이 있었다. 거기서 마른 순록 이끼로 덮인 곳을 발견하고 재빨리 누웠다. 북극의 푸른 하늘 아래 해안선의 이끼 쿠션. 얼마나 부드럽고 따뜻한지. 여기가 북극이므로 나는 지금 지구의 꼭대기에서 몸을 뒤척이는 것이다. 몸을 뒤척이면 아마존강까지 떨어질지도 모른다! 위험해, 너무 위험해…. 순록 이끼는 조금 마른 옅은 갈색으로, 그 푹신함은 벨벳 의자와 비슷하다. 육지 한쪽에 깔려 있는데, 물론 순록 똥투성이다.

험난한 북극 땅에서 이 이끼가 10센티까지 자라려면 도대체 몇 년이 걸렸을까? 정신이 아득해지는 느낌.

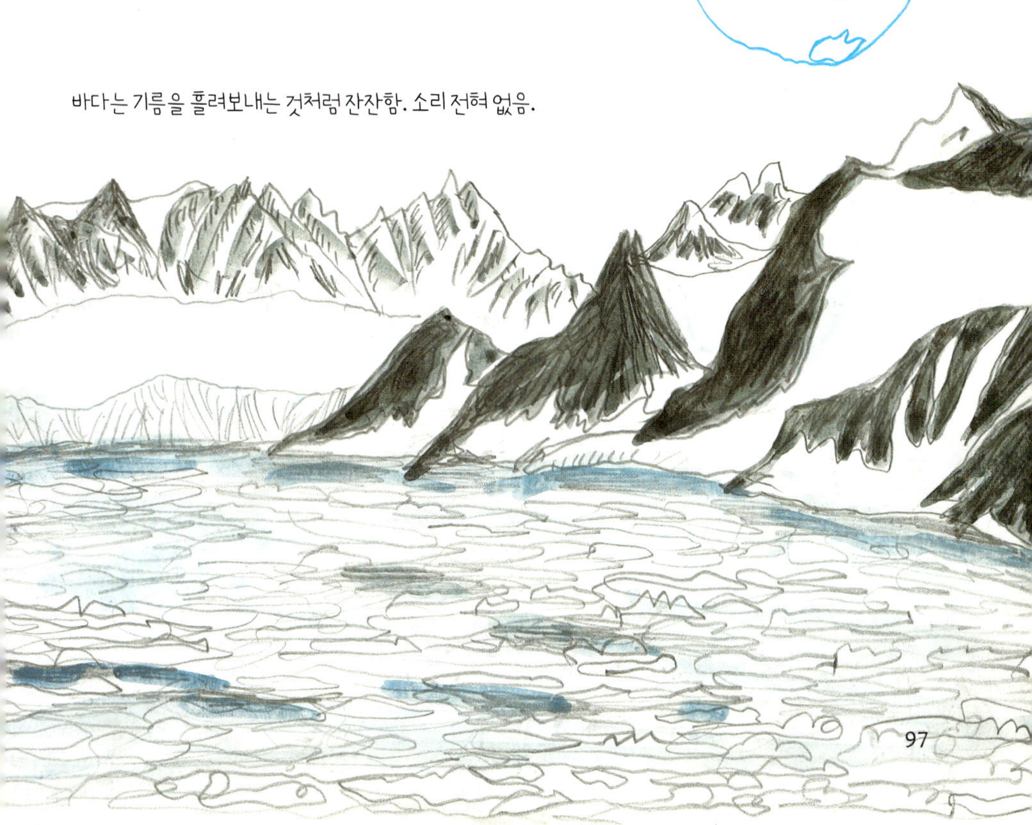

바다는 기름을 흘려보내는 것처럼 잔잔함. 소리 전혀 없음.

극지 반응

오전 1:30. 한밤중에 '낮잠'을 잤다. 눈부신 밤에도 이제는 아무렇지도 않게 잘 수 있게 되었다. 그러고 보면 아침 태양은 왠지 모르게 뜨는 해로 느껴지고, 저녁 태양은 지는 해로 느낀다. 몸이 극지에 자연스럽게 적응하게 된 건지도 모른다.

각시바다쇠오리 큰 무리가 소리 내어 울며 하늘을 빙빙 돈다. 짧은 날개를 빠르게 수없이 파닥거리며 날갯짓한다. 분주한 모습이 귀엽다. 지금, 땅 위엔 새들의 소리만 들린다.

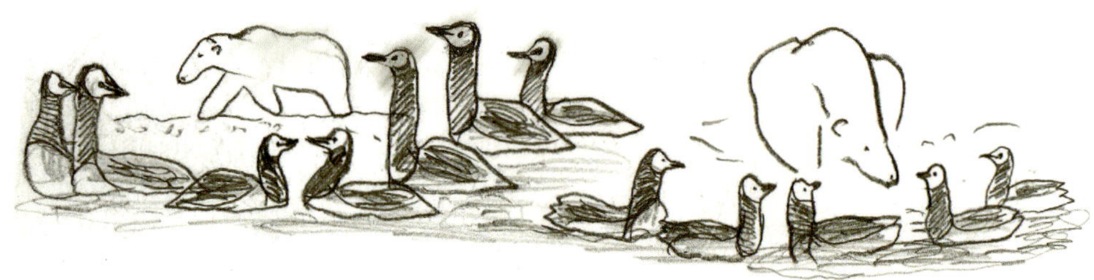

오전 11:30 북극곰이 해안가에서 거닐고 있다. 흰뺨기러기 수십 마리가 웅성거리고 있다.
오전 11:55 암벽에 바다오리, 레이저빌의 둥지 보임.

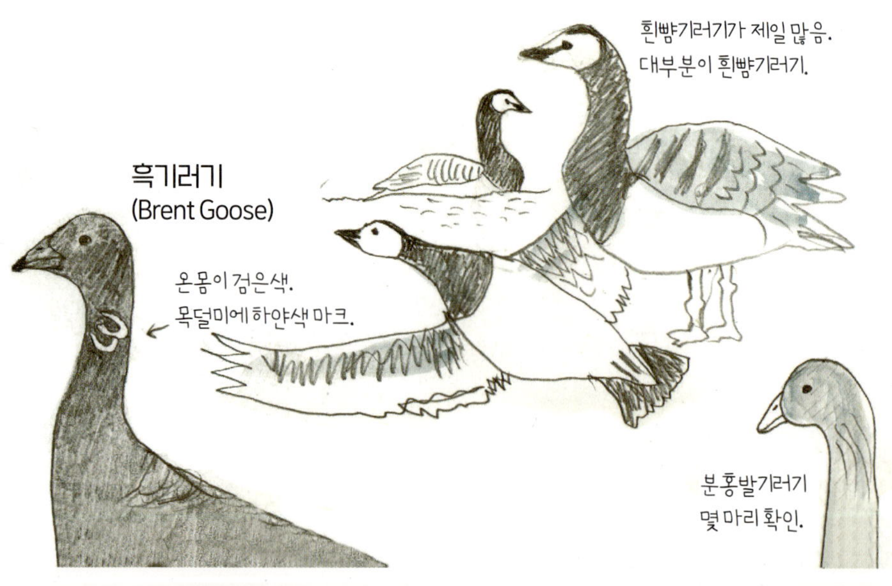

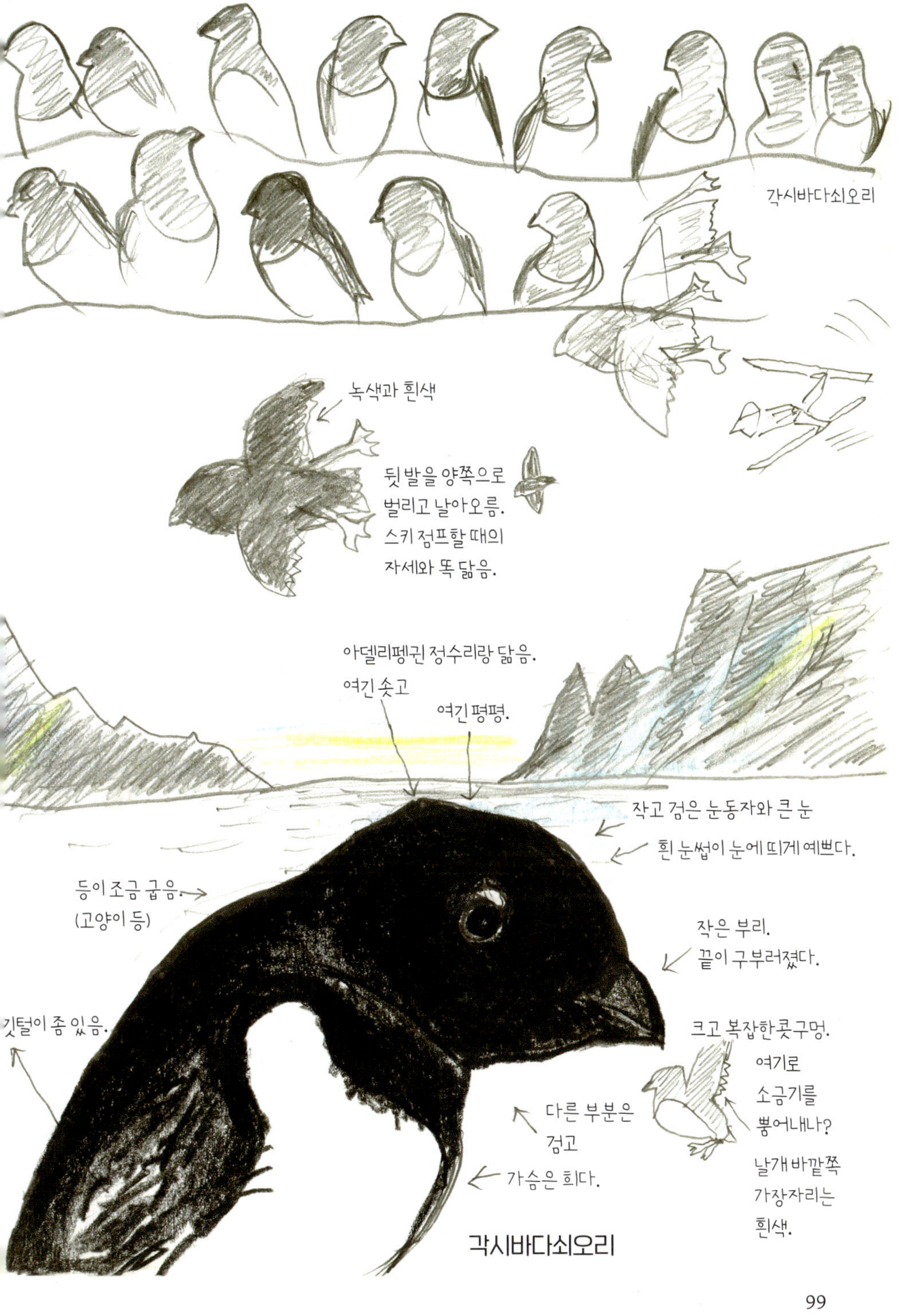
각시바다쇠오리
녹색과 흰색
뒷발을 양쪽으로
벌리고 날아오름.
스키 점프할 때의
자세와 똑 닮음.
아델리펭귄 정수리랑 닮음.
여긴 솟고
여긴 펑펑.
작고 검은 눈동자와 큰 눈
흰 눈썹이 눈에 띄게 예쁘다.
등이 조금 굽음.
(고양이 등)
작은 부리.
끝이 구부러졌다.
깃털이 좀 있음.
크고 복잡한 콧구멍.
여기로
소금기를
뿜어내나?
날개 바깥쪽
가장자리는
흰색.
다른 부분은
검고
가슴은 희다.
각시바다쇠오리

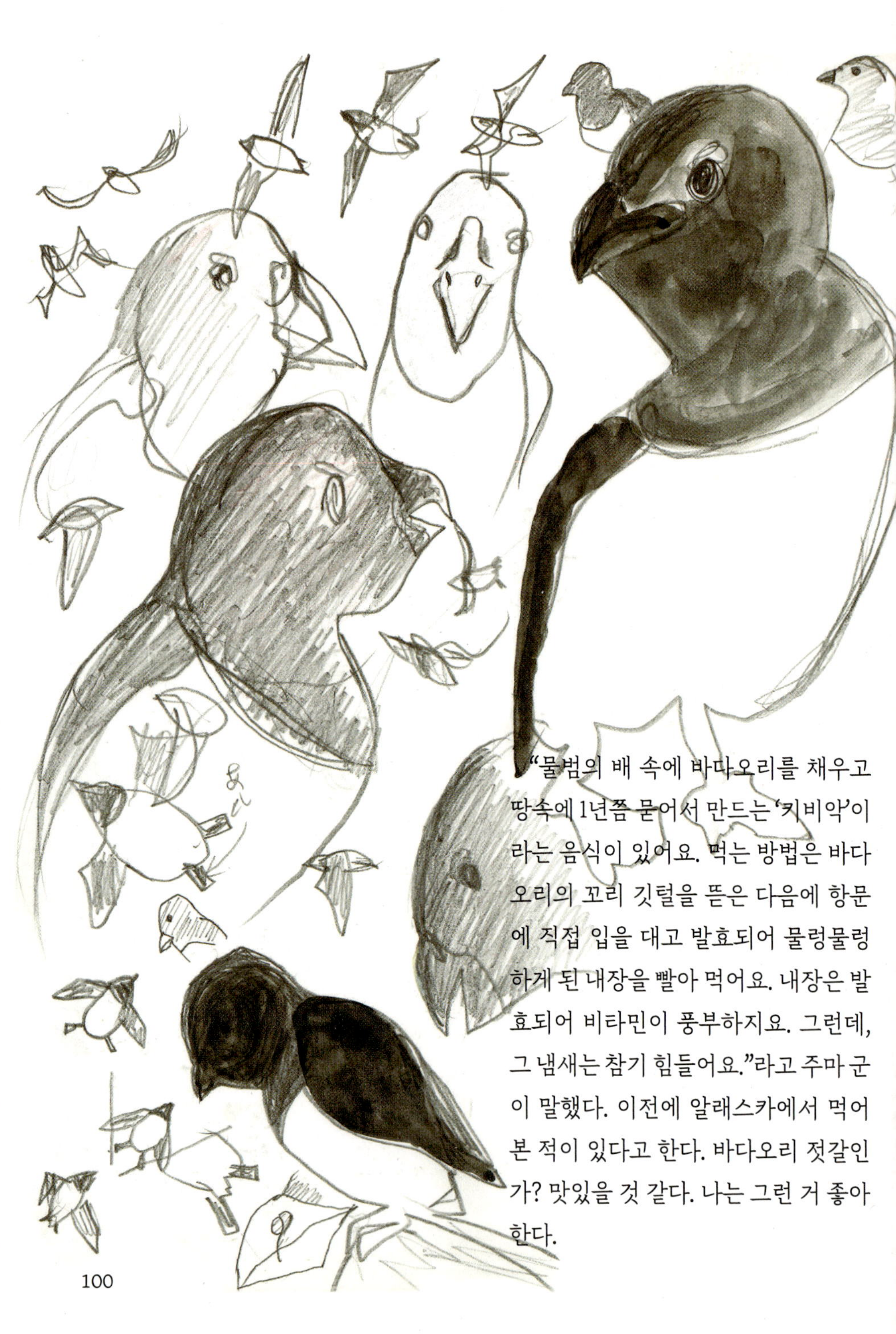

"물범의 배 속에 바다오리를 채우고 땅속에 1년쯤 묻어서 만드는 '키비악'이라는 음식이 있어요. 먹는 방법은 바다오리의 꼬리 깃털을 뜯은 다음에 항문에 직접 입을 대고 발효되어 물렁물렁하게 된 내장을 빨아 먹어요. 내장은 발효되어 비타민이 풍부하지요. 그런데, 그 냄새는 참기 힘들어요."라고 주마 군이 말했다. 이전에 알래스카에서 먹어 본 적이 있다고 한다. 바다오리 젓갈인가? 맛있을 것 같다. 나는 그런 거 좋아한다.

지루함에 대해 생각했다

　지루함이라는 건 시간이 많아도 할 일이 없는 상태일 거다. 그런 의미에서라면 지금 여기는 시간은 충분해도 전혀 지루하지 않다. 하고 싶은 것이 산처럼 쌓여 있다. 이곳에서는 느낄 것이 '빙하'만큼 많다. 초조해하거나 단순하게 사물을 생각하거나 결과를 요구하지 않는다. 그래서 지루하다고 생각되지 않는다.

　그래! 태양의 소리를 들어 보자. 영하 30도가 되면 공기가 지독하게 차가워져 달이 무언가 속삭이는 것처럼 들리는데, 지금 북극에서도 그것처럼 태양의 속삭임이 들려올지 모른다…. 그런데, 역시 아무것도 들리지 않는다. 고요함이 퍼져 나간다. 이런 것들을 생각할 시간이 넉넉해서 전혀 지루하지 않다.

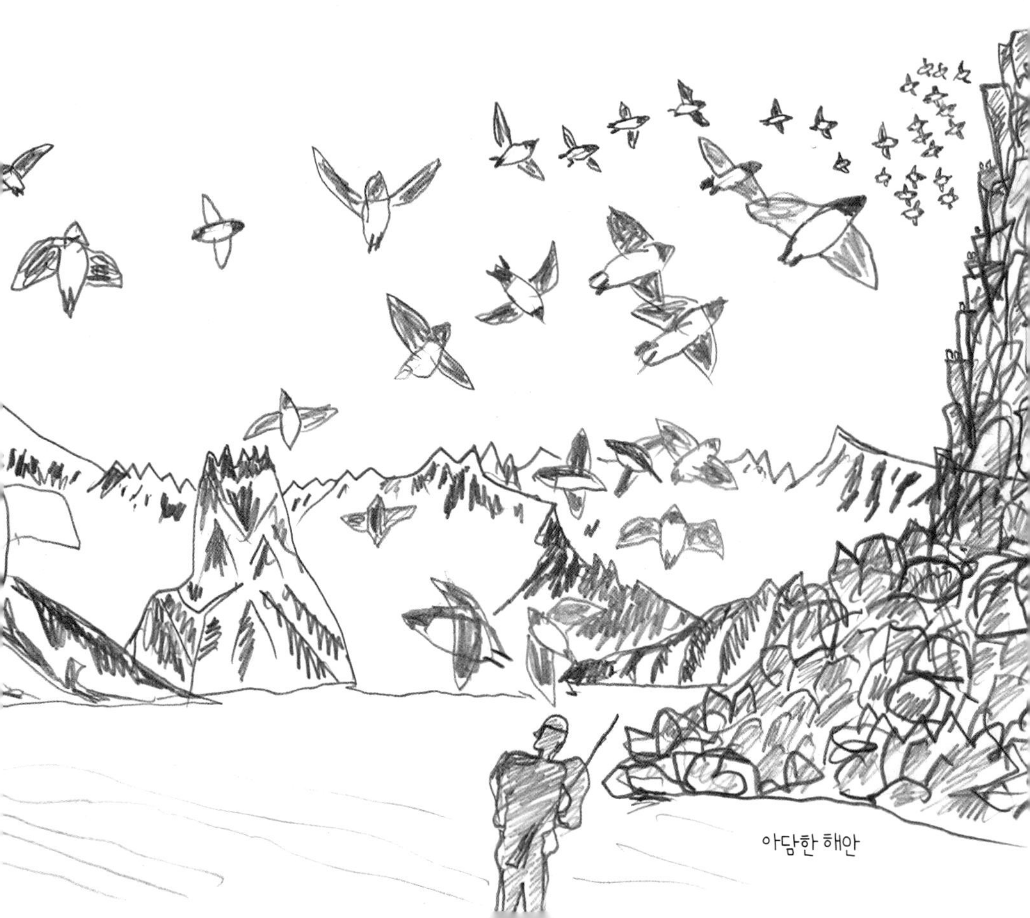

아담한 해안

북극곰의 살육 현장을 보다. 피해자는 물범?

북극곰의 사냥은 힘겹다. 물범이 숨을 쉬러 나오는 구멍에서 그 모습을 드러낼 때까지 몇 시간이고 계속 기다려야 한다. 그래도 성공 확률은 10퍼센트에도 미치지 못한다고 한다. 북극곰은 400킬로가 넘는 큰 몸을 유지해야 하는데, 며칠이고 물범이 잡히지 않으면 그땐 죽고 사는 문제가 된다. 마지막까지 남은 힘을 쥐어짜며 물범이 잡힐지 말지도 모르는 모험을 한다. 잡히지 않으면 결국 굶어 죽을 수밖에 없다. 그런 일이 생기면 새끼 곰을 노리는 일도 있는 것 같다. 북극곰의 천적은 북극곰이다.

오늘, 요트에서 쌍안경으로 보니, 얼음이 빨갛게 물들어 있었다. "혹시나!" 하고 요트로 가까이 가 보니 피로 새빨갛다. 사냥을 막 마친 북극곰이 물범을 먹고 있다. 가죽을 벗기고, 내장을 우적우적 게걸스럽게 씹는다. 입 주변도 새빨갛게 물들었다. 물범의 머리뼈가 뒤집혀 우리 쪽을 본다. 갈비뼈, 위장, 창자, 그야말로 살육의 현장이다. 그래도 북극곰에게는 성공에 대한 포상이다. 우리도 북극곰들을 축복했다.

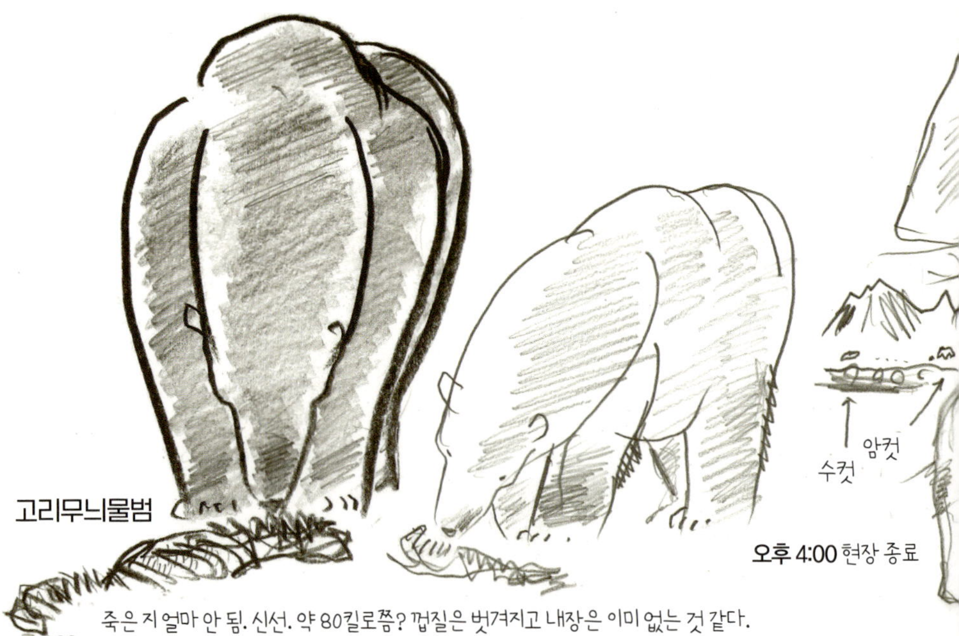

배가 불러 만족한 상태로 자는 모습

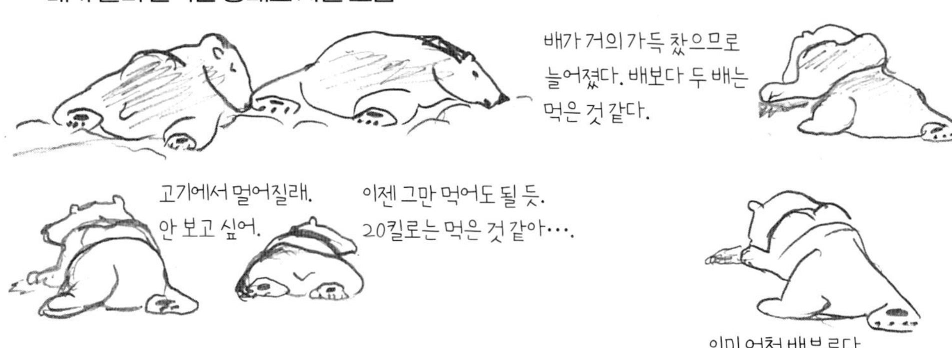

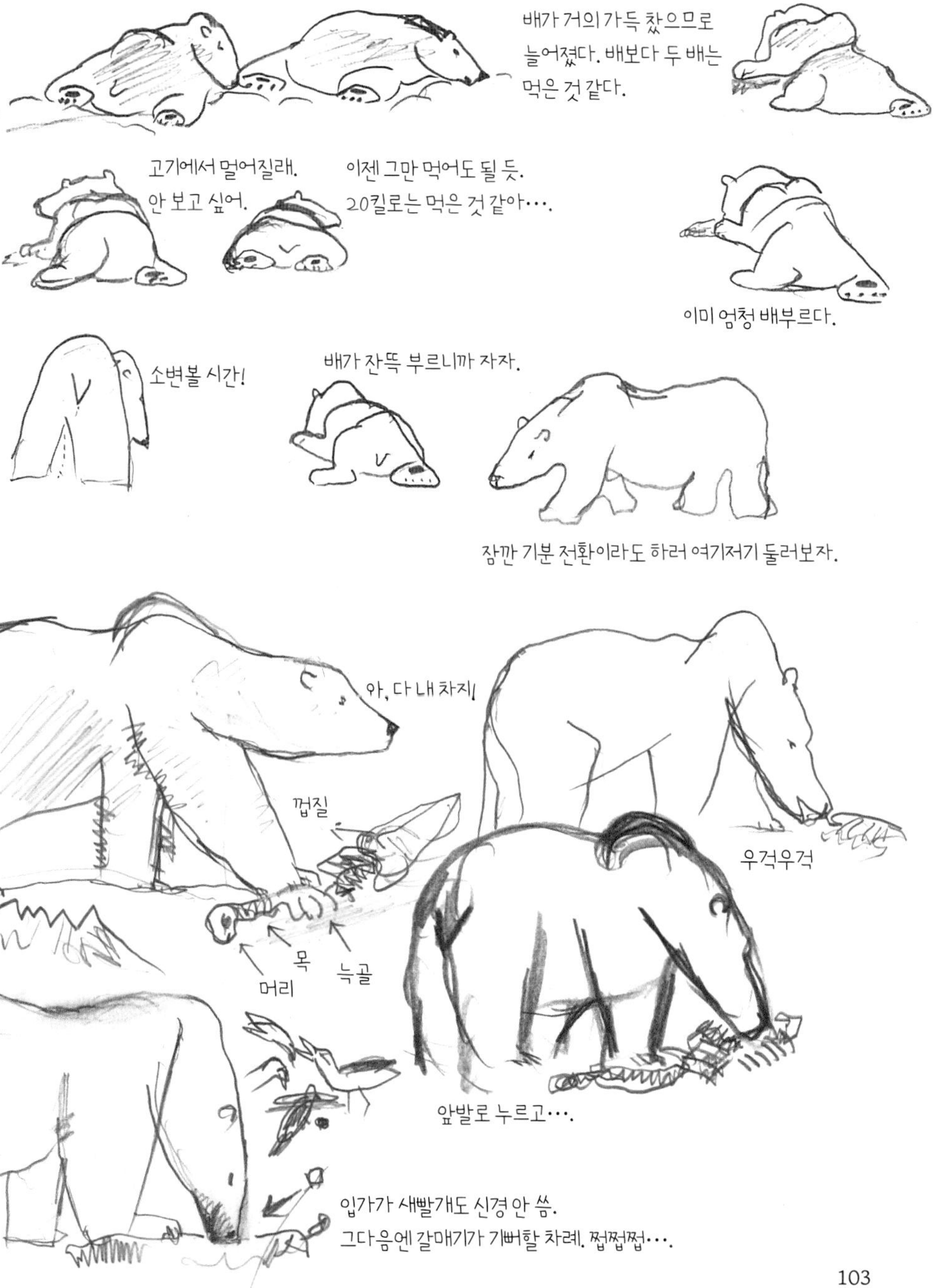

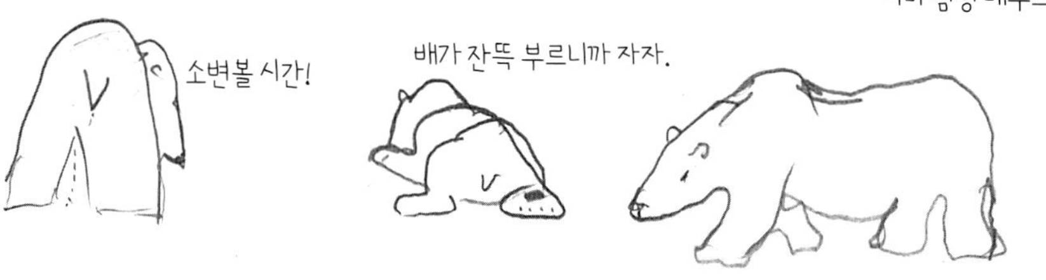

잠깐 기분 전환이라도 하러 여기저기 둘러보자.

대빙하는 여신과 같았다. 그리고 환영으로 끝난 북극여우

이번 항해 중 가장 거대한 빙하인 스미렌부르크 빙하로 향한다. 높이는 30층 건물보다 높고, 폭은 도쿄역 4개 크기쯤? 아니 그보다 더 크다. 그에 비하면 우리 콘티키호는 개미 같아 보인다.

북극여우를 제대로 보고 싶다. 항해 이틀째에 잠깐 스치듯 봤는데, 눈 깜짝할 사이에 바로 구멍에 들어가 버렸다. 북극여우를 찾아 상륙하기도 했지만, 헛걸음질이었다. 마구잡이 사냥으로 인간을 경계하게 되었을 것이다. 분명 우리를 멀리서 지켜보고 있었을 텐데….

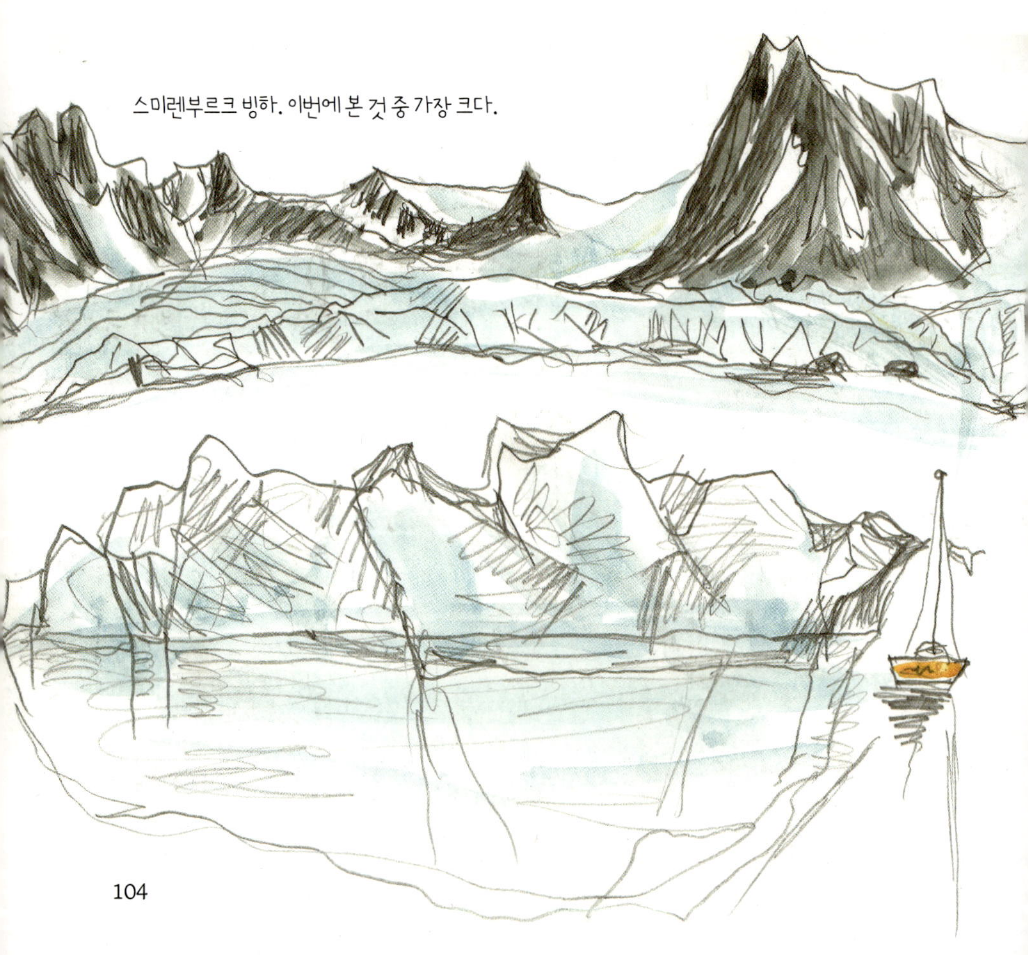

스미렌부르크 빙하. 이번에 본 것 중 가장 크다.

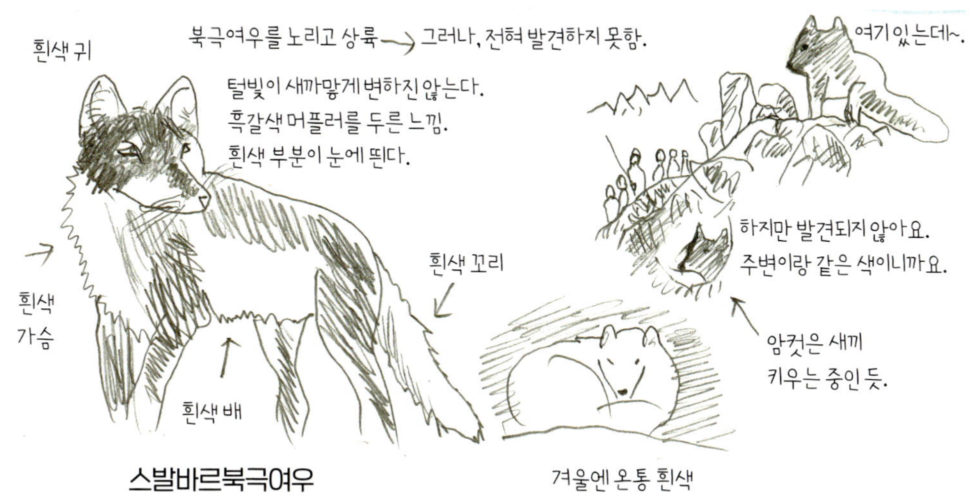
흰색 귀
북극여우를 노리고 상륙 → 그러나, 전혀 발견하지 못함.
털빛이 새까맣게 변하진 않는다.
흑갈색 머플러를 두른 느낌.
흰색 부분이 눈에 띈다.
여기있는데~.
흰색
가슴
흰색 꼬리
하지만 발견되지 않아요.
주변이랑 같은 색이니까요.
흰색 배
암컷은 새끼
키우는 중인 듯.
스발바르북극여우
겨울엔 온통 흰색

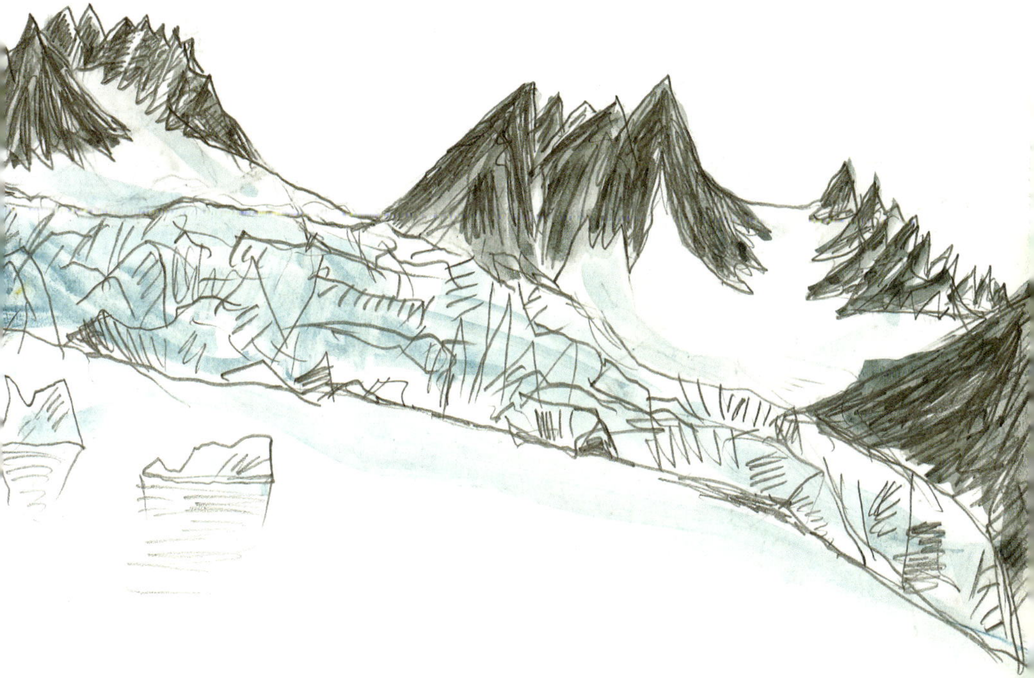

고리무늬물범 떼 지어 등장

제일 잘 알려진 잔점박이물범과 똑 닮은 물범이다. "참깨 반점"과 "고리 모양 반점"의 차이 정도만 있다. 몸무게는 80~100킬로 정도. 그 외에 긴턱수염물범, 잔점박이물범도 있다. 북극은 물범 왕국이기도 하다.

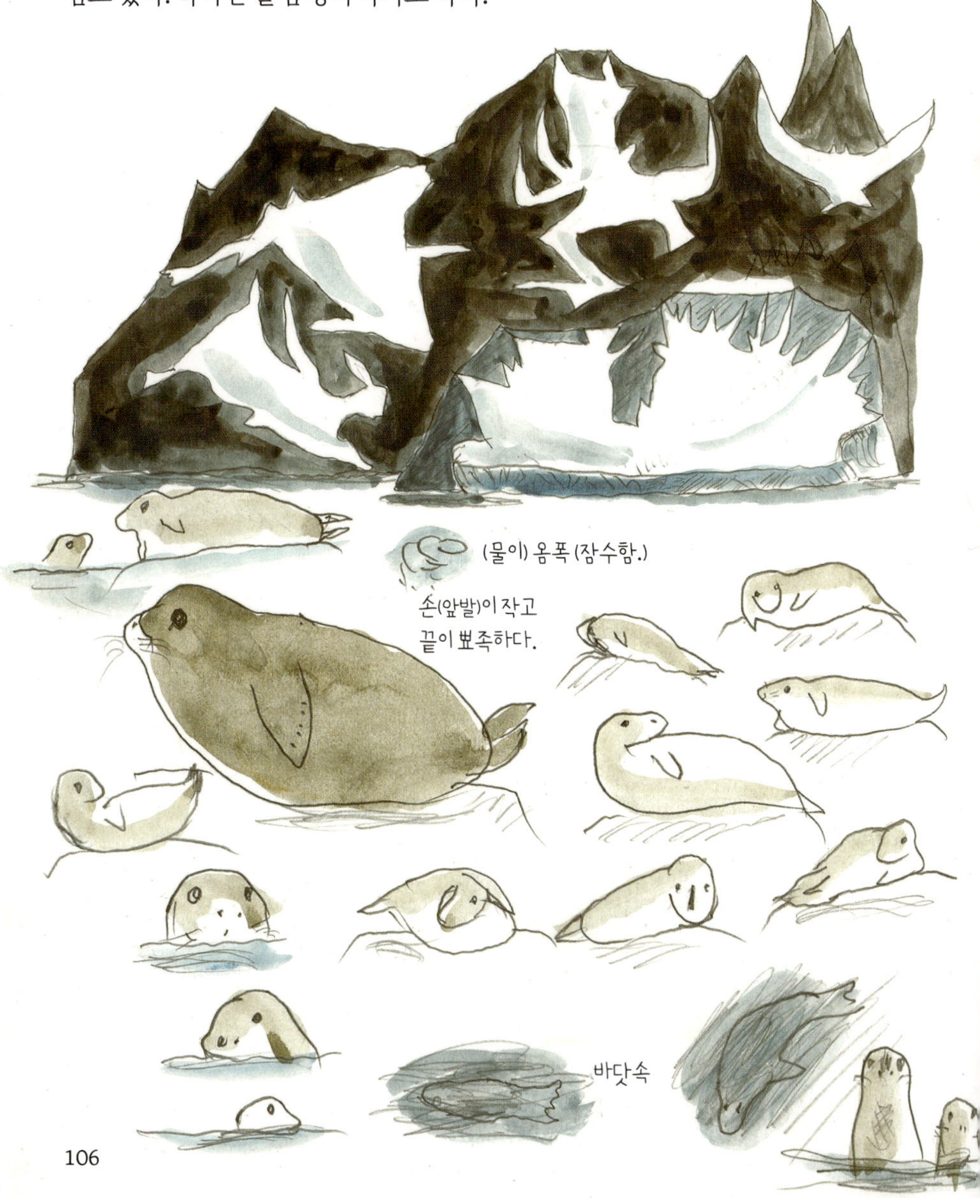

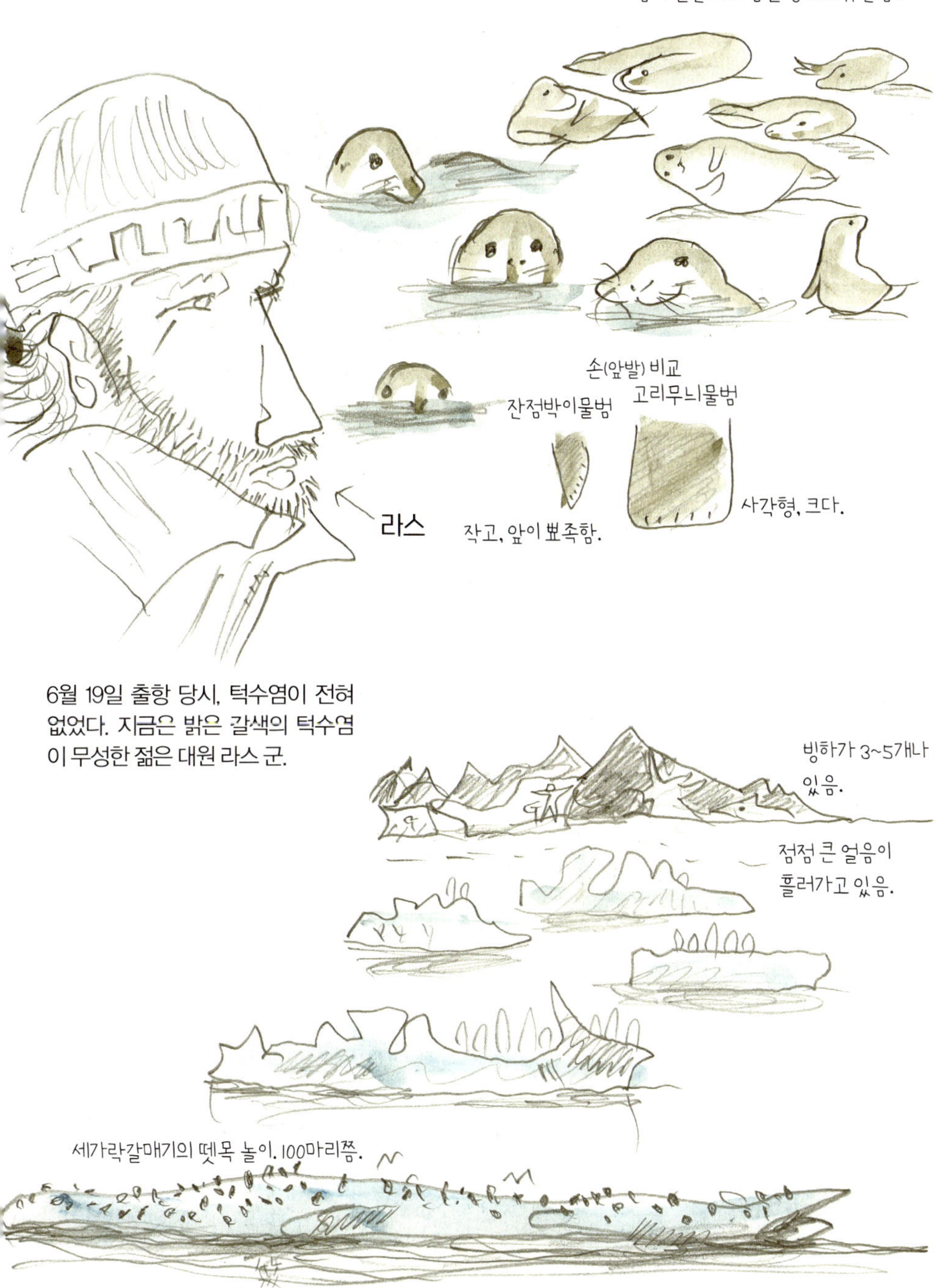

몸이 절반으로 접힐 정도로 유연함.

라스

손(앞발) 비교
잔점박이물범 / 고리무늬물범

작고, 앞이 뾰족함.

사각형, 크다.

6월 19일 출항 당시, 턱수염이 전혀
없었다. 지금은 밝은 갈색의 턱수염
이 무성한 젊은 대원 라스 군.

빙하가 3~5개나
있음.

점점 큰 얼음이
흘러가고 있음.

세가락갈매기의 뗏목 놀이. 100마리쯤.

북극에서 술 배달

술이 그야말로 바닥을 드러냈다. 항해가 아직도 열흘이나 남았는데…. 마크 선장은 아주 말이 잘 통하는 사람이라고 생각하고 있었는데, 이번에 다시 한번 좋은 사람이라고 느끼게 되었다. 마크 선장은 무선으로 연락해 조녀선 3세호가 가까이 있다는 것을 알아내고는, 혼자 고무보트에 올라타 방문길에 나섰다. 그러더니 증류주 네 병을 가슴에 품고 돌아오는 것이 아닌가! "이봐, 너희 술주정뱅이들! 선물이다." 하며 건네주었다. 그때 느낀 반가움이란! 네 병이면 닷새는 버틸 수 있다. 이런 북극 땅에서 술을 구할 수 있다니! 그 기쁨이란 말로 다 표현할 수 없다. '술고래는 참 구제 불능이구나.' 하고 자신에게 말을 건넨다.

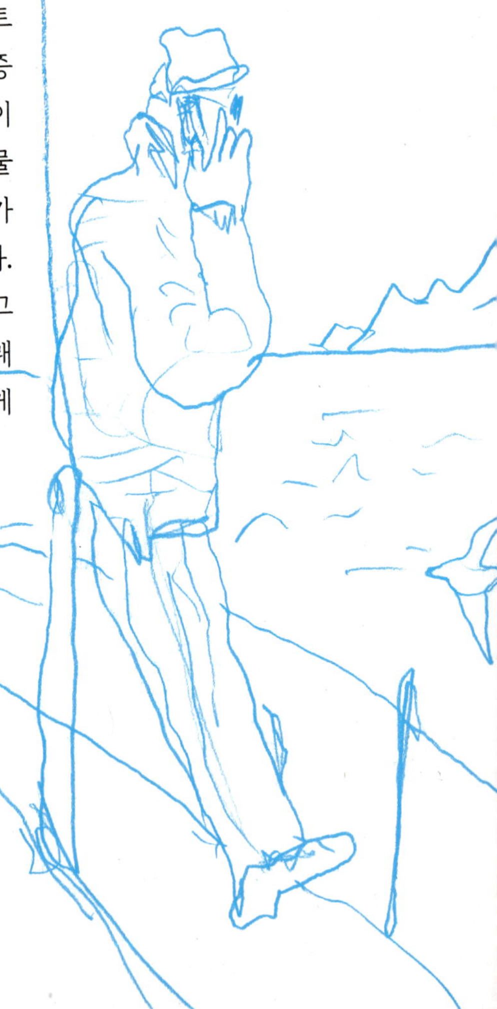

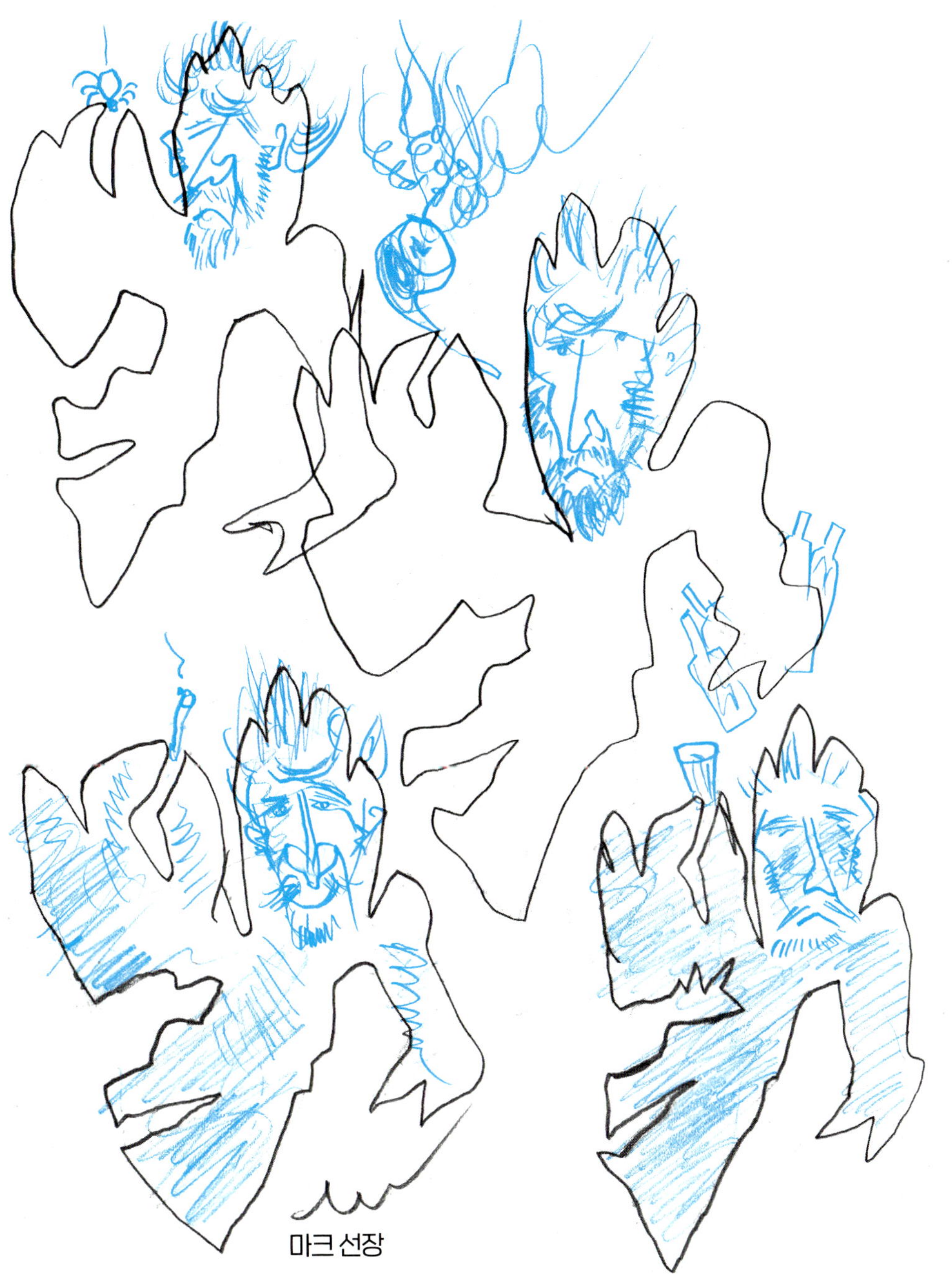

마크 선장

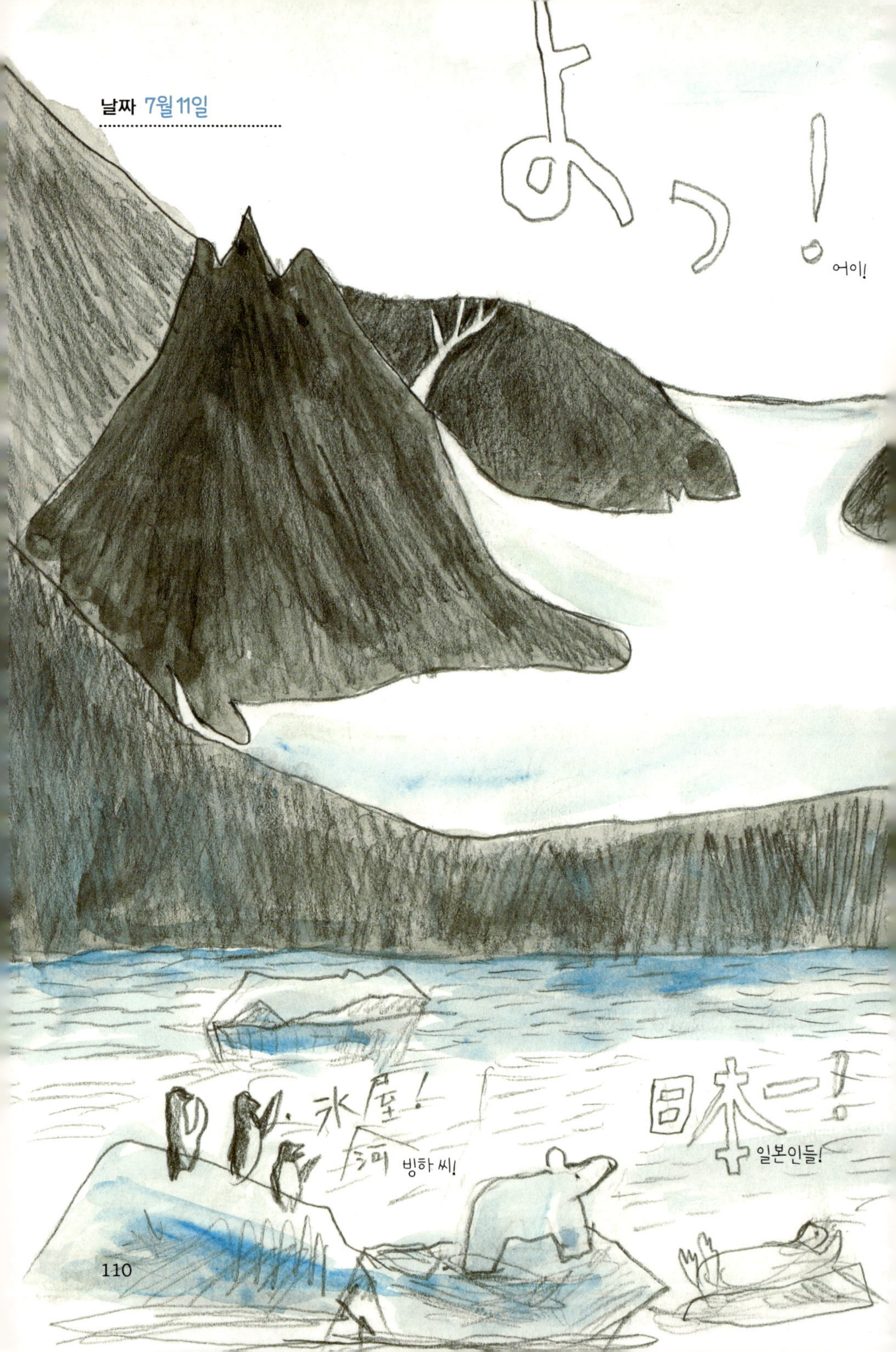
あっ！
어이!
氷屋！
빙하 씨!
日本人！
일본인들!

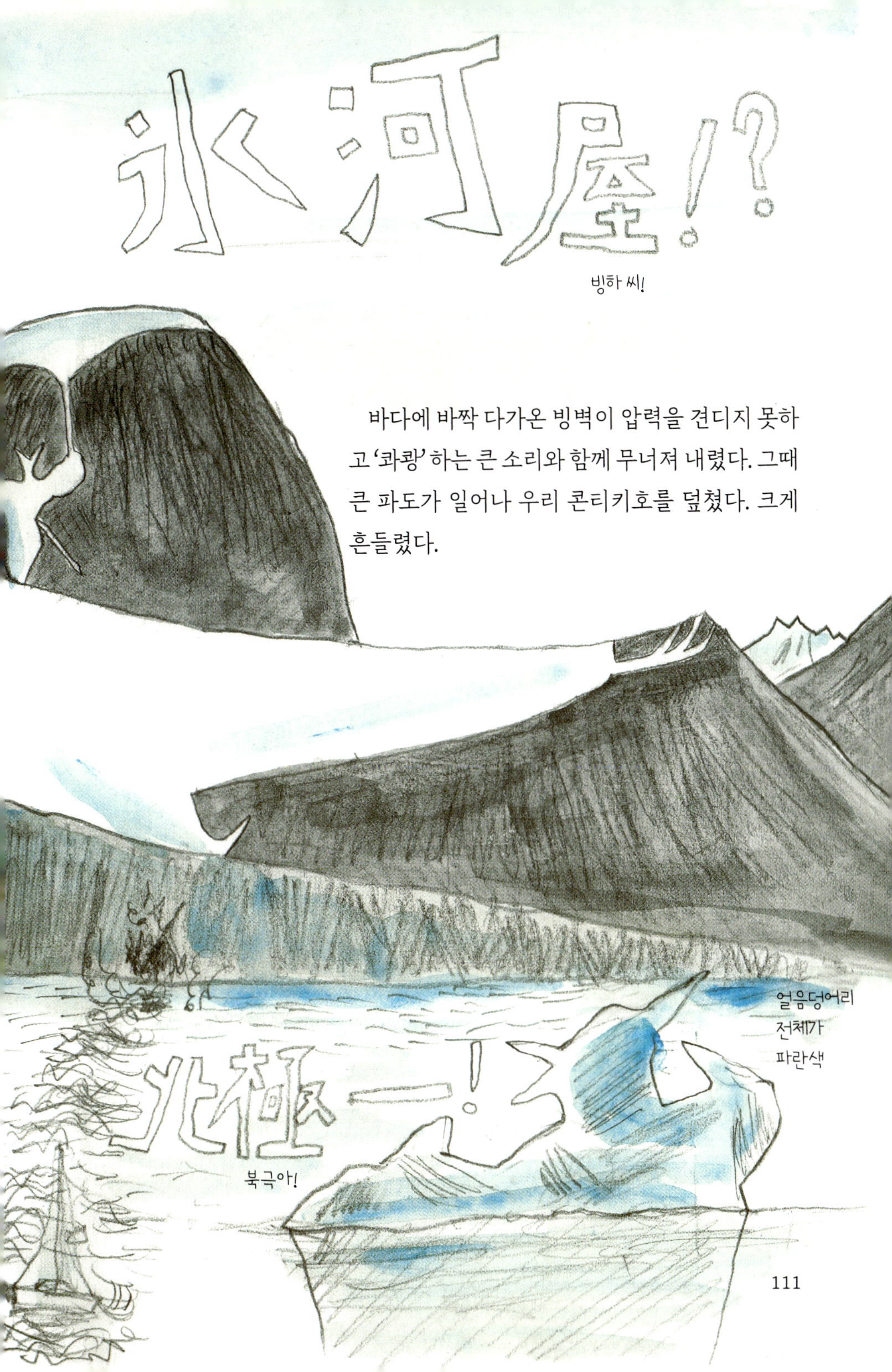

바다에 바짝 다가온 빙벽이 압력을 견디지 못하고 '콰쾅' 하는 큰 소리와 함께 무너져 내렸다. 그때 큰 파도가 일어나 우리 콘티키호를 덮쳤다. 크게 흔들렸다.

순록 똥 고개

'똥 고개'라는 이름이 붙었지만, 정말 '똥'투성이였다. 똥이 사라지지 않는다. 왜 그럴까? 흙이 없어서 묻히지 않는다. 비가 오지 않아서 녹아 흩어지지 않는다. 건조해서 썩지 않는다. 벌레가 없으니 분해되지 않는다…. 그런 이유일까? 어쨌든 순록이 있는 곳은 '똥투성이'였다.

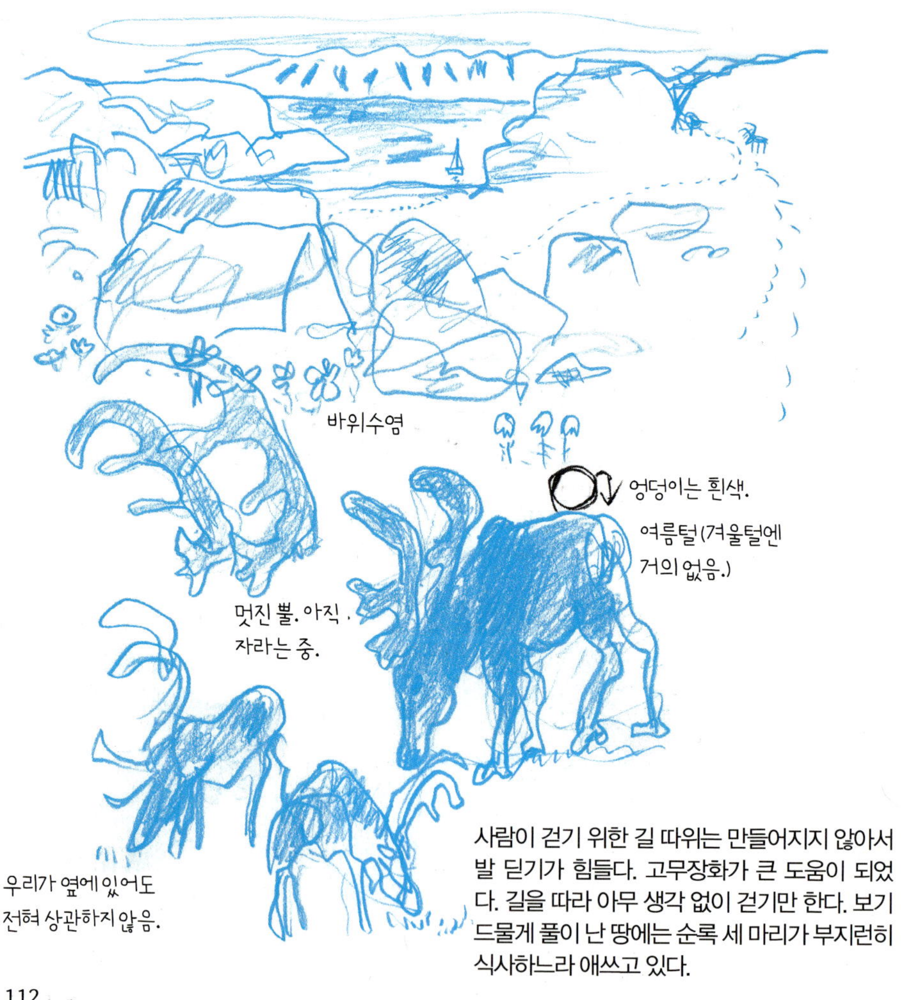

사람이 걷기 위한 길 따위는 만들어지지 않아서 발 딛기가 힘들다. 고무장화가 큰 도움이 되었다. 길을 따라 아무 생각 없이 걷기만 한다. 보기 드물게 풀이 난 땅에는 순록 세 마리가 부지런히 식사하느라 애쓰고 있다.

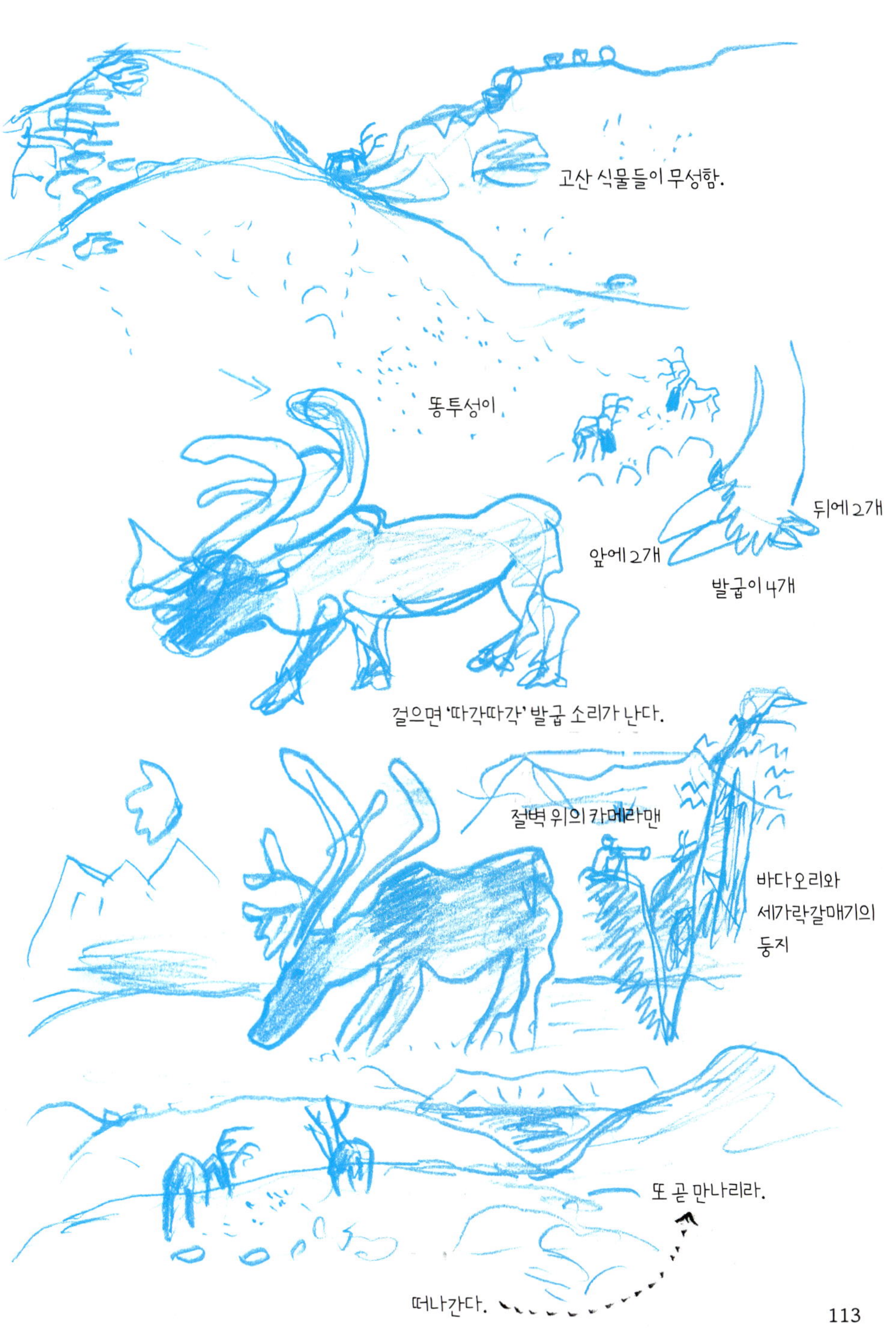

고산 식물들이 무성함.
똥투성이
앞에 2개
뒤에 2개
발굽이 4개
걸으면 '따각따각' 발굽 소리가 난다.
절벽 위의 카메라맨
바다오리와
세가락갈매기의
둥지
또 곧 만나리라.
떠나간다.

물범이 작은 빙하 위에 자리 잡는 이유는?

　새끼 물범이 작디작은 얼음덩어리 위에 누워 있다. 큰 얼음덩어리가 많은데 왜 저렇게 작은 얼음덩어리 위에 있는 걸까? 생각해 보았다. 그렇다, 북극곰을 피하기 위한 방책이구나. 북극곰은 작은 얼음덩어리에는 올라탈 수 없다. 그동안 물범이 도망갈 수 있는 것이다. 그래서 물범이 작은 얼음덩어리를 좋아하는 거라고 난 생각했다.

　그 물범은 긴턱수염물범의 새끼였다. 얼굴 주변에 긴 수염이 나서 새끼인 주제에 어른 같다. 그중 둥글게 말린 수염은 적어서 한두 가닥밖에 없다. 혹시 이 수염의 개수로 나이를 추측할 수 있을지도 모르겠다.

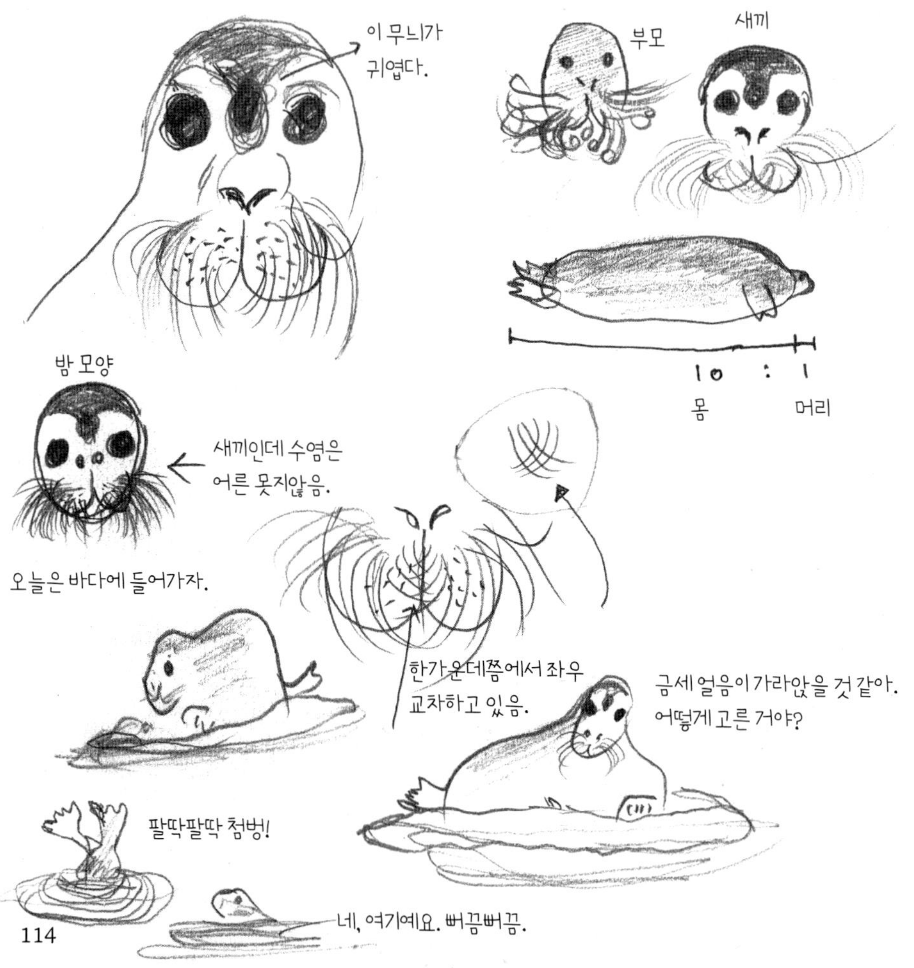

빙하에 구멍이 있었다. 그곳은 강물이 흘러 들어가는 곳으로, 왠지 모르게
갈매기가 무리 지어 먹이를 찾고 있었다. 그 옆에는 언제 무너져도 이상하
지 않을 빙하가 있었다.

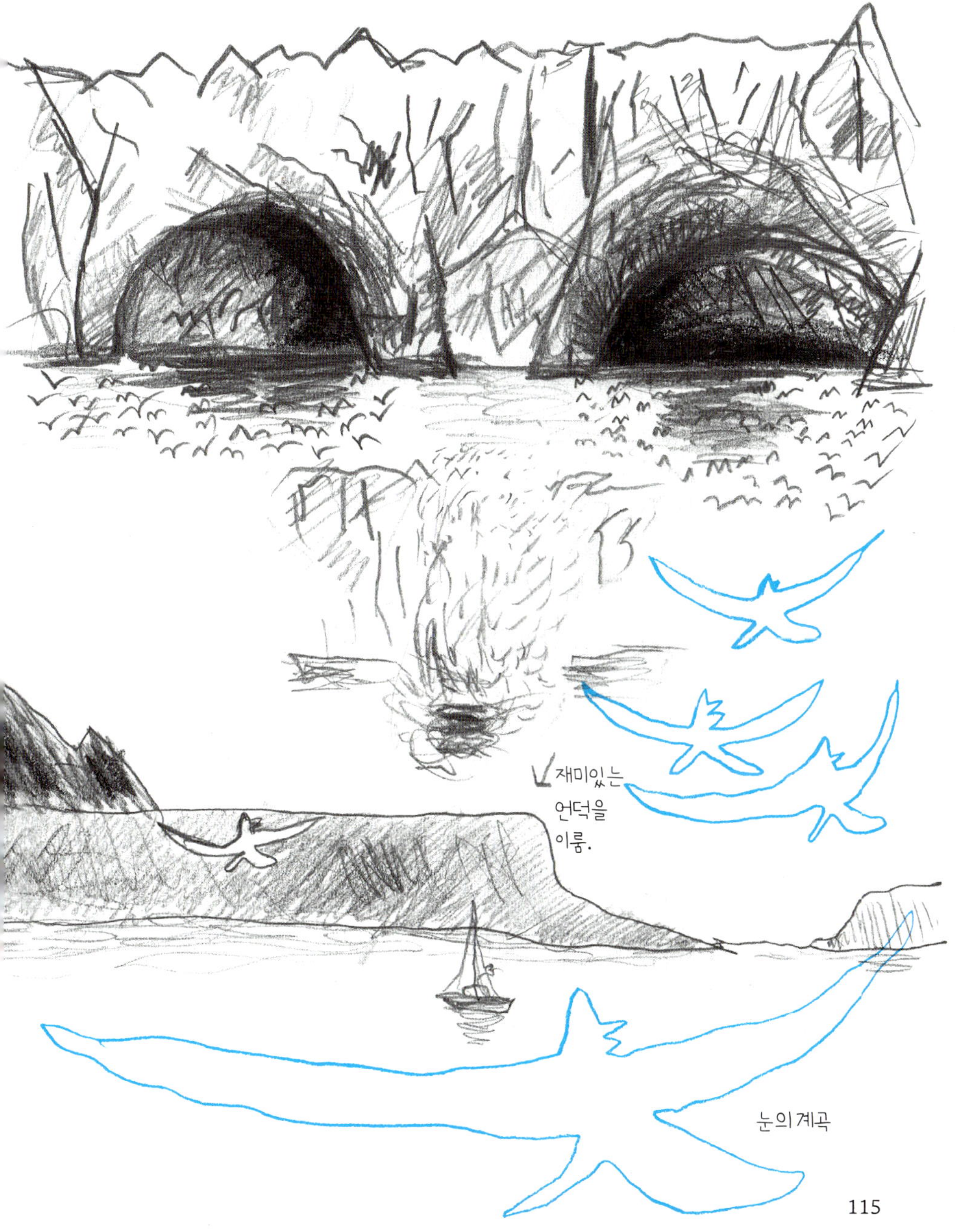

몇 달 전에 본 곳에 돌아왔다

항해를 시작했을 때 본 곳이 있다. 미트라곶이다. 코뿔소 뿔처럼 튀어나와 어디에서 봐도 눈에 띈다. 멋진 랜드마크이다. 오늘 돌아올 때, 이곳을 둘러봤다. 여행도 막바지에 가까워지고 있다. 약간 긴장된다. "외로운 우리들의 배를 뒤에서 바라봐 줘~."

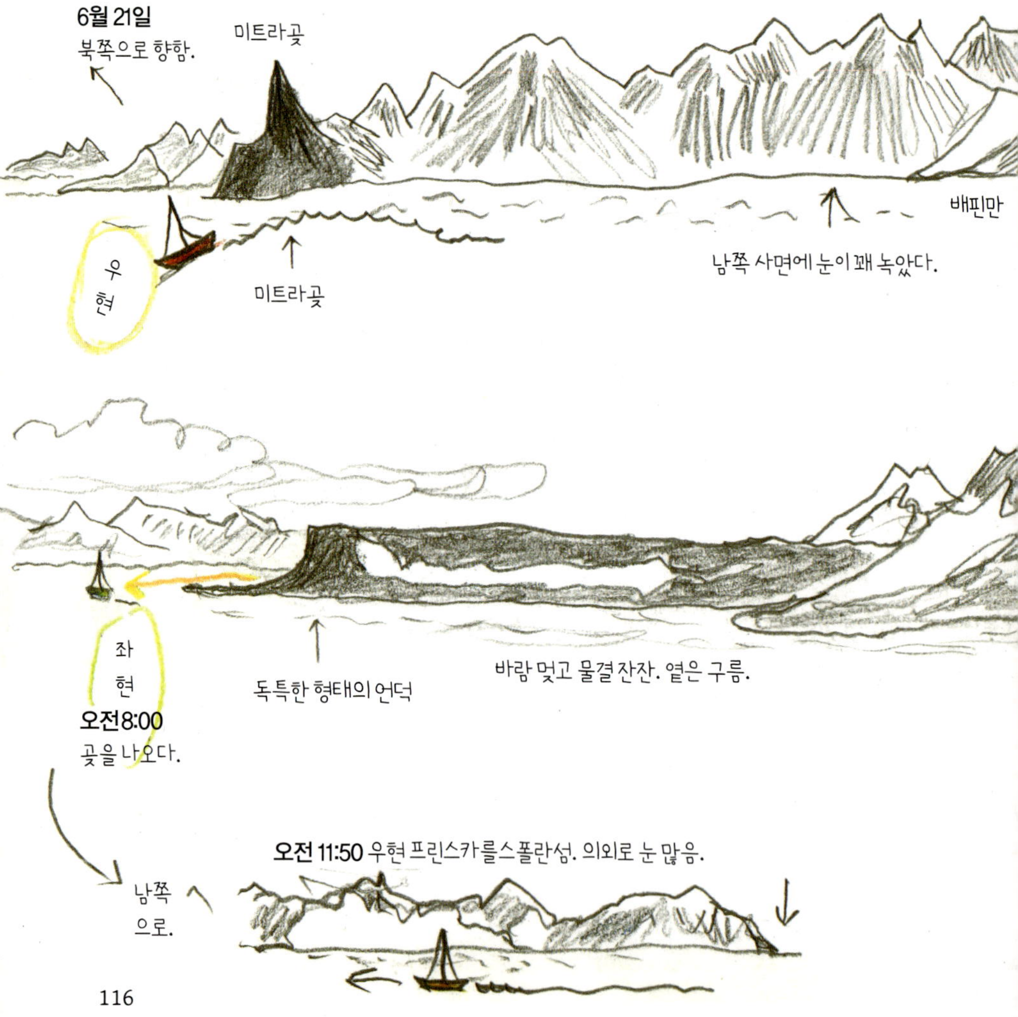

 흰뺨기러기의 부모와 새끼를 발견했다고 한다.
이런 느낌이었다고 상륙 대원들에게 들었다.

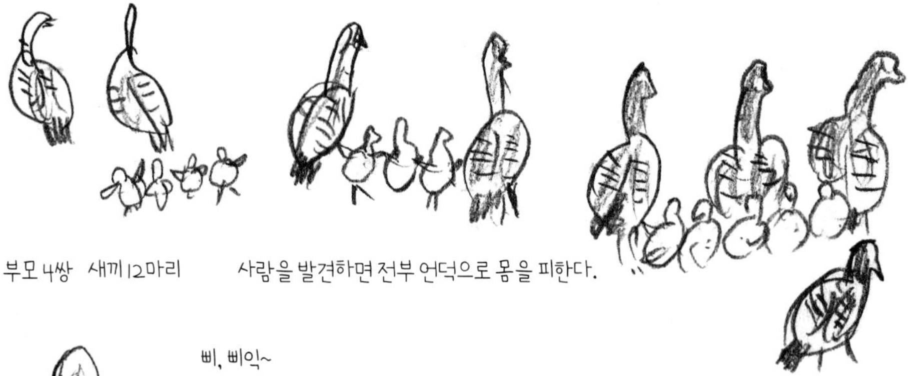

부모 4쌍 새끼 12마리   사람을 발견하면 전부 언덕으로 몸을 피한다.

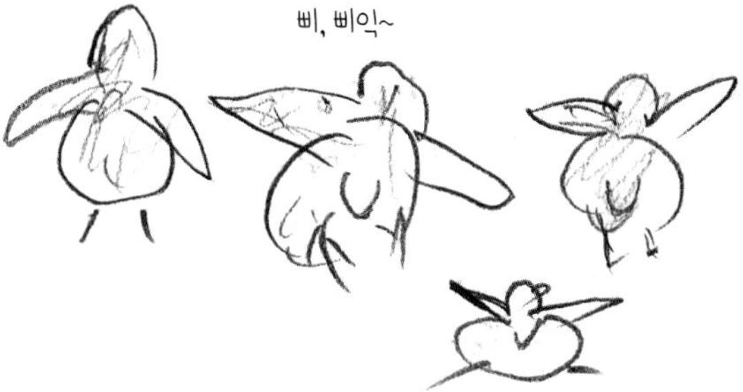

새끼들이 도망간다. 날개를 펼치고,
엉덩이를 뒤뚱거리면서….

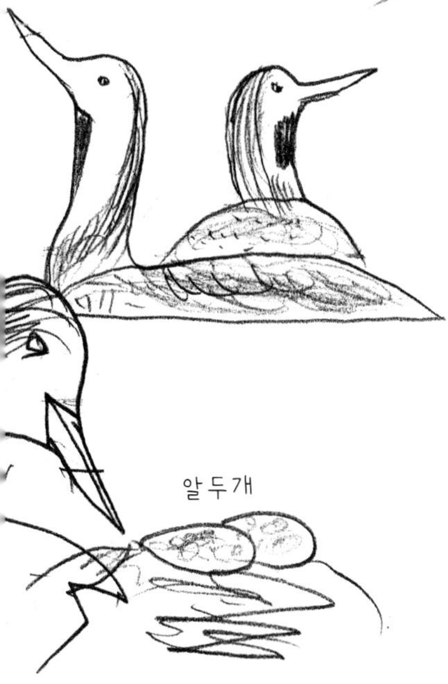

알 두 개

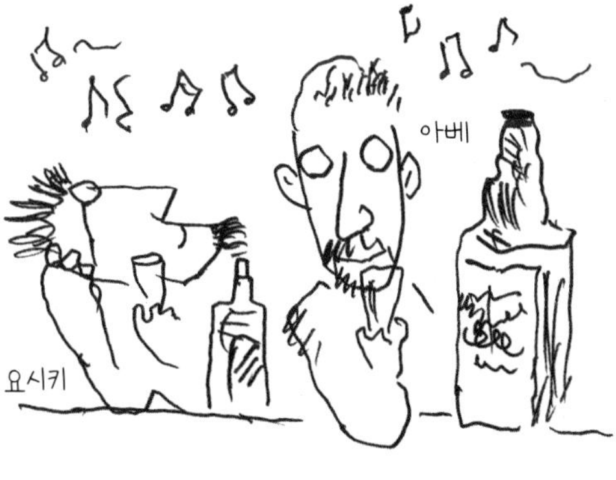

상륙하는 대원들을 곁눈으로 보며 따뜻한 배 안에서 재즈를
들으며 버번을 마신다. 북극의 밤(어두워지지 않는 것에
가끔은 상처받는다.)이 점점 깊어 갔다.

"폭풍우가 몰아치는 바다가 이제 지겹다."라는 우리와
"폭풍우가 오길 기다리고 있었다!"라는 선장

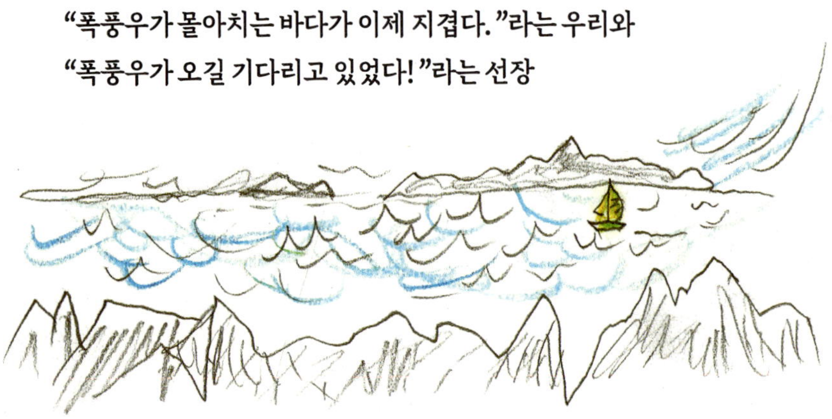

오전 8:10 엔진을 멈추고 돛을 올린다. 돛을 모두 펼친다. 선장과 승무원이 모두 정신없이 바쁘다. 마크 선장의 유쾌한 웃음소리가 바다에 울려 퍼진다. 갑판에 발을 딛는다. 또다시 요트맨이 기다리고 기다리던 폭풍우가 몰아친다. 우현은 파도 높이로 가라앉고, 좌현은 하늘 높이 치솟았다. 기분이 나빠 온다. 침대에 들어간다. 아침 식사는 건너뛰고. 꾸벅꾸벅, 흔들흔들….

오전 10:00 커피를 마시고 다시 침대로. "점심 드세요!"라는 소리에 잠이 깼다. 곶을 돌아 나오면 잔잔한 바다가 나오겠거니 기대했지만, 파도가 높아지고 비마저 내리기 시작했다. 기압계는 998헥토파스칼. 이번 여행 중 가장 낮다. 요시키 대원의 노트북이 높은 선반에서 떨어짐. 악운에도 불구하고 무사하다. 점심은 빵과 수프. 목으로, 어쩔 수 없이, 넘긴다.

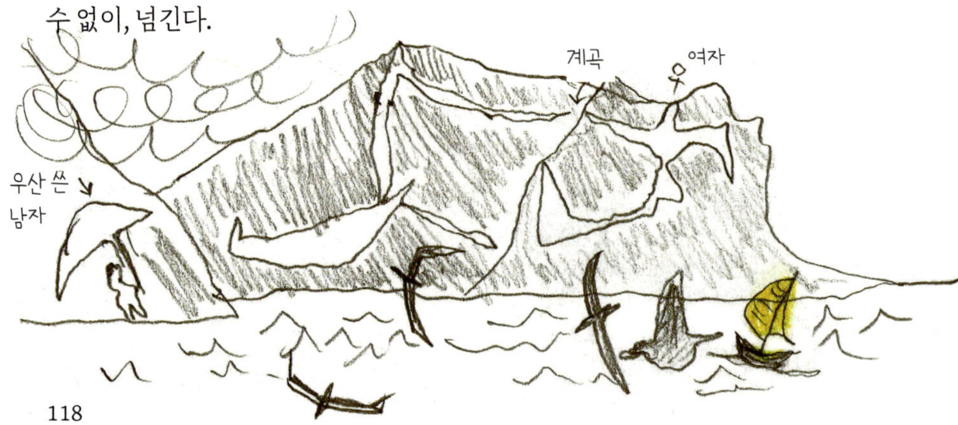

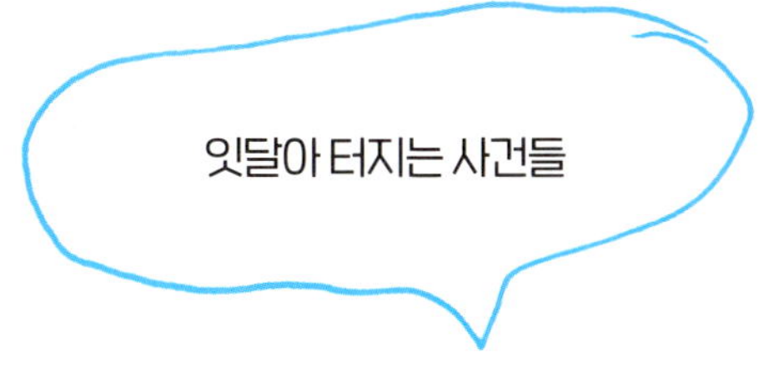

오늘 나는 배에 남아 그림을 그리기로 했다. 다른 대원들은 상륙한다고 하니, 그들이 돌아온 뒤 천천히 성과 보고를 듣기로 하자.

① 넓적꼬리도둑갈매기 vs 순록 사건(데라사와)

순록을 차분히 카메라로 찍고 있자니 갑자기 넓적꼬리도둑갈매기가 날아와 순록을 공격했다. 발로 차고 날개로 주먹을 날린다. 견디지 못해 순록이 도망간다. 넓적꼬리도둑갈매기 완승! 데라사와는 순록을 제대로 찍고 싶었는데, 아쉬움이 남는다.

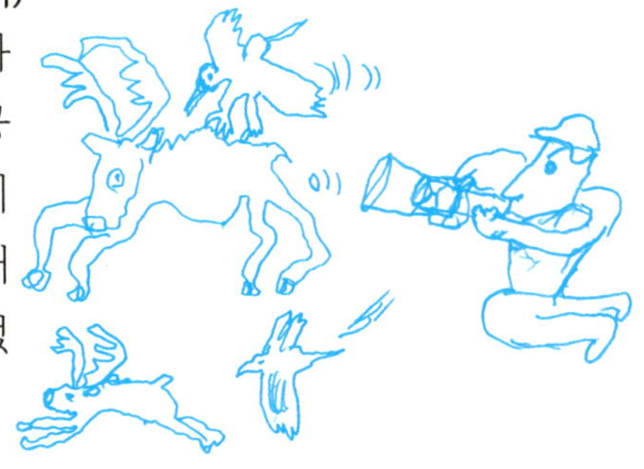

② 구명조끼, 물에 젖어 부풀어 오른 사건(주마, 야마나카)

미끄러져 넘어지는 통에 바닷물에 구명조끼가 닿은 순간, 화악 부풀어 올라 깜짝 놀랐다! 한번 부풀면 원래대로 돌아가지 않는다. 일회용인가? 바다에 떨어져도 확실히 떠오른다는 것을 다시 한번 알게 됐다. 그렇지만 북극 바다는 너무 차다. 아마도 빠지면 곧바로 얼어 죽지 않을까?

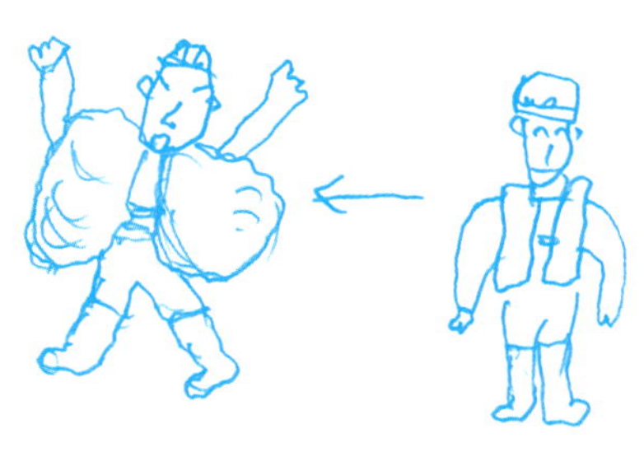

③ 넓적꼬리도둑갈매기 새끼 사건(이와타)

이와타가 넓적꼬리도둑갈매기 새끼를 발견하고 찰칵찰칵 열심히 사진을 찍다가 "뭐야, 그냥 까만 병아리잖아. 사진 찍는 거 관둬야겠네." 했단다.

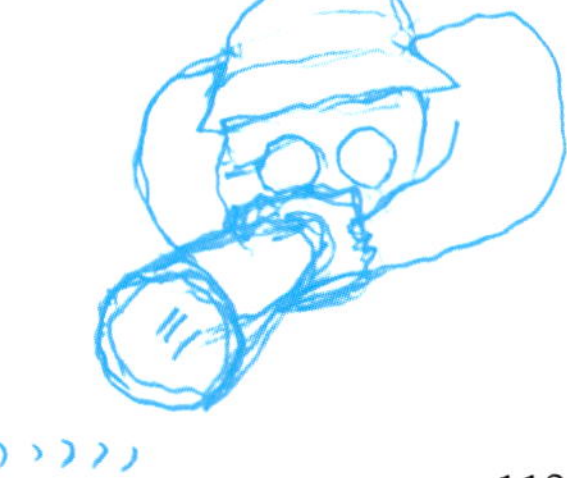

영리하지 않은 전략으로 롱위에아르뷔엔에 일시 귀항

"뿔퍼핀 군락이 있다!" 마크 선장이 말했다. 그 가까이에 배를 세우고 상륙할 생각인 듯하다. 그러나, 술이 완전히 바닥난 탓에 대원들은 기분이 가라앉아 있다. 상륙할 기분이 나지 않아 어떻게든 술을 입수할 방법을 생각했다. 그때 문득 한 가지 생각이 떠올랐다! 가까이에 항해를 처음 시작한 롱위에아르뷔엔이 있다. 거긴 호텔 바가 있다. "겨우 이틀 남았는데 그걸 못 기다리나?" 하는 소리가 들려오는 듯했지만, 이건 어쩔 수 없었다. 선장을 잘 속여서 우선은 일시 귀항. 바에서 느긋하게 쉬면서 한 잔 마시고 다시 그 군락을 쫓기로 했다.

롱위에아르뷔엔은 한 달 전 출항할 때와는 분위기가 달라졌다. 주변을 둘러보니 그때는 한 면이 눈으로 쌓여 있던 공터에 황새풀의 꽃이 활짝 피었다. 하얗고 폭신폭신한 모자를 쓴 듯한 모습이 귀엽다. 알을 품고 있던 흰멧새는 새끼를 데리고 놀고 있었다. 얼음 나라에서도 계절은 어김없이 돌고 있다.

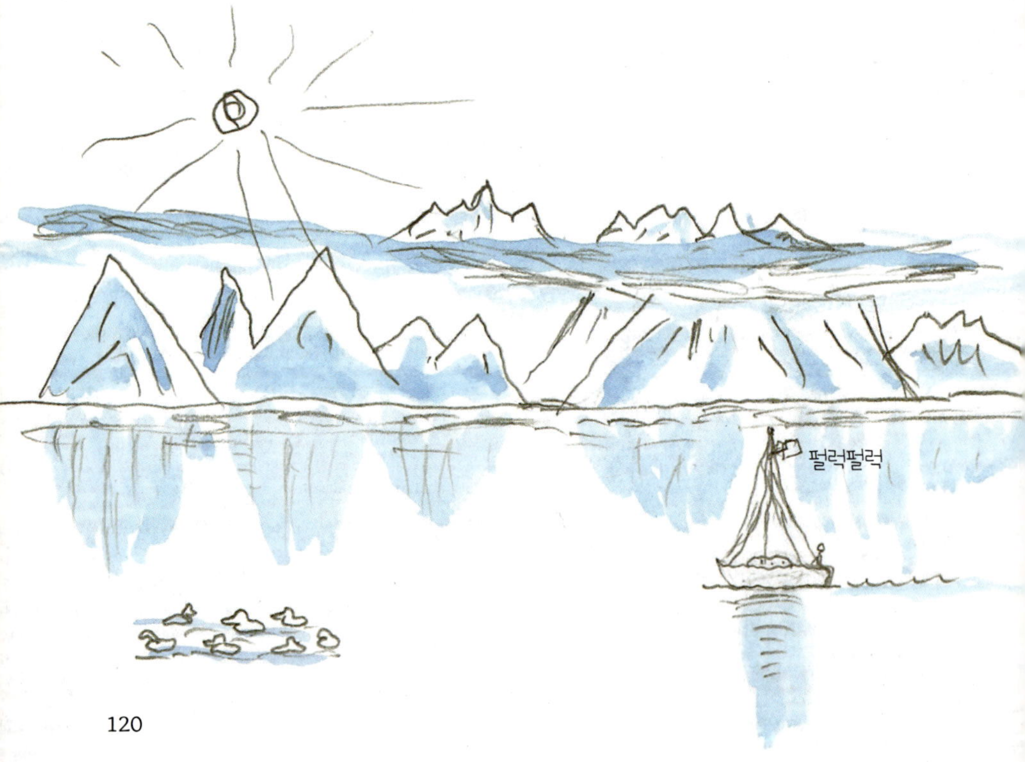

120

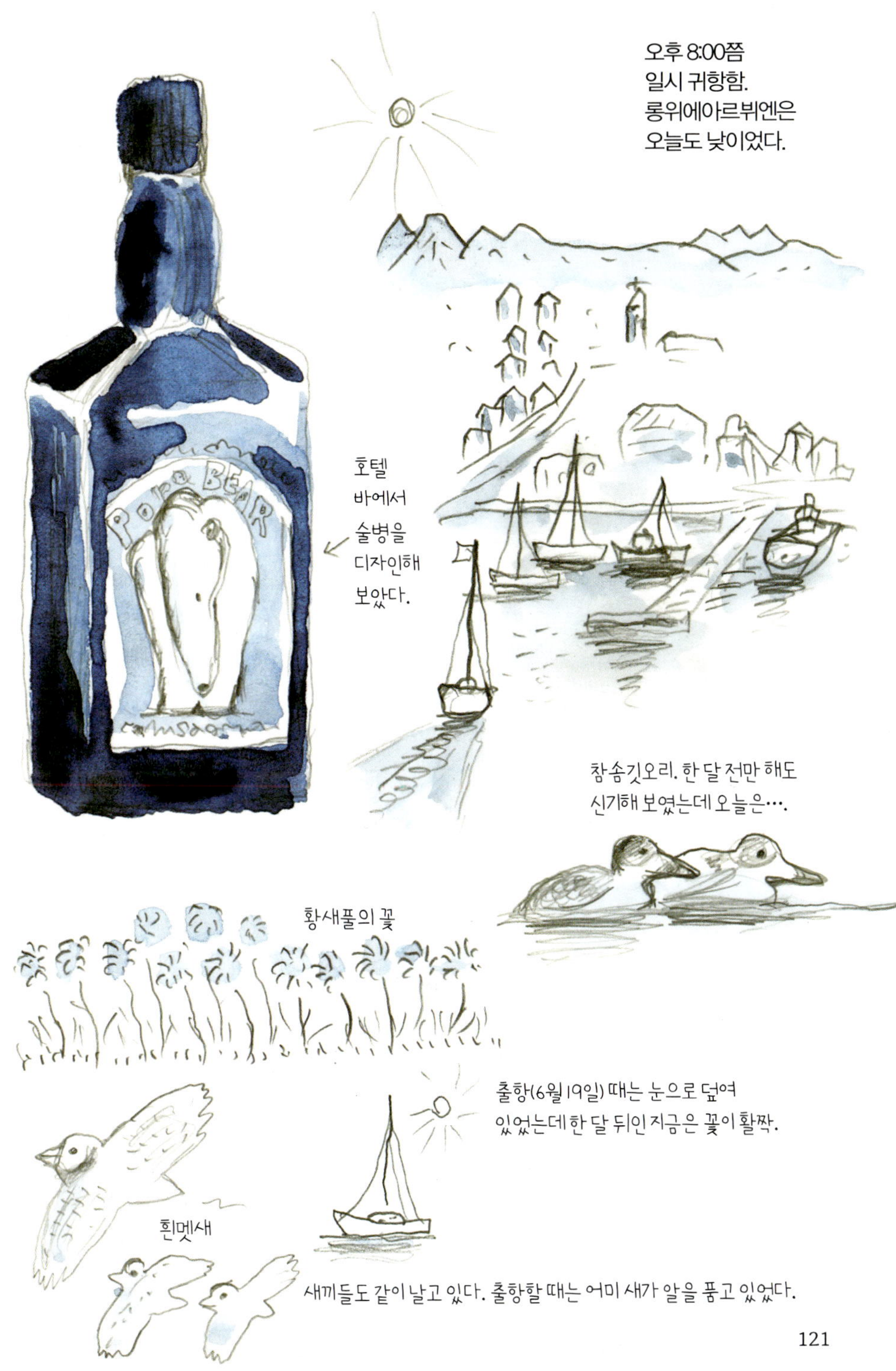

오후 8:00쯤
일시 귀항함.
롱위에아르뷔엔은
오늘도 낮이었다.

호텔
바에서
술병을
디자인해
보았다.

Papa BEAR

참솜깃오리. 한 달 전만 해도
신기해 보였는데 오늘은….

황새풀의 꽃

출항(6월 19일) 때는 눈으로 덮여
있었는데 한 달 뒤인 지금은 꽃이 활짝.

흰멧새

새끼들도 같이 날고 있다. 출항할 때는 어미 새가 알을 품고 있었다.

그림쟁이의 여행도 막바지를 향하고 있다

콘티키호 탐험대의 여행이 시작되기 일주일 전, 나는 원고 마감에 쫓겨 눈코 뜰 새 없이 바쁜 시간을 보내고 있었다. 어떻게든 애써 북극까지 가면 누구도 쫓아오지 못할 거다. 막무가내로 일을 마무리하고 여행길에 올랐다.

그런 이유로 충분한 장비도 챙기지 못한 채 출발했다. 장비는커녕 그림쟁이로서 필요한 최소한의 도구도 거의 못 챙기고 와 버렸다. 그림 도구는 달랑 연필 세 자루, 색연필 한 자루, 샤프펜슬 한 자루, 샤프펜슬 심 한 통, 볼펜 두 자루, 스케치북 네 권, 휴대용 그림 도구.

출항하고 삼 일째 되던 날에 샤프펜슬을 떨어뜨렸다. 어디에 떨어졌는지 보이지 않았다. 샤프심은 잔뜩 있는데 이젠 쓸 수가 없어졌다. 큰일이다. 그 뒤론 연필 세 자루가 목숨과 같다. 매일 심을 가늘게 깎아서 쓰기 시작했다. 애지중지 아끼며 소중하게 쓴다. 스케치북도 네 권밖에 없다. 그런 상황에선 아주아주 소중하게 쓸 수밖에 없다. 자연히 글씨가 작아지고 필압도 약해진다. 언제까지 쓸 수 있을지 걱정돼서 그런 식으로 쓰게 되었다.

물감은 흰색, 검은색, 파란색 밖에 들어 있지 않았다. 그래도 그것이 오히려 다행이었다. 많이 준비되어 있다는 안도감으로 그림이 지저분하게 됐을지도 모른다. 없으면 없는 대로 소중히 쓸 수 있다는 마음이 들었다. 이 북극의 세계에서는 색도 흰색, 검은색, 파란색밖에 필요가 없었다. 손에 들고 있는 그림 재료의 소중함을 다시 한번 생각하게 되는 여행이었다.

여기서 시 한 수. 아! 생각났습니다.

"연필심이 사라진 길이만큼의 기억이랄까" 음….

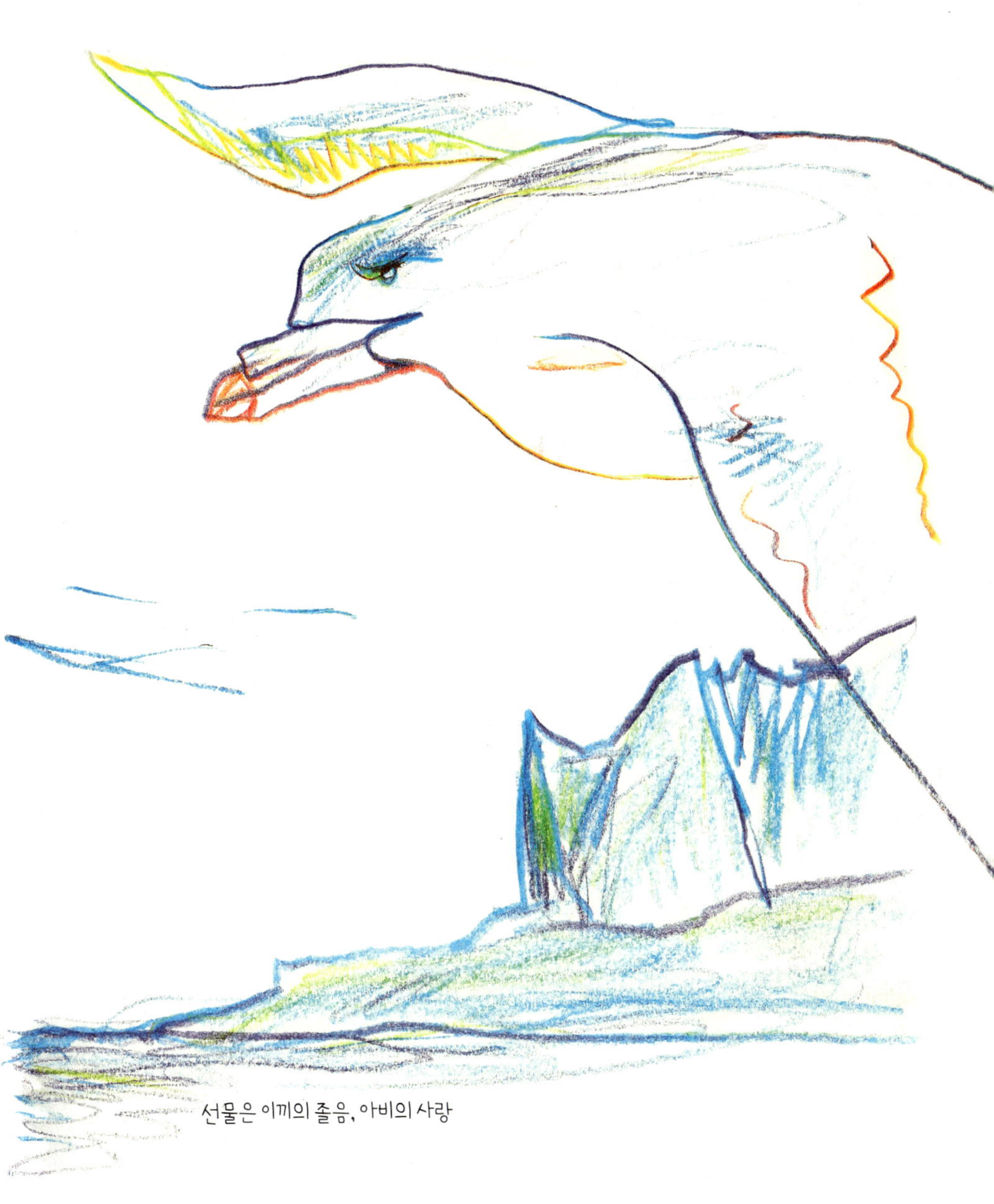

그런데, 여기에서 그린 그림의 색들은 내가 애용하는 색연필의 색이다. 한 자루의 심에 여섯 가지 색이 들어 있는 종류. 여러 가지 색을 칠할 수 있다.

마지막 군락을 걷다

롱위에아르뷔엔에서 다시 배를 띄워 북극 탐험에 돌입, 마지막 상륙지인 뿔퍼핀 군락으로 향했다. 언제나처럼 고무보트로 상륙하니 순록 이끼가 한 면에 깔려 있어, 발을 디디면 푹신푹신하다. 빙하가 깎여 만들어진 가파른 계곡을 따라 약 1시간 남짓 걷는다. 그때 우리 눈에 들어온 것은 기하학적인 침식 흔적과 암벽, 그리고 유유히 날아다니는 뿔퍼핀들. 여기에서 시 한 수.

"파도가 머무는 곳. 바다 비둘기, 받는 사람 없는 편지를 전한다"

글이 변변치 못해 죄송.

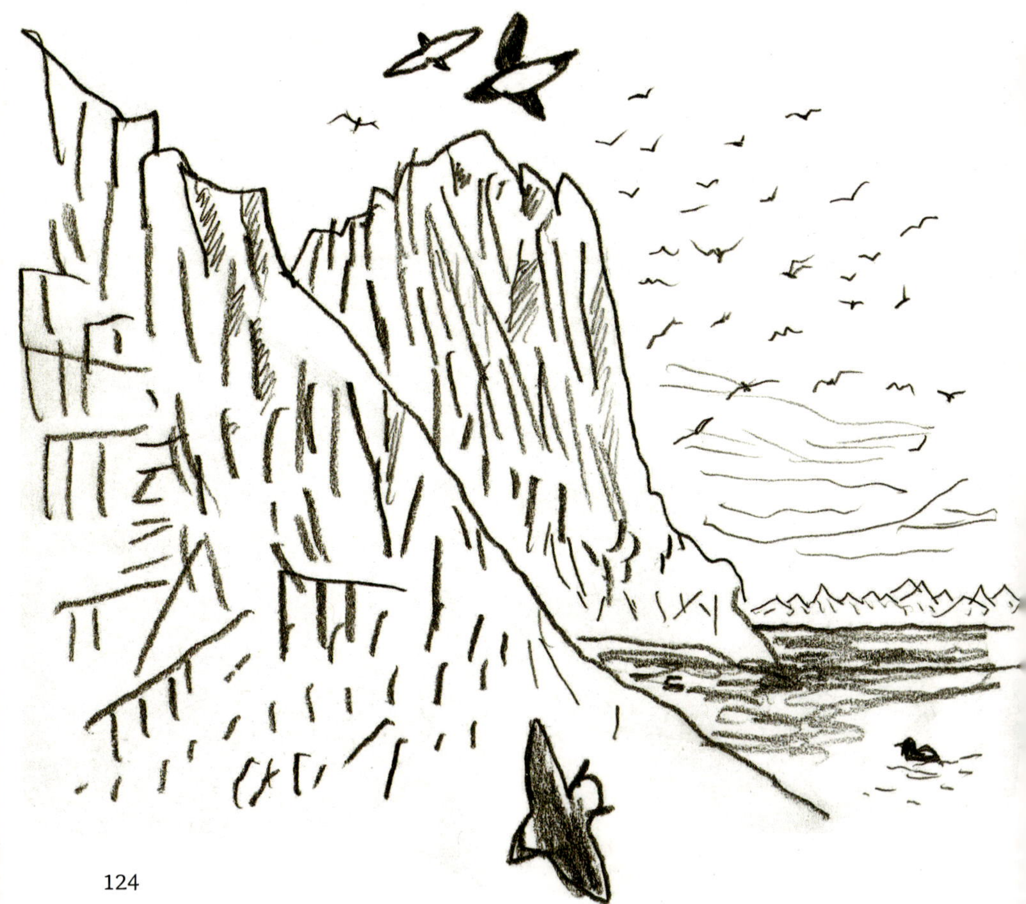

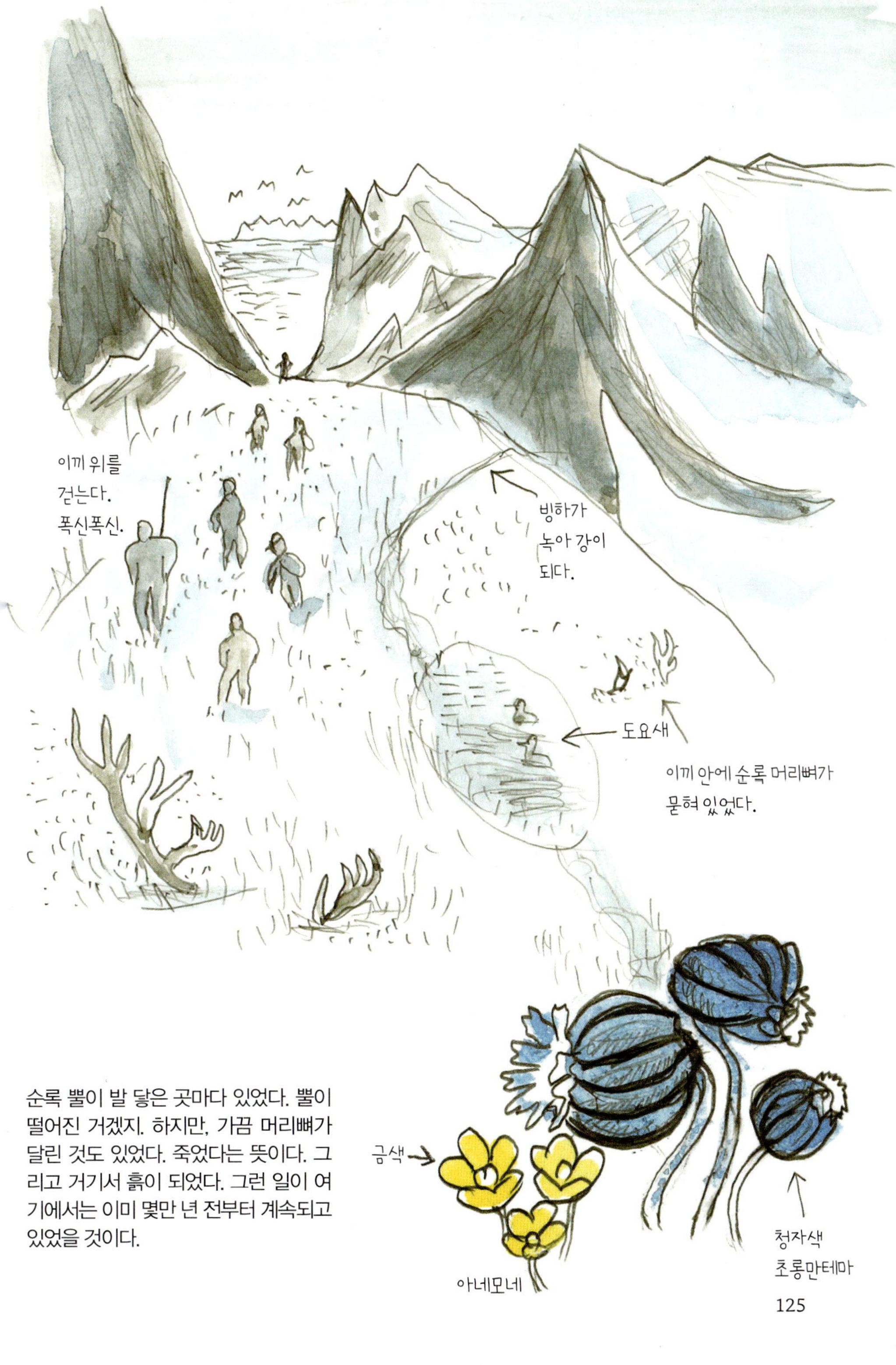

순록 뿔이 발 닿은 곳마다 있었다. 뿔이
떨어진 거겠지. 하지만, 가끔 머리뼈가
달린 것도 있었다. 죽었다는 뜻이다. 그
리고 거기서 흙이 되었다. 그런 일이 여
기에서는 이미 몇만 년 전부터 계속되고
있었을 것이다.

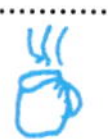

귀환, 그리고 콘티키호와 작별

약 한 달간의 항해 동안 누구 한 사람도 감기에 걸리지 않았다. 아픈 사람도 없었다. 뱃멀미도 거의 없었다. 다친 사람도 없었다. 밀실에 일본인이 8명, 유럽인이 3명, 마치 우주선 같다. 만약 싸움이 나서 주먹이 오가거나, 상대를 북극해에 빠뜨리거나 했다면, 완전 범죄가 됐을 것이다. 빠지면 바로 얼어 죽는다. 그래서 자기 억제력이 발동했던 것일까. 아무튼 모두 사고 없이 잘 해냈다.

생각해 보니 정말 그렇다. 감기도 걸리지 않았다. 여기에는 인플루엔자 바이러스 같은 감기 바이러스가 없기 때문일 거다. 항해가 절반쯤 지났을 때였나? 나는 빨래도 하지 않게 되었다. 땀을 흘리지 않으니 셔츠가 더러워지지 않았다. 부패균이 없는 것일까? 몸도 더러워지지 않으니 샤워하지 않아도 괜찮았다. 북극은 그런 곳이었다. 그러고 보면 거대한 고래 고기를 수년간에 걸쳐 먹었던 북극곰들은 고래 고기가 부패하지 않을 거라는 걸 틀림없이 알고 있었을 거다.

여행은 기대하고 가는 것이 아니라 그곳에서 다가오는 것들과의 만남을 그저 받아들이는 것이다. 그런 것들을 떠올리며 콘티키호와 작별했다.

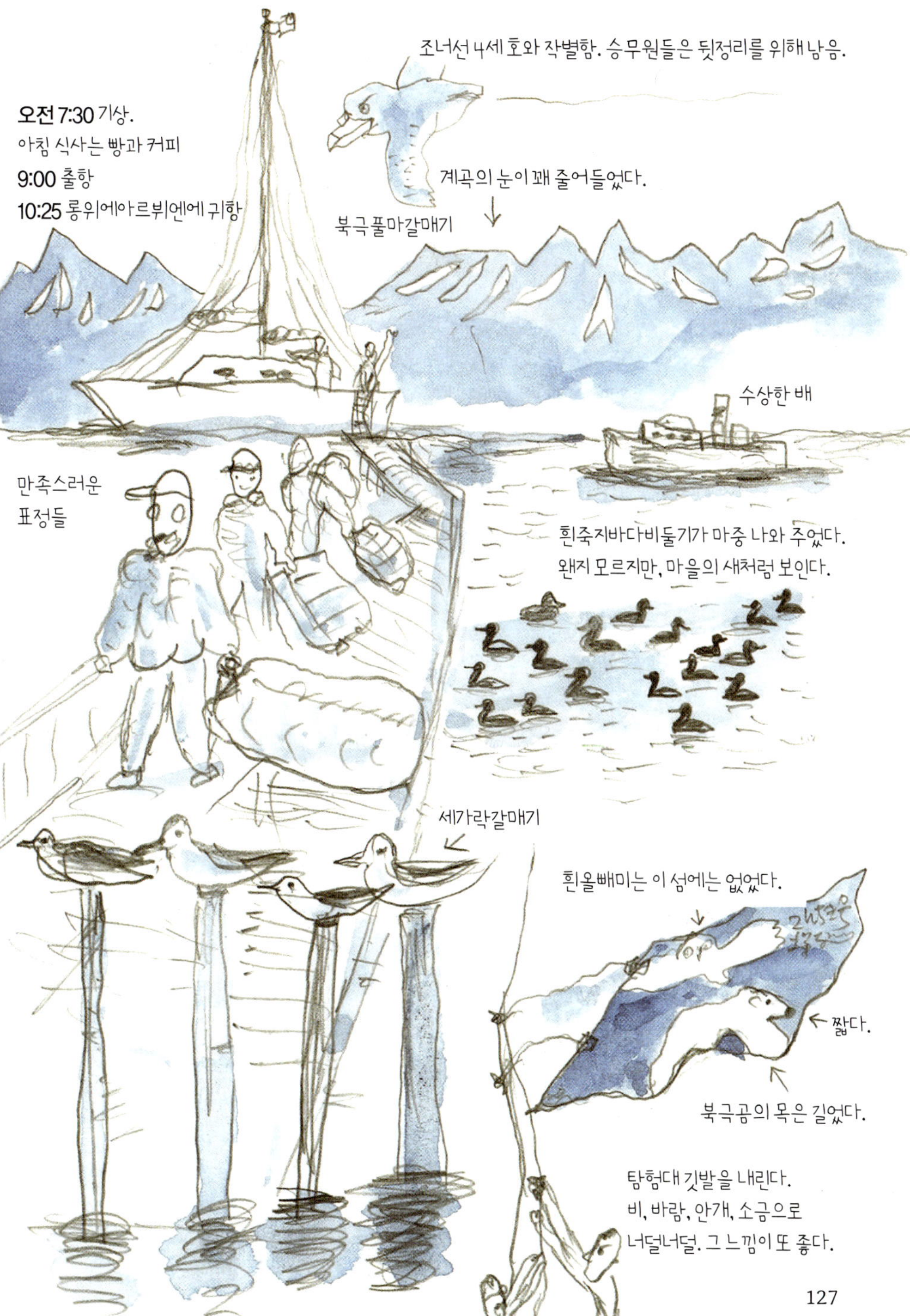

오전 7:30 기상.
아침 식사는 빵과 커피
9:00 출항
10:25 롱위에아르뷔엔에 귀항
조너선 4세 호와 작별함. 승무원들은 뒷정리를 위해 남음.
계곡의 눈이 꽤 줄어들었다.
북극 풀마갈매기
수상한 배
만족스러운
표정들
흰죽지바다비둘기가 마중 나와 주었다.
왠지 모르지만, 마을의 새처럼 보인다.
세가락갈매기
흰올빼미는 이 섬에는 없었다.
짧다.
북극곰의 목은 길었다.
탐험대 깃발을 내린다.
비, 바람, 안개, 소금으로
너덜너덜. 그 느낌이 또 좋다.

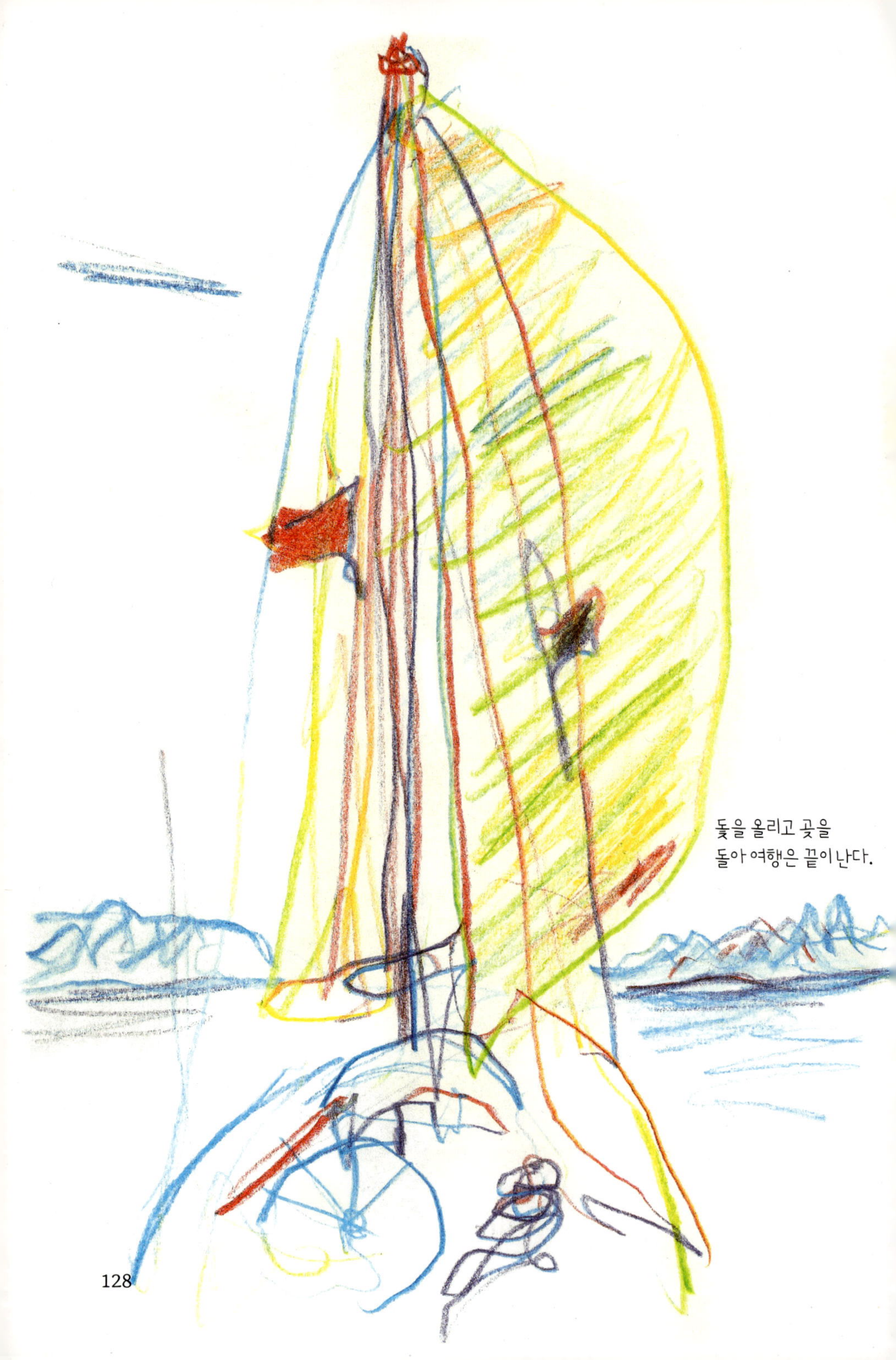

128

출항 전에는 상상도 할 수 없었다. 그렇게까지 야생의 생명들과 만나게 될 줄은. 한 달 농안 매일 즐거웠고, 흥분되있고, 실레이시 '지루힘'이란 것은 눈 곱만큼도 느끼지 못하며 시간이 지나갔다.

일본에 돌아와서 그 이야기를 하니 모두 놀라워했다. 그리고, "다음에 갈 때는 나도 데려가 줘."라고 한다. 그렇지만 '다음'은 없다. 두 번째는 예측을 할 수 있으므로 그 감동이 반으로 준다. '탐험'은 처음이 좋다. 그래서 북극은 이것으로 마지막이다.

지금은 조용히 여행의 이것저것을 마음속에서 숙성시켜 풍부한 향기를 품은 술로 익어 가기를, 아니 글과 그림으로 내 안에서 창조되기를 기다리고 있다. 동물들에게도 그랬다. 바라지 않았다. 그들 쪽에서 다가오기를 기다렸다. 만남이었다고 생각한다.

마지막으로 시 한 수.

"북극곰도 갈매기도 나도 모두 지구의 주인이다"

서툴러 죄송합니다.

아베 히로시 2012

생명이 약동하는 왁자지껄 북극 여행기

항공사 마일리지를 모아서 스발바르 제도의 롱위에아르뷔엔에 간 적이 있다. 북위 78도, 인간이 사는 최북단의 땅을 노르웨이 수도 오슬로에서 비행기로 서너 시간이면 언제든지 갈 수 있다니, 정말 싱거우면서도 놀랍지 않은가?

내가 스발바르 제도에 간 여름은 유난히 따뜻했다. 여기저기서 풀을 뜯고 있던 순록이 너무 더워 보였던 나머지 팔을 걷고 두터운 털을 깎아줄 뻔했다. 그 뒤로 북극의 기후는 술에 취한 운전자가 모는 자동차처럼 비틀거리며 폭주했다.

산업화 이전까지만 해도 280ppm 수준으로 유지됐던 지구 대기 중 온실가스 농도는 2023년 420ppm을 돌파했다. 인류가 지구에 등장한 이후 가장 높은 수치다. 북극의 여름철 평균 기온은 산업화 이전보다 4~5도 상승했다.

1979년에서 2023년 사이 매년 제주도 42배에 해당하는 면적(7만 8,000㎢)의 얼음이 북극해에서 사라졌다. 북극해의 얼음은 해류를 만드는 열·염분 순환의 엔진이자, 태양 에너지를 반사해 온도를 낮추는 거울이다. 북극의 균형이 깨지면, 지구의 균형이 깨진다.

콘티키호 대원들처럼 나도 배를 타고 스발바르 제도의 곳곳을 탐험하고 싶었지만, 안타깝게도 그런 기회가 없어 롱위에아르뷔엔에 갇혀 북극곰 스테이크를 파는 가게를 힐끗거리다가 러시아의 옛 탄광 도시 피라미덴을 방문하는 것으로 만족해야 했다.

스발바르 제도는 태동하는 근대 자본주의를 암흑의 핵심으로 끌고 간 유럽인들의 북극 식민지였다. 제임스 캐머런 감독의 영화 「아바타」에 나오는 행성 판도라처럼 그곳의 자연은 외계에서 온 문명인들에 의해 착취됐다. 주변 바다는 고래의 피로 물들었고 육상 기지에서는 기름 끓이는 연기가 피어 올랐다. 스웨덴, 노르웨이, 러시아 등이

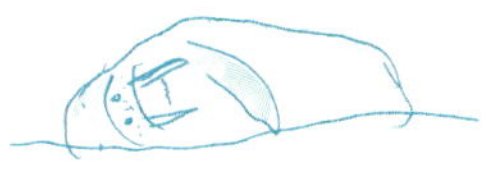

경쟁적으로 개발한 석탄 광산은 유럽의 주택 난방과 증기 기관의 원료를 제공했다. 다행히도 기후 변화에 따른 위기감이 고조되고 석탄 산업이 쇠락하면서, 한때 여덟 곳에 이르던 이곳의 광산은 2025년이면 러시아가 바렌츠부르크에 운영 중인 광산 한 곳만 남게 된다. 러시아는 향후 북극에서 펼쳐질 자원 전쟁의 교두보로 이 도시를 놓지 않고 있다.

20년 넘게 여름이면 북극으로 향했다. 툰드라의 색깔, 바람의 질감, 변덕스러운 구름이 좋았다. 무엇보다 적막의 땅에서 내가 자연에 녹아드는 느낌이 좋았다.

그러나, 이 책을 읽고 깨달았다. 기후 위기 시대라지만 우리가 북극을 여행하면서 슬퍼하거나 우울해할 필요는 없다고…. 동물원 사육사였던 저자는 가장 고독한 공간에서 왁자지껄하게 펼쳐진 풍경의 이면을 발견했다. 신나게 노는 아이처럼 생명의 약동에 뛰어들어, 놀랍도록 위트 넘치는 글과 그림을 내놓았다. 재앙을 경고하고 예견하는 것만으로는 우리는 세계를 구원할 수 없다. 오히려 기후 변화를 막는 길은 북극곰과 긴턱수염물범, 그리고 외로운 섬의 온난화연구소에 사는 박사 커플을 즐겁게 사랑하는 일이다. 북극은 외롭고 슬픈 이미지였는데, 이 책을 읽고 단번에 깨졌다.

『동물 권력』 저자, 환경저널리스트 남종영

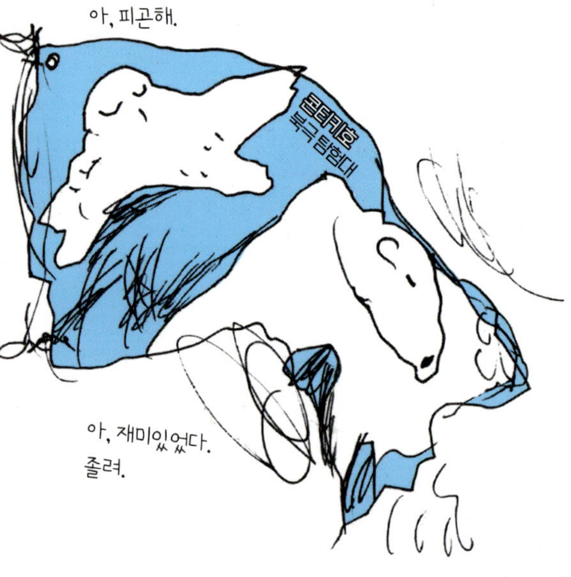

아베 히로시의
북극 그림 여행기

2024년 07월 15일 제1판 1쇄 인쇄
2024년 07월 30일 제1판 1쇄 발행
글쓴이　　아베 히로시
그린이　　아베 히로시
옮긴이　　최진선
펴낸이　　김상미, 이재민
편집　　　송미영
디자인　　황지희
펴낸곳　　㈜너머_너머학교
주소　　　서울시 서대문구 증가로20길 3-12 1층
전화　　　02)336-5131, 335-3366, 팩스 02)335-5848
등록번호　제313-2009-234호
ISBN 979-11-92894-55-3 03800

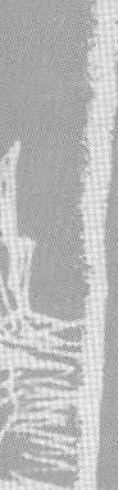
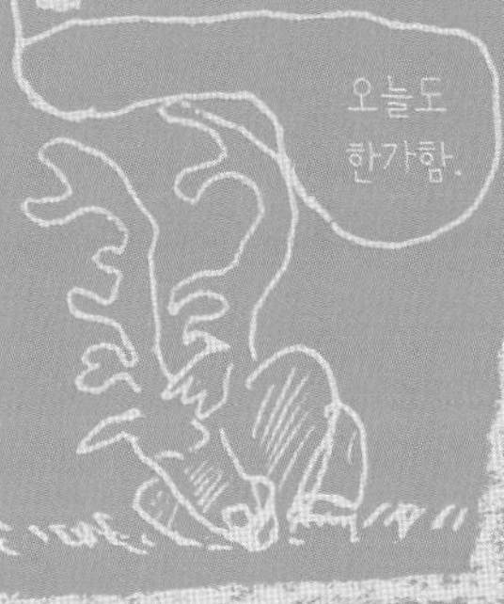
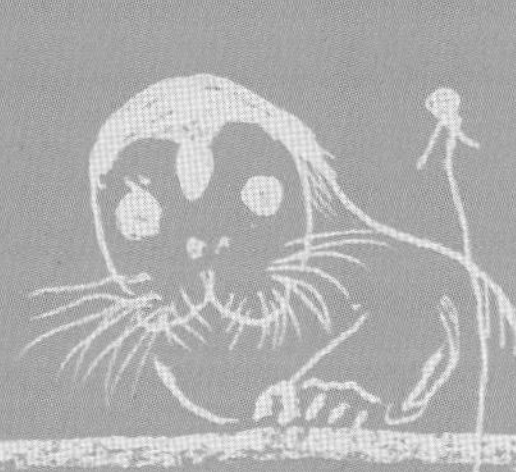
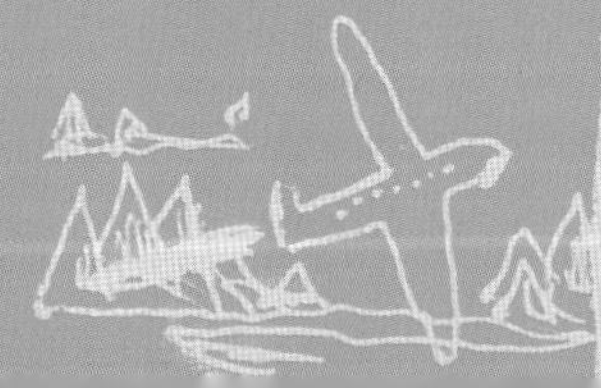

3
바다코끼리 씨의 낮잠
바다코끼리가 얼음베개를
베고 낮잠을 즐김.
4
밍키~
미나~
윙크부로~
한숨짓는 밍크고래
5
클리오네 교수
모나코 대빙하에서 채집함.
순록
마인○
10
빙하의 여왕
스미렌부르크 빙하를 영접
11
한여름 순록은 낮잠 중
오늘도
한가함.
12
긴수염물범의 새끼도
역시 수염투성이
물범으
품고 ○
17
조너선 4세호와 이별
롱위에아르뷔엔 → 오슬로
오후 2:45 → 오후 7:00
18
오슬로
오후 12:30
코펜하겐
오후 1:40
코펜하겐
오후 3:45
와슬톤
19
일본
나리타
오전 9:35
하네다
오후 1:15
치토세
오후 2:45
순록 똥고
그곳은 흰
순록 똥
그곳에
있었다.

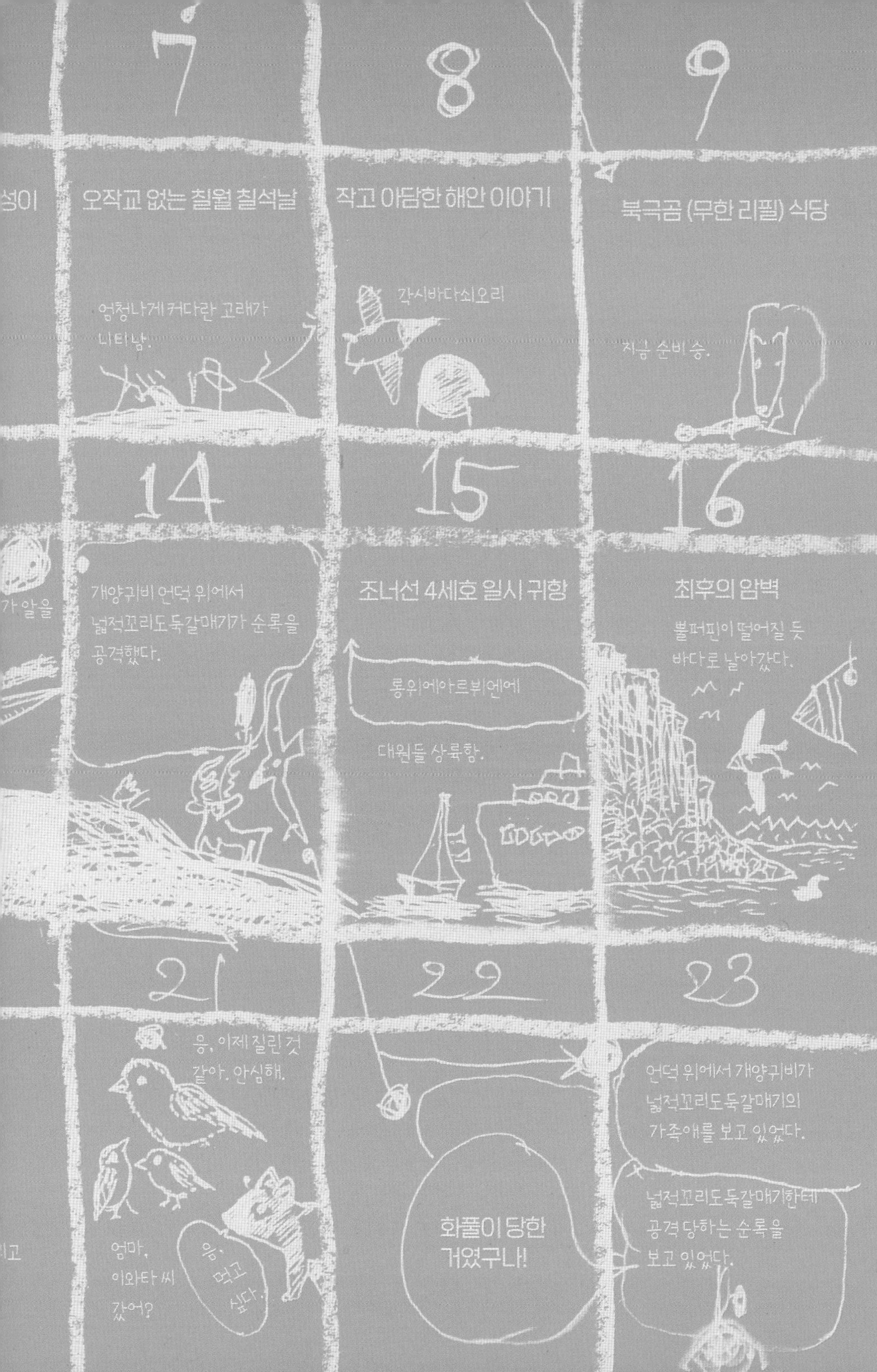
7
8
9
성이
오작교 없는 칠월 칠석날
작고 아담한 해안 이야기
북극곰 (무한 리필) 식당
엄청나게 커다란 고래가 나타남.
각시바다쇠오리
지금 순비 중.
14
15
16
가 알을
개양귀비 언덕 위에서 넓적꼬리도둑갈매기가 순록을 공격했다.
조너선 4세호 일시 귀항
최후의 암벽
뿔퍼핀이 떨어질 듯 바다로 날아갔다.
롱위에아르뷔엔에
대원들 상륙함.
21
22
23
응, 이제 질린 것 같아. 안심해.
언덕 위에서 개양귀비가 넓적꼬리도둑갈매기의 가족애를 보고 있었다.
화풀이 당한 거였구나!
넓적꼬리도둑갈매기한테 공격 당하는 순록을 보고 있었다.
고
엄마, 이와타 씨 갔어?
응, 먹고 싶다.